George Tenner

Der Tod zwischen den Inseln

Erstdruck – Originalausgabe

George Tenner

Der Tod zwischen den Inseln

Usedom-Krimi

Ein Fall für Lasse Larsson

Schardt Verlag

Bibliografische Information der Deutschen Bibliothek:

Die Deutsche Bibliothek verzeichnet diese Publikation in *Der Deutschen Nationalbibliografie*; detaillierte bibliografische Daten sind im Internet über *www.d-nb.de* abrufbar.

www.george-tenner.de

Titelbild: Rainer Griese, Troisdorf

1. Auflage 2016

Schardt Verlag
Metzer Str. 10 A
26121 Oldenburg
Tel.: 0441-21 77 92 87
Fax: 0441-21 77 92 86
Email: kontakt@schardtverlag.de
www.schardtverlag.de
Herstellung: Totem, PL

ISBN 978-3-89841-894-2

1. Kapitel

25. Juni 2007

Gaston Lloyd fuhr hinter die weiße Ferienanlage, die unmittelbar vor dem Becken des Hafens von Karlshagen auf Usedom lag. Er stieg aus dem silbergrauen BMW, einem Mietwagen von Europcar mit einem Wiesbadener Kennzeichen, und schlenderte seelenruhig zum Eingang.

Die Haustür war geschlossen.

Lloyd zog einen Schlüsselbund aus der Tasche und öffnete die Tür mit dem durch einen roten Kunststoffring gekennzeichneten Schlüssel. Es begegnete ihm niemand auf der Treppe. Das herrliche Wetter hatte die Gäste in ihrer Mehrzahl an den Strand gezogen oder zu Wanderungen ins Usedomer Hinterland verführt. Aus der Wohnung neben seinen Räumen hörte er leise Musik.

Als er die Tür hinter sich geschlossen hatte, schaute er sich in aller Ruhe um. Die Wohnung bestand aus einer kleinen Pantry, dem Wohnraum mit dem faszinierenden Ausblick auf den Hafen sowie einem Schlafzimmer. Er schaute in alle Schränke. Zu seiner Zufriedenheit waren sie leer. Nur in der Pantry fand er komplett vor, was ein vierköpfiger Haushalt brauchte. Außer dem modernen Herd verfügte sie über einen Geschirrspüler, ferner eine Kaffeemaschine. In den Hängeschränken fand er die notwenigen Töpfe nebst Pfannen. Von der Wand ließ sich ein kleiner Tisch abklappen, der zwei Menschen genug Platz zum Essen bot.

Gaston Lloyd ging zum Fahrzeug zurück. Er nahm eine Reisetasche aus dem Kofferraum. Sein Blick überflog den Rest der mitgebrachten Habseligkeiten. Er beschloss, sie vorerst zurückzulassen.

Er kehrte zur Ferienanlage zurück, blieb einen Moment stehen. Seine Blicke suchten den Hafen ab.

Vor ihm an der Pier, offensichtlich kurz vor dem Ablegen, zog eine Frau die Leine vom Poller auf das Vorschiff der *Stella Maris*. Die Maschine arbeitete bereits, was er an dem leisen Motorengeräusch und dem Wasserausstoß bestätigt sah, der in unregelmäßiger Folge eine runde Aussparung an Backbord verließ. Plätschernd ergoss sich das Kühlwasser in den Hafen. Eilig ging die Frau zum Achterdeck, um dort ebenfalls die Vertäuung einzuholen. Auf dem erhöhten Steuerstand überwachte ein braungebrannter Mittvierziger das Manöver. Als er sah, dass das Boot frei schwamm, ließ er es langsam anziehen. Dabei justierte er die ersten Meter mit dem Bugstrahlruder, um nicht die geringste Möglichkeit einer Kollision mit einem der anderen Boote zu gestatten. Majestätisch bot sich der Anblick der weißen Yacht, wie sie auf die Mitte des Hafenbeckens, dann in Richtung Norden Fahrt aufnahm.

Ein Stück begleiteten Lloyds Blicke die *Stella Maris* aus Hamburg. Plötzlich wurde seine Aufmerksamkeit von einem Auto beansprucht, das kurz vor ihm zum Halten gezwungen war. Er machte eine entschuldigende Geste zu dem maulenden Fahrer, gab den Weg frei. Der Wagen fuhr an ihm vorbei. Lloyd schaute zurück zu dem zu dieser Stunde mäßig besuchten Lokal Veermaster. Dort werde ich essen gehen, bevor der Mittagsansturm einsetzt, dachte er.

Im Treppenhaus piepte das Handy. Er stellte das Gepäck kurz ab. *Skagerrak Mélisande 25/14/15 Salamander*.

Er schob das Handy in seine Tasche. Dann setzte den Weg zur Wohnung fort.

Dort angekommen, warf er die Tasche auf das Doppelbett. Er packte ein Gestänge aus, steckte es im Wohnzimmer zusammen, so dass es dem Ständer einer Kameraausrüstung glich. Lloyd ging zum Schlafzimmer zurück. Er entnahm der Tasche ein kleines Bündel. Seitlich des Wohnzimmerfensters wickelte er ein Richtmikrofon aus, steckte es auf einen Ständer und ließ den Sicherungsbügel über dem Mikrofon einrasten, das ein hochauflösendes Einrohrfernglas tragen würde, sofern er es aufsteckte. Er schaute auf seine Seiko Astron GPS Weltzeituhr, einen 2.400 Euro teuren Solar-Herrenchronographen, den er sich von einem Teil der Entlohnung des letzten Auftrags gekauft hatte. Wer weltweit operiert, sollte auch stets auf die weltweite Zeit zurückgreifen können. Schließlich pendelte er ständig zwischen seinem Geburtsort Wellington und London, seinem derzeitigen Hauptwohnsitz, hin und her. Da war eine solche Uhr von Nutzen.

Gaston Lloyd freute sich auf eine Mahlzeit mit einem schönen Stück Fisch. Zum Schluss prüfte er, ob der Akku seines Aufnahmegeräts über eine ausreichende Ladung verfügte. Das war der Fall.

Probehalber steckte er das Einrohrfernglas auf; er ließ seinen Blick durch das Glas über den Hafen gleiten, versuchte durch Verstellung des Okulars die jeweils beste Auflösung zu erreichen. Wie genau es war, konnte er ermessen, wenn es ihm gelang, den Kassenbon, den die Verkäuferin in der Fischverkaufsstelle, die ein ortsansässiger Fischer mit seiner Familie betrieb und die linksseitig zum Hafenbecken lag, mühelos zu entziffern. Ein Lächeln huschte ihm übers Gesicht. Ihm entging nichts. Nicht einmal die Fliegen, die sich auf die Fischreste stürzten, die einem Kind aus dem Brötchen gefallen waren. Bei der Wärme gäbe es bald ein Gewimmel von Maden.

Gerade als er das Stativ mit einem Tuch abdecken wollte, fiel ihm ein, das nur wenige Meter neben seinem Domizil befindliche Restaurant in Augenschein zu nehmen. Er sah ein jüngeres Pärchen den Veermaster verlassen. Es lief auf eines der naheliegenden Segelboote an der Pier zu. Es dauert nicht mehr lang, da setzt der Mittagsansturm ein, dachte Lloyd. Es ist besser, ich gehe gleich.

Gewissenhaft schloss er die Tür des Appartements ab, lauschte, ob er noch Musik der Nachbarwohnung hören konnte. Das war nicht der Fall. Beherzt setzte er den Weg fort. Kurze Zeit später stand vor dem Veermaster. Von einer der Segelyachten hallte die Musik einer vergangenen Hitparade-Sendung zu ihm herüber. Nicht übermäßig laut, dennoch konnte er ABBAs Hit »Dancing Queen« erkennen. Schon lange hatte er die Gruppe nicht mehr gehört. Leise summte er die Melodie mit. Eine Familie mit zwei Kindern kam auf ihn zu. Er wandte sich ab. Als sie an ihm vorbei waren, zog er eine Sonnenbrille aus der Brusttasche und setzte sie auf. Er ging die sechs Stufen hoch.

Durch vier Säulen wurde der Anbau an das Haupthaus, einem zweistöckigen rot-grau melierten Ziegelbau, getragen. Im Parterre lag das Restaurant, das wegen der unmittelbar davor an der Pier liegenden Boote ein überaus begehrter Sommerplatz war. In diesem Moment wurde gerade wieder einer der Tische besetzt. Er beschloss, ins Innere abzutauchen. Sein Kalkül, dass er in dem dunklen Raum um diese Zeit auf wenige Gäste treffen würde, ging auf.

Das gleißende Sonnenlicht, dem er entkommen war, machte ihn für einen Augenblick fast blind. Es drängte es ihn, seine Brille abzusetzen. Er entschloss sich, das zu unterlassen.

»Suchen Sie etwas?« Es musste die Stimme der Bedienung sein. Sie klang äußerst sympathisch.

»Einen Tisch.«

»Es ist nahezu alles frei. Sehen Sie das nicht?«

»Nein.«

»Wie wäre es, Sie setzten die Brille ab«, sagte die Frau lachend.

»Das würde ich gern, aber ...« Er hörte ihre Schritte, die auf ihn zukamen. Dann sah er sie schemenhaft. »Ich hatte eine Augenoperation. Die Brille ist derzeit noch notwendig.«

Von einem der Nebentische kamen leise Stimmen. Eine junge Frau lachte auf.

»Kommen Sie.« Beherzt fasste sie seine Hand und führte ihn zu einem großen runden Tisch.

»Ist Ihnen der Platz hier recht?«, fragte sie.

»Wenn Sie in der Nähe sind.« Umständlich nahm er Platz. Langsam gewöhnten sich die Augen an die Dunkelheit. Er konnte das Gesicht der jungen Frau deutlich erkennen. Er fand, dass sie ihn hinreißend anlächelte. Was für ein Jammer, dachte er, dass sie eine Art Fata Morgana bleiben wird.

»Können Sie mir etwas empfehlen?«, fragte Lloyd.

»Hirschsteak an sautierten Kräuterseitlingen und Rosmarinkartoffeln. Medaillons vom Schwein mit Kürbis-Chili-Kruste, mit Möhrenstiften in Butter-Macaire ...«

»Nein«, beschied er knapp.

»Wie ist es mit Rinderhüftsteak mit Kürbiskruste und Kräuterseitlingen an getrüffeltem Kartoffelstampf?«

»Fisch. Ich bin am Meer, da möchte ich Fisch essen.«

Von der Tür kam eine rufende Stimme.

»Ich muss erst einmal draußen nach dem Rechten sehen«, sagte sie. »Hausgebeizter Lachs mit einer Senf-Dill-Soße, frischem Gemüse und Kartoffelrösti.« Sie stand auf.

»Das klingt schon besser.«

»Ich bin gleich zurück.«

Während die junge Frau dem Außenbereich zustrebte, schob er die Brille ein wenig hoch. Er musterte die Umgebung. Zufrieden ließ er sie erst wieder auf die Nase gleiten, als er sie zurückkommen hörte. Durch ein Fenster zur Küche gab sie eine Bestellung auf. Dann kam sie zu seinem Tisch.

»Keinen Lachs?«

»Haben Sie nichts Besseres, etwas Typisches für den Veermaster?«

»Natürlich. Gebratene Ostseescholle Finkenwerder Art mit Gurken-Dill-Schmand an Bratkartoffeln.« Sie schien seine Unschlüssigkeit zu spüren, darum ergänzte sie: »Ostsee-Zanderfilet mit Bordelaiser-Kruste, Rieslingsoße und Stampfkartoffeln oder ...«

»Oder?«

»Ostsee-Dorsch im Speckmantel mit geschmorten Römersalatherzen an Rahmlinsen.«

»Das nehme ich. Sagen Sie bitte dem Koch, er möchte eine besonders große Fischportion reichen. Ich zahle das.«

Bevor sie sich abwenden konnte, fragte er: »Wie heißen Sie eigentlich?«

»Conny.«

»Conny?«

»Das kommt von Cornelia.«

»Von Cornelia«, stellte er lapidar fest. »Man könnte ebenso gut Nele sagen, oder?«

Sie nickte. »Darf ich Sie etwas fragen?«

»Nur zu.«

Das Klingelzeichen aus der Küche zeigte, dass die Bestellung für den Außenbereich des Lokals fertig war.

»Dorsch im Speckmantel. Ist das in Ordnung?«

»Okay.«

Die Frau entfernte sich.

Sie wird neugierig, dachte er. Gut, soll sie nur.

Als sie zurückkam, sagte sie leise: »Sie haben mich nach meinem Namen gefragt, ich habe Ihnen den gesagt ...«

Lloyd lächelte. »Gaston, nach meinem französischen Großvater ... mütterlicherseits«, sagte er. »Mein Vater wiederum stammt aus Südafrika und hieß Lloyd. Also heiße ich Gaston Lloyd. Zufrieden?«

»Interessant, aber Ihr Dialekt ...?«

»Südafrika«, log er.

»Wow«, entfuhr es Conny anerkennend. »Sie sind ein faszinierender Mann. Und was arbeitet so ein abwechslungsreich lebender Mann?«

»Ich bin Journalist ... Freelancer. Im Augenblick arbeite ich an einer Reportage über Bootsflüchtlinge, die in Italien ankommen.«

»Lampedusa?« Sie nickte.

»Die Zahl der afrikanischen Flüchtlinge, die per Boot auf der Insel anlanden, steigt und steigt«, sagte Lloyd. »Allerdings erfüllt sich für die meisten Menschen die große Hoffnung auf ein besseres Leben nicht. Ich schreibe jetzt ein Buch darüber.«

Als der Ton der Küchenglocke anzeigte, dass wieder ein Essen bereitstand, sagte Conny: »Es sind Ihre Linsen.«

Wenig später war die junge Frau mit anderen Gästen beschäftigt, die nach und nach, zuerst die Plätze draußen mit dem unmittelbaren Hafenblick einnahmen, dann auch ins Lokal kamen.

Lloyd hasste Menschen. Er fühlte sich als Menschenfeind par excellence. Hin und wieder ließ er eine Frau für einige Tage näher an sich heran. Aber es würde ihm nicht einfallen, es mit einer länger auszuhalten als zwei, drei Tage über ein Wochenende. Wenn es hochkam, waren es zwei Wochen am Stück. Doch das hatte bisher nur eine der Frauen geschafft.

Als er fertig gegessen hatte, zahlte er.

»Werden Sie wiederkommen?«, fragte sie.

»Vielleicht, wenn Sie so schön lächeln wie im Augenblick, Nele ... bestimmt sogar.«

Er ging hinaus. An den Liegeplätzen der Steganlagen des größten Hafens im deutschen Teil der Insel lag abends Boot an Boot. Einige Boote waren schon unterwegs, um das Sonnenwetter auf See zu genießen. Zwei der Schiffe machten ihre Eigner gerade fertig, um auszulaufen. Er lief auf der linksseitigen Seite des Hafens entlang. Im Fischladen, bei dem er zuvor mit dem Fernglas den Rechnungsbon gelesen hatte, bewunderte er das Angebot. Tatsächlich aber war er dabei, sämtliche Liegemöglichkeiten für Schiffe in sich aufzunehmen. Jene Schiffe, die er erwartete, fanden nur an dieser Längsseite des Hafens Platz. Beruhigt ging er nach dieser Feststellung zu der angemieteten Wohnung zurück.

2. Kapitel

Ralswiek, 23. Juni 2007

Die vier Männer landeten am Vortag auf dem kleinsten Flugplatz Deutschlands, in Fehmarn-Neujellingsdorf.

Drei wiesen ihre afrikanische Herkunft mittels ihrer Hautfarbe aus. Sie war unverkennbar schwarz.

Zwei von ihnen waren erst am 20. Juni mit Britisch Airways via Nairobi in London-Heathrow eingeflogen worden. Der erst zweiundzwanzigjährige Aaron Chandu, Sohn des Gründers der Kiliwhite Ltd., Juma Chandu, jenes sagenumwobenen Multimillionärs aus Nairobi, der auf mysteriöse Weise über ein für afrikanische Verhältnisse unverhältnismäßig hohes Kapital verfügte, und Taabu Zahran, ein großgewachsener, dürrer Massai, die rechte Hand des afrikanischen Moguls, der die Überseegeschicke kontrollierte. Der dritte Kenianer, Yakubu Uhuru, ein fünfundvierzigjähriger Internetunternehmer, kam aus dem Stamm der Kikuyu. Der Mitbegründer der Kiliwhite Ltd., dessen Tätigkeitsfeld als Stationsleiter des wichtigsten Außenstandortes der Gesellschaft in London lag, unterstützte via Internet die Arbeit. Er kam damit den Interessen aller Beteiligten sehr entgegen.

Der vierte Mitreisende, der stellvertretende Stationsleiter der Kiliwhite Ltd. in London, Hector Limas, war der einzige Weiße. Er verfügte über ein Patent, das ihn zur Führung eines solchen Bootes über die Meere befähigte und eine Anmietung des Motorseglers erst ermöglichte.

Der zweiundvierzigjährige Limas war bei einer Großwildsafari Juma Chandu begegnet. Er hatte ihn an der Bar des Norfolk Tower getroffen, einer Institution in Nairobi, in der schon der alte Hemingway gewohnt und an deren Bar er bis zum Abwinken gesoffen hatte. Bis zum Morgengrauen führten sie ein interessantes Streitgespräch über den Niedergang verschiedener Tierarten Afrikas. Gegen sechs Uhr verabschiedeten sie sich, um wenigstens einige Stunden Schlaf zu bekommen. Sie waren übereingekommen, dass Limas mit seinen Kontakten in der Wirtschaft, die weit über Großbritannien hinausgingen, in die Dienste der Kiliwhite Ltd. eintreten würde.

Am Vortag war der seegängige Motorsegler *Mercurius*, eine in Deutschland gebaute Stahl-Yacht, von der Charterfirma verproviantiert worden. Noch am selben Nachmittag starteten die Männer die rund Achtzig-Seemeilen-Reise.

Am Abend bereitete Taabu Zahran Steaks vom Springbock vor, die er mitgebracht hatte, um einen Hauch ostafrikanischer Heimat zu genießen.

Nach Mitternacht übernahm Yakubu Uhuru das Ruder. Bis zu diesem Zeitpunkt war Hector Limas allein am Steuer gestanden. Zu gefährlich war der rege Schiffsverkehr innerhalb der Kadetrinne, in der Mecklenburger Bucht, zwischen der deutschen Halbinsel Fischland-Darß-Zingst und der Insel Falster auf dänischer Seite, die ihren Ruf als eines der schwierigsten und gefährlichsten Gewässer der gesamten Ostsee alle Ehre machte.

Zahlreiche Frachter jeder Größe, zwei gewaltige Tanker sowie die Fähren, die von Deutschland nach Dänemark und Schweden unterwegs waren, begegneten ihnen, unter anderem die weißen Fährschiffe mit dem roten Schornstein der Stena Line, die Kiel – Göteborg und zurück bedienten, Moltzaus graue Armada, die Travemünde mit Gedser verband, und die Schiffe der TT-Linie.

Als sie ihre Schiffsreise begannen, waren sie gleich einem Geschwader russischer Kriegsschiffe begegnet, das ihnen aus der östlichen Ostsee entgegenkam und in den Belt einlief, um über Kattegat und Skagerrak die Nordsee zu erreichen. Die Flotte bestand aus einer Reihe kleinerer Begleitschiffe, dem U-Boot-Jagdschiff Seweromorsk der Nordflotte, dem Raketenkreuzer Warjag sowie dem großen U-Boot-Abwehrboot Marschall Schaposchnikow. Gemeinsam hatten sie in der Region um die Insel Ostrow Moschnüj bis Scherkow Swjatöj Tronu an einer

Übung teilgenommen. Nun waren sie auf der Reise zu ihren Stützpunkten außerhalb Russlands.

Bis die Nacht hereinbrach, war Hector Limas immer nur für wenige Augenblicke zum Schlafen gekommen, denn er hatte den Männern, die für kurze Zeit das Ruder übernehmen durften, eingebläut, ihn ja anzustoßen, wenn eines der Schiffe sie passierte oder gar auf sie zukam. Sehr gefährlich wäre es gewesen, hätte eines der Riesenschiffe sie überlaufen. Limas wusste nur zu gut, dass sie jämmerlich ersaufen müssten, gäbe es eine solche Kollision.

Nach elfeinhalb Stunden, um vier am Morgen, sahen sie das zuckende Licht des Leuchtturms vom Darßer Ort. Sechs Stunden später kam Hiddensee in Sicht. Gegen zwei Uhr am Nachmittag, nach rund zweiundzwanzig Stunden Fahrt, lag die Insel querab. Sie näherten sich der Einfahrt in den Vitter Bodden, die sie gleich passieren müssten. Noch gut drei Stunden durch den Vitter und den Jasmunder Bodden – nur mit der Motorkraft des 102-PS-Diesels waren sie dabei, ihr Ziel Ralswiek auf Rügen anzusteuern.

Yakubu Uhuru, der Stationsleiter der Kiliwhite Ltd. in London, hatte den Spätdienst in der winzigen Pantry übernommen. Er bereitete ein typisches kenianisches Abendessen vor, einen ostafrikanischen Geflügelsalat. Wenngleich die in Europa lebenden Männer die Gerichte westlicher und internationaler Küche mochten, waren es Taabu Zahran und der Junge Aaron Chandu, die heimische Gerichte vorzogen.

»Mach, dass du rauskommst, Aaron«, sagte Yakubu Uhuru. »Es ist ohnehin zu eng hier.«

»Aber ich bin hungrig«, widersprach Aaron Chandu.

»Ich habe dich niemals anders gesehen. Also raus.« Uhuru wischte die fettigen Hände an einigen Servietten ab, die er von der Küchenrolle gezogen hatte. Er nahm die geöffnete Dose mit den Ananasstücken, goss die Flüssigkeit in den Ausguss. Dann zerschnitt er die Stücke fingergroß. Er nahm nacheinander eine Dose Keniabohnen und eine Dose mit kleinen Champignons, goss deren Flüssigkeit ebenfalls ab. Er filetierte eine Orange, schnitt zwei Frühlingszwiebeln in dünne Ringe. Er schichtete alles in Lagen in eine große Kunststoffschüssel. Zwei Esslöffel Mayonnaise und zwei Esslöffel Mangochutney, von einer halben Zitrone den Saft, eine Messerspitze Cayennepfeffer sowie einen Teelöffel Currypulver gab er hinzu. Dann rundete Yakubu Uhuru den Geschmack mit Salz und etwas Pfeffer aus der Mühle ab, bedeckte die Schüssel.

Im Bodden lag die *Mercurius* ruhig im Wasser. Dünungsfrei glitt sie leicht dahin. Gut, dachte Limas, dass ich von Fehmarn aus einen Liegeplatz bestellt habe. Jetzt, wo das Störtebekerfest in Ralswiek begonnen hat, sind die Liegeplätze ausgebucht. In das Gewühl des Festes abzutauchen gehörte zu dem Plan, den Limas seinem Chef unterbreitet hatte. Sein Blick ging nach steuerbord zum Schloss Ralswiek und der vorgelagerten Seebühne, auf dem die Festspiele stattfanden. Minuten später machten sie am Kopf des mittleren der drei Stege fest. Es war der Liegeplatz, den man Limas zugeteilt und per Mail bestätigt hatte.

Wie aus dem Nichts tauchte der Hafenmeister auf, um die ungewöhnliche Crew des Schiffs auf die Gepflogenheiten des Hafens aufmerksam zu machen und die Liegegebühr zu kassieren.

Limas erledigte die Formalitäten, während die anderen drei Männer unter Deck munter in Kisuaheli palaverten, was weder der Hafenmeister noch Limas verstand. Zum Schluss gab der Hafenmeister Limas eine Broschüre mit den wichtigsten Sehenswürdigkeiten der Insel, Informationen über die Störtebeker-Festspiele, den Bahn-, die Schiffsverbindungen und die Telefonnummer der örtlichen Taxizentrale. Der Mann verschwand ebenso schnell, wie er gekommen war.

Der Himmel zeigte graue Schlierenwolken. Limas beobachtete den Hafen. Er sah ein lebhaftes Treiben, was zu dieser Jahreszeit keineswegs etwas Besonderes war. Schließlich war Mitte Juni für viele schon der Urlaubsanfang. Die Störtebeker-

Festspiele waren ein faszinierender Anziehungspunkt. Exakt heute, am 23. Juni, war der Beginn der diesjährigen Festspiele. ›Verraten und verkauft‹ war, nach ›In Henkers Hand‹ 2006 die erste Inszenierung der neuen Episoden. Die Festspielleitung hatte diesen Zyklus für die nächsten sechs Jahre geplant.

»Ich möchte, dass wir immer eine Wache an Bord haben«, begann Limas, während Uhuru den Tisch deckte und sich die beiden anderen Männer um irgendetwas stritten, was Limas nicht verstand. »Habt ihr es gehört?«, setzte Limas nach.

Die beiden Männer verstummten.

»Wir teilen Wachen ein. Nie wird unser Boot aus den Augen gelassen.«

»Gibt's dafür einen Grund?«, maulte der junge Aaron Chandu.

»Es ist eine alte Weisheit, Aaron. Lass nie dein Schiff aus den Augen, es könnte gestohlen werden«, mischte Taabu Zahran sich ein. »Dein Vater würde dir das ebenfalls sagen.«

»Wir wollen doch zu diesem *sherehe* gehen«, begehrte Aaron auf.

»Es ist kein gewöhnliches Fest«, sagte Limas. »Es sind Festspiele.«

»Tamasha«, sagte Taabu Zahran in Kisuaheli.

»Umso lieber gehe ich da hin.«

»Einer von euch sollte hierbleiben«, erklärte Limas.

»Warum?«, fragte Aaron.

»Weil Hector mitgehen sollte«, sagte Uhuru.

»Weshalb sollte Hector mitgehen?«, fragte Aaron.

»Falls es Probleme gibt.«

»Probleme? Was für Probleme?«

»Wir sind in Deutschland«, sagte Limas.

»Und?«

»Da wird ab und zu ein ›Nigger‹ totgeschlagen«, sagte Taabu Zahran lapidar.

»Du solltest nicht so respektlos von deinem Volk sprechen«, sagte Limas leise.

»Aber es stimmt.«

»Was stimmt?«, fragte Aaron nach.

»Dass es in Deutschland Fremdenhass gibt. Ganz zuerst trifft er die schwarze Haut. Die kommt noch vor den Türken, denn die erkennt man erst richtig, wenn sie den Mund aufmachen«, sagte Yakubu Uhuru.

»Ich will da hingehen«, beharrte Aaron.

»Taabu ...« Limas meinte das als Aufforderung an den Massai, ein Machtwort zu sprechen. Er wusste, dass Zahran wohl der Einzige war, auf den Aaron hören würde.

»Limas hat recht«, sagte Zahran. »Einer bleibt hier. Du bist derjenige, der heute die erste Wache übernimmt, Aaron.«

Aaron schäumte, doch er wusste, wie der Vater reagierte, würde der Massai über seine Widerspenstigkeit berichten.

Sie setzten sich in der Messe an den Tisch.

»Es sieht gut aus«, sagte Limas, als Yakubu Uhuru das Essen brachte.

»Und es riecht schon verführerisch«, gab Aaron zu.

»Dabei könnte es wohl gerade für dich reichen«, sagte Yakubu Uhuru mit einem breiten Grinsen.

»Wir lassen ihm den Hauptanteil«, beschied Taabu Zahran kurz. Er legte sich einen Löffel des auch für ihn köstlichen Geflügelsalates vor. Dann brach er ein großes Stück eines der drei Baguettes ab, die ihre knackige Frische bereits verloren hatten. Doch das störte ihn nicht.

»Der Hafenmeister hat uns eine Übersicht der Möglichkeiten gebracht, die uns die Insel bietet«, sagte Limas. »Wir werden sie wohl kaum nutzen können. Wir werden hier nur eine Nacht liegen und müssen morgen am Spätnachmittag verschwunden sein.«

»Ist das ein Problem?«, fragte der Massai.

»Wir fahren, bis es dunkel wird, ankern draußen im Wieker Bodden«, sagte Limas. »Dann haben wir noch immer eine rund Zehn-Stunden-Reise bis zum Treffpunkt.«

Einen Augenblick schwiegen sie kauend.

»Wenn wir allen Unbilden aus dem Wege gehen wollen«, sagte Taabu Zahran nachdenklich, »bleiben wir gemeinsam an Bord bis morgen.«

»Glaubst du, dass es Ärger geben kann?«, brauste Aaron auf.

»Ich will es gar nicht darauf ankommen lassen. Was meinst du, Hector?«

Limas zuckte mit den Schultern. »Jeder von uns braucht zwar ein wenig Landgang. Doch müssen wir vermeiden, was die Operation gefährdet.«

»Dann bleiben wir heute alle an Bord«, beschied Taabu Zahran.

Aaron brauste abermals auf. »Ich werde mit meinem Vater telefonieren.«

»Tu das«, sagte der Massai ruhig. »Aber er wird nicht sonderlich begeistert reagieren. Hat er doch ausdrücklich angeordnet, nur im äußersten Notfall Kontakt mit ihm aufzunehmen. Einen Notfall sehe ich nicht.«

Aaron erkannte die aussichtslose Lage.

»Du kannst dich nützlich machen. Hilf Yakubu beim Abräumen, Aaron.« Taabu Zahran stand auf. »Lass uns hochgehen«, sagte er zu Limas.

Die beiden Männer gingen ins Ruderhaus.

Der Massai schaute hinaus zum Horizont. Die Sonne ging glutrot unter. Es ist fast wie zu Hause, dachte er. Nur das Brüllen der Löwen fehlt und der schnelle Wechsel vom Tag zur Nacht.

Limas steckte sich eine Zigarette an. Zweimal glühte sie auf, bevor er sagte: »Wir haben den Termin morgen elf Uhr. Die Frage ist, wer geht hin?«

»Ich denke, dass wir beide das machen werden«, sagte der Massai.

»Wie erklärst du das Yakubu? Er ist der Europachef.«

»Ich werde ihm sagen, dass er zusammen mit Aaron hier sein muss, weil wir gezwungen sind, nachzutanken.«

»Ich bin der Einzige mit einem Patent.«

»Wer weiß das außer uns? Yakubu ist schon mit seinem Vater auf dem Victoriasee zwischen Muhuru und Kisumu hin und her geschippert. Wusstest du das nicht? Der Alte war dort Kapitän. Yakubu kann das.«

Später, als Zahran über das Wasser des Jasmunder Boddens schaute, sah er in der Abenddämmerung ein großes Motorboot näher kommen. »Wir kriegen Besuch.«

Limas justierte das Fernglas. »Es ist ein umgebauter Fischkutter«, sagte er ruhig. »Solche Schiffe gibt es auch bei uns in Großbritannien, seegängig, zuverlässig. Sie bieten viel Raum.«

»Ein Fischkutter?«

Limas antwortete nicht. Er beobachtete, wie der Kutter am Kopf des linken Stegs festmachte.

»Es ist eine Frau an Bord«, sagte er nach einer Weile.

Yakubu Uhuru und Aaron spielten Scrabble. Aaron war ganz scharf darauf. Yakubu hingegen ließ es über sich ergehen. Sie mussten so die Zeit totschlagen, um den Jungen daran zu hindern, Unruhe wegen der Störtebeker-Festspiele zu verbreiten.

Kurz nach zehn verschwand Yakubu Uhuru, der eine der beiden Kojen im Vorschiff benutzte, und legte sich hin. Limas ging kurz nach ihm. Er war geschlaucht von den überlangen Wachen, die er während der Fahrt am Ruder gestanden oder zumindest wach daneben aufgepasst hatte.

Aaron Chandu räumte das Spiel zusammen. »Legst du dich gar nicht hin?«, fragte er.

Taabu Zahran schaute auf. Er schob das kleine Buch beiseite, in das er stichpunktartig Tagesereignisse notierte. Später würde er sich Erinnerungsanstöße holen, wenn er die Berichte für Juma Chandu, seinen Boss, schreiben würde.

»Ich brauche wenig Schlaf«, sagte er. »Da ich keine Ruhe finde, solange du nicht im Bett bist, bleibe ich, bis auch du müde sein wirst.«

Aaron schluckte einen Fluch herunter. Dann ging wortlos ins Achterschiff, wo er sich die Kabine mit dem Massai teilte.

Taabu Zahran ging noch einmal hoch zum Steuerstand des Bootes. Er setzte sich und sah in die Dunkelheit hinein, ob er im fahlen Licht der Laternen Bewegungen ausmachen konnte. Auch der umgebaute Fischkutter, der wenige Stunden zuvor angekommen war, lag im Dunklen. Er konnte keine Bewegung an Bord des Schiffes feststellen. Als er überprüft hatte, dass die Außentüren des Motorseglers verschlossen waren, ging auch er hinunter zu seiner Koje. Bevor er die Schiebetür öffnete, lauschte er hinein. Was er vernahm, machte ihn zufrieden. Aaron stieß ein gedämpftes Röcheln aus, das der Massai schon aus anderen Nächten kannte. Sehr leise legte er sich in die Koje. Er hatte sich nicht ausgezogen, um jederzeit sprungbereit zu sein, falls Aaron ihn erfolgreich getäuscht hatte. Seine Vorsicht war unbegründet. Aarons gleichmäßiges Atmen zeigte ihm, dass der Sohn des Chefs der KW schlief. Doch wenn er versuchte, ihn zu täuschen, um von Bord zu schleichen, würde er nicht einmal bis zur Messe kommen, denn der Massai war es aus vielen Nachtjagden und Wachen bei den Zelten während der Safaris in der ostafrikanischen Savanne gewöhnt, selbst die spärlichste Regung wahrzunehmen. Der kleinste Laut, den ein Löwe von sich geben würde, oder das Knacken eines Astes, wenn ein Springbock in der Nähe äste, wären ihm nicht entgangen. Hier lag die Situation anders. Doch die zarte Welle, die, von einem Paddelboot übertragen, sich an der stählernen Wand des Schiffes leicht plätschernd brach, das leiseste Geräusch eines eintauchenden Paddels – keiner der Mitreisenden könnte sie bemerken. Der Jagdinstinkt eines Massai aber schläft nie.

Kurz nach vier brach die Morgendämmerung herein. Für Taabu Zahran das Zeichen, aufzustehen. Nichts würde er anders machen als zu Hause in seiner Enkaji in der Savanne. Es war eine typisch kenianische Rundhütte, gebaut mit getrocknetem Kuhdung, in denen auch Ziegen über Nacht blieben, damit sie nicht einem Raubtier zum Opfer fielen. Dementsprechend herb kam der Geruch bei empfindlichen Nasen an, den seine beiden Frauen als durchaus normal ansahen.

Für Taabu Zahran hatte sich das Leben geändert, als ihn Juma Chandu an sich band. Der junge Massai erledigte zuerst wie eine Art Butler Arbeiten für den Boss. Mit dem Einkommen ermöglichte er seinen beiden Frauen und den drei Kindern ein sicheres Leben. Doch der Millionär Juma Chandu hatte das ungewöhnliche schnelle Auffassungsvermögen und die Sprachbegabung des jungen Mannes erkannt, der neben seiner nilotischen Stammessprache auch Suaheli und fließend Englisch sprach. Es verging kein Jahr, da schickte er ihn auf die School of Business der University of Nairobi. Was dann geschah, hatte selbst den geschäftstüchtigen Millionär verblüfft. Taabu Zahran schaffte den Master-Abschluss innerhalb von zwei Semestern. Fortan arbeitete er als rechte Hand seines Chefs und war in alle Übersee-Geschäfte eingeweiht.

Mit Gründung der Kiliwhite Ltd. gehörte Taabu Zahran zu den unangefochtenen Führungskräften. Immer seltener erlaubte es ihm seine Zeit, hinauszufahren, um die Familie zu sehen. Manchmal überkam ihn der Wunsch, dies zu ändern. Doch wusste er zu genau, dass ihm eine solche Chance eines pekuniären Aufschwungs nur einmal geboten wurde. Er entschied sehr bewusst, die Stellung bei Juma Chandu so lange zu behalten, bis dieser ihn eines Tages vor die Tür setzte.

Kurz nach fünf kam Limas in die Messe. »Morgen, Taabu«, sagte er lässig und gähnte.

Der Massai war gerade dabei, sein kleines Buch mit den Eintragungen zu versorgen, die er am Tage zuvor nicht mehr geschafft hatte. Er klappte es zu.

Limas war nicht überrascht, ihn zu so früher Stunde anzutreffen. »Du schläfst wohl nie.«

»Schlafen können wir noch lange genug«, sagte Zahran.

Limas lachte auf. »Wenn wir tot sind, ich weiß. Das ist deine Philosophie.« Er stellte den Topf mit dem Wasser für den Kaffee auf den Gaskocher und zündete die Flamme an.

»Kaffee?«

»Wir Briten trinken eigentlich lieber einen guten Tee. Doch du, Taabu, möchtest Kaffee. Also koche ich Kaffee für alle, die zu so früher Stunde auf sind.«

Zahran lächelte breit. »Wir schauen uns das Bauwerk heute nur an, Hector«, sagte er warnend. »Nach dem, was ich darüber gelesen habe, haben wir es ausschließlich mit einer großen historischen Ruine zu tun, die man wiederbeleben will, koste es, was es wolle.«

»Dafür wird sie preiswert sein«, widersprach Limas.

»Vielleicht. Aber es gelten drei Regeln für jede Immobilieninvestition – Lage, Lage, Lage.«

Limas lachte auf. »Eine bessere Lage findest du nicht, um ein Projekt anständig mit Gewinn vermarkten zu können.«

»Wir wollen kein Projekt vermarkten, Hector. Der Boss hat gesagt, nur dann, wenn es so außergewöhnlich ist, dass man es machen muss.«

»Und?«

»Wir können, aber wir werden nicht, wenn wir zu viel Geld über zu lange Zeit binden müssen.«

»Aber die Lage ... Genau hinter der Düne. Derartiges bekommst du heute gar nicht mehr so genehmigt.«

»Ich erinnere mich gern an unsere gemütlichen Enkajis. Wenn ich nur daran denke, ich müsste in einem solchen Monstrum leben, würde ich sehr still werden und eingehen«, sagte Zahran nachdenklich.

»Doch mit Ziegen in einer so kleinen Rundhütte wohnen ...«

»... ist für mich nicht mehr à jour, aber allemal vorzuziehen«, konterte Zahran. »Immer, wenn ich nach Haus komme, um meine beiden Frauen Zainabu und Mwanaisha und die Kinder zu sehen, weiß ich, dass sie glücklich sind, so wie sie leben, in Freiheit und mit einem Mann, der sie ernähren kann! Löwenjagd, Hector, ist nicht mehr ganz zeitgemäß. Wir jagen jetzt eine andere Art Löwen.«

Limas goss das kochende Wasser auf das Kaffeepulver in der Kanne. Unmittelbar zog der herrliche Geruch durch die Messe. Er stellte zwei große Tassen und die Kanne auf den Tisch.

Irgendwie ist es schon beachtlich, was dieser hagere Kerl aus seinem Nomadenleben macht, dachte er. Wer kann schon von sich behaupten, aus der Savanne zu kommen und innerhalb von kurzer Zeit zur rechten Hand eines der reichsten Männer Nairobis aufzusteigen? Das nenne ich Glück.

Für zehn Uhr hatte Limas durch den Hafenmeister das Taxi bestellen lassen. Pünktlichkeit ist eine deutsche Eigenschaft, stellte er fest, als der gelbe Wagen am Kai entlangfuhr und vor dem Steg stehen blieb.

Das ungleiche Paar, der etwas untersetzte Limas und der lange Zahran gingen den Steg entlang zur Pier. Neugierige Blicke anderer Bootseigner und deren Gäste folgten ihnen.

Limas nannte dem Fahrer die Adresse. Der Wagen setzte sich unvermittelt in Bewegung. Sie unterhielten sich noch eine Weile in englischer Sprache. Zahran bemerkte, dass der Fahrer dauernd in den Spiegel schaute. Scheinbar hörte er ihnen zu. Deshalb schwiegen die Männer.

Das Erste, was er von dem langen Bauwerk sah, empfand Taabu Zahran als einen Schlag ins Gesicht.

»We are there, Mister. That's prora. One of the major buildings of the Nazis. House one ...«, sagte dcr Fahrcr und hielt vor dem langgezogenen, grauen Bau.

»Can you see the road slowly continue until the end of the building?«, fragte Taabu Zahran.

Das Taxi fuhr langsam an dem viereinhalb Kilometer langen Bau entlang.

»Are you familiar with the parts of the building?«, fragte Limas.

»Yes, indeed.«

»House four ... they hold in front of.«

Zahran machte eine Geste, der Fahrer solle weiter am grauen Bau vorbeifahren. An manchen Stellen glich es eher einem Fragment, bestehend aus Betonpfeilern, die mit roten Backsteinen ausgemauert waren. Das Ganze machte einen überaus fragilen Eindruck.

Vor dem Eingang stand ein grauer Mercedes der mittleren Baureihe. Der Fahrer hielt an und grüßte nickend zu dem Wagen hinüber. Offensichtlich kannte er die beiden Personen, die dem Wagen entstiegen waren.

Limas zahlte. Die Männer stiegen aus. Das Taxi wendete und fuhr davon.

»Wir könnten noch eine Weile gebrauchen«, sagte Limas mit dem Blick zur Armbanduhr. »Doch die Deutschen sind pünktlich.«

»Es ist kein Weltwunder«, stellte Zahran fest. »Und es ist maroder als eine Enkaji nach einem heftigen Sturm während der Regenzeit – und erheblich hässlicher.«

»Aber es beeindruckt«, widersprach Limas. »Wer konnte schon 1935 so verrückt sein, ein viereinhalb Kilometer langes Bauwerk zu errichten?«

Taabu Zahran sagte nichts. Sie gingen auf die Menschen zu, die neben dem Mercedes standen. Der Mann mochte die vierzig gerade überschritten haben, während die Frau noch jung war.

Der Blondine fällt fast die Kinnlade herunter, dachte Limas, als er sah, dass die Frau nur zögerlich Taabus Hand ergriff und stammelte: »Meier ... Ines Meier.« Limas wusste sofort, was Zahran dachte: In dieser Welt der Weißen bin ich nur ein lausiger Nigger vom schwarzen Kontinent.

»Hector Limas«, sagte Limas, als er dem Mann die Hand gab.

»Dann haben wir miteinander telefoniert. Wolfgang Schröder.« Er reichte Limas seine Visitenkarte. Sie wies ihn als Dr. Wolfgang Schröder aus, was Limas eher belustigt registrierte.

Limas lächelte. »Ich habe Sie gleich an der Stimme erkannt«, sagte er. »Das ist also der Prachtbau, den Sie offerieren.«

»Wir sind jetzt am Haus eins. Für dieses Haus gibt es einen Investor aus Berlin, der sich brennend dafür interessiert. Aber es ist möglich, eines der anschließenden Häuser, Haus zwei oder drei, zu erwerben, wenn Sie eine geeignete Nutzung einreichen.«

»Eine geeignete Nutzung?«, fragte Zahran.

»Das Land möchte natürlich erfahren, wie der jeweilige Investor das Haus zu nutzen gedenkt. Damit sollen erfolgreiche Modelle gefördert werden.«

»Es sieht eher aus wie eine Riesenruine«, stellte Limas fest. »Wer ist der Eigentümer der Immobilie?«

»Der Bund.« Er sah, dass die Auskunft bei den beiden Männern auf Unverständnis stieß. Deshalb fuhr er fort: »Die Bundesrepublik Deutschland und das Land Mecklenburg-Vorpommern.«

»Warum wollen die es nicht selbst so herrichten, dass es ordentlich verwendbar ist?«, fragte Taabu Zahran, der bisher geschwiegen hatte.

»Das ist eine Investitionsfrage. In diesem Fall ist man an privaten Investoren interessiert.«

Limas wechselte mit Zahran vielsagende Blicke.

»Welche Summe will der Staat für eines dieser Häuser erzielen?«, fragte Limas.

»Fünf Millionen Euro«, sagte Schröder.

Zahran atmete hörbar aus. »Gehen wir ein Stück«, sagte er.

Die kleine Gruppe setzte sich langsam in Richtung Haus zwei in Bewegung. Schröder erläuterte bildreich, welch ein interessanter Bau das doch sei, und was für Möglichkeiten er böte, in dieser exponierten Lage. Das reiche vom Hotelbau bis zu – an dieser herausgehoben Strandlage – sehr begehrten Eigentumswohnungen.

Als sie am Haus zwei ankamen, fragte Limas: »Haben wir die Möglichkeit, uns die Räumlichkeiten anzusehen?«

»Selbstverständlich«, sagte Schröder. »Die Schlüssel.« Er sah seine Sekretärin herausfordernd an.

Die Frau schloss die provisorische Absicherung des Hauses auf. Die Männer gingen hinein. Überall fehlten Teile des Putzes. Auch die Fenster, die teilweise eingeschlagen worden waren, hatte man nicht ersetzt, manche jedoch einfach mit Brettern vernagelt.

»Fünf Millionen Euro«, sagte Limas langsam. »Glauben Sie wirklich, eine solche Summe erzielen zu können?«

»Bedenken Sie, welch große Grundfläche Sie dafür bekommen«, sagte Schröder.

Limas schaute zu Taabu Zahran. Niemand außer ihm würde erkennen können, was der Massai jetzt dachte. »Für den Fall, dass sich Kiliwhite Ltd. auch nur im Ansatz damit beschäftigen soll, müssten Sie Ihr Angebot schon deutlich nach unten verhandelbar präzisieren.« Er drehte sich um und ging, den anderen voran, zum Eingang zurück.

»Im Augenblick kann ich Ihnen kein günstigeres Angebot machen, bin jedoch sicher, dass ich nach Rücksprache mit dem Auftraggeber noch ein wenig Spielraum erreichen kann.«

Während des Rückwegs machte Hector Limas den Immobilienmakler auf weitere Probleme am Haus aufmerksam.

»Wären Sie so freundlich, uns ein Taxi zu rufen?«, fragte er schließlich.

Der Makler schloss das Haus wieder ab und telefonierte kurz.

An den Fahrzeugen angekommen, tauschten sie noch einige Floskeln über Binz, Rügen und die Entwicklung nach der politischen Wende in Deutschland aus. Als das Taxi kam, verabschiedeten sie sich.

Auf der Fahrt durch Binz ließ Limas das Taxi vor einem Supermarkt halten. Er bat den Fahrer zu warten, während er und Taabu Zahran hineingingen, um für die nächsten vierundzwanzig Stunden Verpflegung einzukaufen. Überall, wo der Massai auftauchte, begleiteten ihn neugierige, manchmal feindselige Blicke. Er schien es nicht zu bemerken. Das aber war ein Irrtum. Taabu Zahran spürte sehr wohl die ablehnende Haltung, die ihm entgegenschlug.

Gegen vierzehn Uhr hatten sie den Proviant an Bord der *Mercurius* verstaut und nahmen Kurs auf die östliche Ostsee.

3. Kapitel

Ein Jagdlager in der Nähe Massai Mara,
im August 2004

Die Gruppe bestand aus vier Männern und einer Frau, die vor wenigen Stunden mit dem Flugzeug aus Mombasa angekommen waren. Dort hatten sie auf Einladung Juma Chandus im Dolphin, ganz in der Nähe Mombasas genächtigt, sich am Pool des Hotels erholt. Das wichtigste Ereignis aber war für die fünf das Hochseeangeln, das Juma Chandu organisierte. In den zwei Tagen hatten sie einen Blue Marlin, zwei Yellow Fin Tuna – Gelbflossenthunfische –, diverse Barsche, einen Karambezi und letztlich einen Delphin gefangen. Während sie die Großfische allesamt wieder in die Freiheit entließen, boten die Zackenbarsche und der Karambezi – das ist der Name für den Giant Trevally in der Bantusprache Swahili – wundervolle Mahlzeiten, die das Personal zum Teil schon an Bord hervorragend zubereitete.

Juma Chandu verstand sein Geschäft. Schließlich gehörte ihm die Kenia-Safari & Fishing-Ltd. Diese Firma rangierte bei den europäischen sowie den nordamerikanischen Reiseanbietern an einer der ersten Stellen.

Menschen, die er zu instrumentalisieren anstrebte, erhielten stets seine individuelle Betreuung. Von diesen fünf Personen stand zumindest eine ganz oben auf der Liste Chandus. Er plante in London eine Holding zu gründen, eine europäische, die selbst diffizile Unternehmungen koordinieren und überwachen können müsste, weitab vom Geruch des armen Afrika. Genau dafür suchte er seit einiger Zeit einen geeigneten Repräsentanten. Einer der Gäste, Hector Limas, verfügte über die ausgezeichnete Referenz seines britischen Geschäftsfreundes Chandus. Deshalb hatte der sein ausgeprägtes Interesse geweckt. Um ihn bemühte er sich während der einwöchigen Reise besonders und lud ihn ein, nach dem Ende der Safari für zwei Tage im Norfolk Tower in Nairobi mit ihm über eine Zusammenarbeit zu sprechen.

Die beiden Geländewagen, ein Land Rover Defender und der Toyota Land Cruiser, erreichten das Zeltlager. Es war nur wenige hundert Meter von einem Massai-Dorf entfernt aufgeschlagen und für die Nacht, in der Wildtiere bis dicht an das Lager herankommen konnten, mit automatischen Bewegungsmeldern gesichert worden.

»Wir nehmen jetzt einen Tee«, begann Juma Chandu seine kleine Ansprache, als alle an dem Klapptisch Platz genommen hatten. »Und dann biete ich Ihnen ein besonderes Erlebnis, das Sie sicher lange nicht vergessen werden. Wir werden heute hier abseits der Mara Simba Lodge nächtigen, damit Sie das Feeling vergangener Jagdzeiten erleben können.«

»Was meinen Sie damit, Mister Chandu?«, fragte die einzige Frau der Gruppe, eine herbe Mittfünfzigerin, die als Kriegsreporterin zuletzt im Jahr 2003 auf der vergeblichen Suche nach Saddam Husseins nicht vorhandenen Massenvernichtungswaffen in Irak unterwegs gewesen war. Der amerikanische Außenminister Colin Powell präsentierte Beweise für die angeblichen Massenvernichtungswaffen des Iraks vor dem UN-Sicherheitsrat. Er zeigte auch eine Kaufvereinbarung der irakischen Regierung mit der Regierung des Niger über waffenfähiges Plutonium. Beides erwies sich als Fälschung.

Aus Protest gegen diesen durch ein Lügengestrüpp verursachten Kriegs war Rhonda Irene Morken von ihrer Mission zurückgetreten und nach Brentwood, fünfunddreißig Kilometer von London entfernt, zurückgekehrt. Kurz vor ihrer Abreise aus der Nähe von Mosul hatte sie ein Querschläger am Bein erwischt. Mit einem gewissen Stolz genoss sie diesen Hinweis auf ihre Tätigkeit, indem sie das rechte Bein leicht nachzog.

»Ich meine, Mrs. Morken, das Feeling, das der englische Großwildjäger Denys Finch Hatton in der damaligen Kronkolonie Britisch-Ostafrika in den dreißiger Jahren des vorigen

Jahrhunderts als Liebhaber der dänischen Autorin und Farmerin Karen Blixen jener Frau vermitteln konnte.«

»Ich hatte keine Farm in Afrika. Leider. Mein Afrika waren die Kriege dieser Welt«, insistierte Morken. »Und die Liebhaber ...«

Doch Juma Chandu ging nicht mehr darauf ein. Er gab den beiden Dienern ein Zeichen.

»Wer möchte, kann jetzt einen Tee trinken, denn danach werde ich Sie entführen. Es ist unser vorletzter gemeinsamer Abend.« Juma Chandu machte eine Pause, während die beiden weißbehandschuhten Diener die kleine Gruppe mit Tee versorgten.

»Der Massai Mara ist der schönste Nationalpark. Diese Region weist einen der am dichtesten bewohnten und größten Tierbestände in Afrika auf. Wir in Kenia sind stolz darauf, das unseren Gästen anbieten zu können«, fuhr Juma Chandu fort. »Als wir heute Morgen losfuhren, haben Sie die Löwinnen beobachten können, die kurz nach Sonnenaufgang ein Gnukalb erlegt haben. Sie erinnern sich an die große Zahl der imposanten Geier? In gebührendem Abstand saßen die großen Aasfresser um die Löwen herum und in den umliegenden Bäumen, von denen sie sich noch einen genaueren Überblick verschafften. Sie ließen die Löwinnen und die Reste des Kalbs nicht aus den Augen. Sie haben die Tüpfelhyänen gesehen, die in ihrem typischen Passgang angelaufen kamen, dann aber in angemessenem Abstand sitzen blieben, sich noch nicht näher an die geschlagene Beute heranwagten. Auch sie hatten Hunger. Nach einer Zeit waren die Löwinnen satt und konnten den Resten des Gnukalbes nichts mehr abgewinnen. Sie zogen sich langsam zu einer Buschgruppe zurück. Doch kaum waren die Raubkatzen weg, stürzten sich die Geier wie auf einen Schlag auf die Beute. Vom Gnukalb war nichts mehr zu sehen, nur noch ein wogender, zischender Berg von Geierflügeln und deren Hälsen. Immer mehr Geier flogen mitten hinein und versuchten, noch ein Stückchen Fleisch oder wenigstens Haut oder Knochen zu ergattern. Doch in diesem Augenblick, nur wenige Sekunden später, hatten auch die Hyänen den Schauplatz erreicht und sprangen auf die Geier, die aufflatterten, um sich wieder im Kreis um die Beute versammeln. Eine der Hyänen kroch in den Brustkorb des Gnus und zog einen langen Faden Bindegewebe heraus. Die Geier rückten wieder näher. Das Schauspiel ist grausam, aber bleibt fesselnd ... Warum erzähle ich Ihnen, was Sie sicher alle noch gut in Erinnerung haben? Weil kein Bild der Welt besser verdeutlichen kann, was hier in Afrika täglich tausendfach zu beobachten ist. Das Fressen und gefressen werden ...«

»Es ist bei den Menschen doch nicht anders«, warf Rhonda Irene Morken ein.

»Korrekt«, sagte Juma Chandu. »Es ist bei den Menschen nicht anders. Vielleicht nicht immer ganz so blutig. Aber meist auch tödlich, im übertragenen Sinne ... Wenn Sie jetzt mitkommen wollen – wir werden etwa nur fünfzehn Minuten mit den Allrads unterwegs sein. Ich freue mich, Ihnen diese kleine Überraschung zeigen zu können.«

Als sie dann auf einen der Hügel zufuhren, konnten die Safarigäste Herden von Zebras und Gnus sehen, die in der fortgeschrittenen Nachmittagssonne ästen. Wenig später erreichten sie das armselig anmutende Dorf der Massai.

Der Kral mit seinen etwa zwanzig Hütten war mit einem Wall aus dornigen Ästen vor Wildtieren geschützt. Nachts wurden die Viehherden in den Kral getrieben. Als die Geländewagen am Eingang hielten, kamen die Massai zusammengelaufen. Die jungen Massai-Frauen trugen lange, enge, rote Kleider und Halsschmuck, der teils perlenartig in vielen Windungen um ihre Hälse gewunden war. Mit langen Ohrringen, dem Kopfschmuck und den Stirnbändern mit einem einer Speerspitze nachempfundenen Emblem sahen sie wundervoll aus. Sie stimmten unvermittelt ihre traditionellen Lieder an.

Die Krieger, in ihren verschieden rot-gemusterten Umhängen, sprangen im Takt zu den althergebrachten Tänzen in die Höhe. Jeder versuchte, den anderen zu übertrumpfen.

Etwas abseits hatten sich die Kinder hingekauert und verfolgten das bunte Treiben mit großem Interesse. In einigen Jahren würden sie genauso aussehen wie die Erwachsenen jetzt.

Während die Mitglieder der Gruppe sich einzeln oder zu zweit die Enkajis der Familien zeigen ließen, verwickelten Juma Chandu und Hector Limas einen der Massai-Männer in ein Gespräch.

»Du bist sehr hoch gesprungen«, sagte Chandu anerkennend.

»Am höchsten«, sagte der Massai stolz.

»Ich bin Juma Chandu. Wie heißt du?«

»Ich kenne deinen Namen, Bwana. Du bist der Boss, der Safari-Reisen veranstaltet und uns die Besucher und das Geld bringt. Ich heiße Taabu Zahran.«

»Erzähle meinem Begleiter, wie es dir und deiner Familie geht. Ich werde es in seine Sprache übersetzen. Du hast doch Familie?«

»Der große Engai hat mir zwei Frauen geschenkt«, sagte Taabu Zahran. »Und für jede von ihnen habe ich dreiundzwanzig Rinder und zwei Stiere Brautpreis gezahlt. Jede hat eine eigene Enkaji.«

Juma Chandu übersetzte es in Englisch.

Taabu Zahran sagte: »Dein Begleiter ist ein Engländer, Bwana? Also werde ich mit ihm in seiner Sprache sprechen.«

»Du sprichst Englisch?«

»Nahezu jeder der Männer spricht ein paar Worte Englisch«, sagte Taabu Zahran. »Einer mehr, die meisten weniger.«

»Und wie sprichst du? Mehr oder weniger?«, provozierte Juma Chandu, um ihn zum Weitersprechen zu bewegen.

»Ich denke, dass es reichen wird, mich mit dem Engländer zu unterhalten«, sagte Taabu Zahran.

»Mein Name ist Hector Limas. Ich komme aus London und freue mich, einen Mann zu finden, der meine Sprache so gut spricht wie du.«

»London ... die Hauptstadt des Vereinigten Königreichs«, sagte der Massai. »Ich möchte sie kennenlernen, irgendwann einmal, den Tower und die Tower Bridge, den Trafalgar Square ... Die Stadt ist eines der wichtigsten Kultur- und Handelszentren der Welt und stellt mit der City of London überdies den weltweit bedeutendsten Finanzplatz dar.«

»Woher weißt du das?«, fragte Limas.

»Ich habe ein großes Buch. Darin steht das alles geschrieben.«

Limas schaute Juma Chandu bedeutungsvoll an.

»Du bist mit dem zufrieden, was du hier vorfindest?«, fragte Juma Chandu.

»Sieht man von den Slums in den Großstädten ab, ist Kenia eine wohlhabende Region. Ich habe noch zweiundfünfzig Rinder von ehemals siebzig, also bin ich nicht arm«, sagte der Massai. »Unsere Häuser aus Kuhdung sind einfach, aber durchaus zweckmäßig. Unsere Ansprüche sind damit gut bedient. Nur unsere Lage hier am Serengeti und den anderen Parks schränkt uns in der Viehzucht ein. Doch wir kompensieren das, indem wir solche Veranstaltungen für Gäste machen.«

»Glaubst du, jemals nach London zu kommen, wenn du hier bleibst?«, fragte Juma Chandu.

»In Afrika sehen die Safarigäste die Vergessenen dieser Welt«, antwortete Taabu Zahran.

»Wie kommst du darauf? Solange wir herkommen, ist niemand vergessen«, warf Hector Limas ein.

»Es versuchen immer mehr Menschen von hier nach Europa zu kommen. Sie glauben, dass ihr helfen werdet, wenn das Elend vor eurer Tür steht.«

»Wie helfen?«

Taabu Zahran hob die Schulter.

»Es ist eine absurd harte Welt«, sagte Limas.

Juma Chandu verfolgte interessiert das Gespräch.

»Aber manche Teile der Welt sind härter als andere«, beharrte Taabu Zahran. Er wandte sich an Juma Chandu und sagte: »Sie werden nach Nairobi in Ihr Haus gehen, Bwana, Ihre weißen Begleiter werden nach Europa oder Amerika zurückfliegen, und die Menschen in Afrika werden sterben. Hier starben die Menschen bisher immer einen unsichtbaren Tod.«

»Was erwartest du? Dass die Besucher unseres Landes dabei zusehen?«, fragte Juma Chandu.

»Jetzt, wo viele schwarze Menschen versuchen, über das große Wasser zu kommen, ertrinken sie zu Hunderten. Und die Weißen sehen ihre Leichen in dem großen Wasser schwimmen, das man Mittelmeer nennt. Genau das wollen die Menschen hier, wenn wir den Reichtum der Erde nicht anders verteilen können. Achtzig Prozent der Energie der Welt werden von zwanzig Prozent der Menschen auf der Erde verbraucht. Ist das gerecht?«

»Woher weißt du das?«, fragte Limas.

»Ich habe es im Daily Mirror gelesen, den ein Besucher mir überlassen hat. Und da gab es Bilder zu sehen, die das belegen.«

»Du hast meine Frage noch nicht beantwortet. Glaubst du jemals nach London zu kommen, wenn du hierbleibst?«, fragte Juma Chandu.

Taabu Zahran hob die Schulter. »Ich würde allzu gern die große Stadt an der Themse sehen«, sagte er. »Aber da steht mir mein Dorf im Wege.«

»Das ist allerdings ein beachtliches Hindernis«, sagte Juma Chandu. »Es ist aber eines, das sich wegräumen ließe.«

»Wie, Bwana?«

»Du könntest in Nairobi arbeiten.«

»Ich habe hier Familien, die ich ernähren muss. Und in Nairobi gibt es für einen Massai keine Arbeit«, widersprach Taabu Zahran.

»Für einen klugen Massai schon«, sagte Juma Chandu. »Ich hätte jemanden, der würde dir Arbeit geben.«

»Der würde einen Massai gebrauchen können? Als was?«

»Ich denke, während der Probezeit als sein Boy.«

Taabu Zahran wandte sich ab. »Ein Boy, der in Nairobi arbeitet, kann keine zwei Familien ernähren. Und ein Massai ist ein stolzer Mann, der niemals als Boy arbeiten wird. Ein stolzer

Mann ist ein freier Mann, der einem Löwen mit einem Speer gegenübersteht, ohne Angst zu haben.«

»Der aber Angst hat, sich als Butler unter Beweis zu stellen, dass er so intelligent ist, dass er schnell vom Butler zu einem hochgestellten Mitarbeiter aufsteigen könnte«, sagte Juma Chandu leise. »Außerdem würde dieser Mann dich für eine ganze Woche mit nach London nehmen. Vielleicht schon im nächsten Monat.«

»Im nächsten Monat?«

»Vorausgesetzt, du bekommst bis dahin einen Reisepass. Aber ich denke, dass der Mann, der dir Arbeit geben würde, dir dabei helfen könnte.«

Die Aussicht, London zu sehen, ließ den Massai innehalten.

»Wer ist dieser Mann, der mir Arbeit und Geld geben würde? Wie viel Geld würde er mir geben?«

»Er würde dir für den ersten Monat einhundert Dollar zahlen.«

»Amerikanische Dollar?«

»Ja.«

Hinter der Stirn des Massai schien es zu arbeiten. »Hundert amerikanische Dollar sind 9.247,75 Keniaschillinge. Das ist viel Geld für einen Boy.«

»Aber er würde ja auch nicht als Boy arbeiten, sondern als Butler. Im zweiten Monat würde er hundertfünfzig amerikanische Dollar bekommen. Weißt du auch, wie viel das in Schillingen ist?«, fragte Juma Chandu.

»13.871,63 Keniaschillinge«, sagte Taabu Zahran nach einer kurzen Zeit. »Aber wer würde einem Massai in Nairobi so viel zahlen?«

Juma Chandu lachte ihn an. »Ich. Und ich würde dich mit nach London nehmen.«

»Für eine ganze Woche?«

»Für eine ganze Woche.«

4. Kapitel

25. Juni 2007

Ungeduldig saß der Gaston Lloyd an seinem Einrohrfernglas. Immer wieder schaute er auf seine Armbanduhr, suchte anschließend die Einfahrt des Hafens ab. Schließlich las er die SMS, die am Morgen auf seinem Handy eingegangen war: *Skagerrak Mélisande 25/14/15 Gruß Salamander*. Das hieß für ihn nichts anderes, als dass er auf ein Boot namens *Skagerrak* wartete, das für den heutigen Tag gegen vierzehn Uhr angekündigt wurde. Aber nun hatte er seit halb zwei auf die Ankunft des Bootes gewartet, und jetzt zeigte die Uhr vierzig Minuten über die Ankunftszeit an. Unruhig suchte er zum x-ten Mal die Hafeneinfahrt ab. Rechts an der Pier hinter einem Zaun, getrennt von den anderen Booten, waren die beeindruckenden Kreuzer der Wasserschutzpolizei. Da lag ein Tonnenverleger. Vor dem Wasserschutzboot *Damerow* konnte er reges Treiben von der Besatzung feststellen. Offensichtlich waren sie dabei, einige größere Behälter an Bord zu schaffen. Ansonsten gab es um diese Zeit nicht allzu viel Betrieb im Hafen, da die meisten Boote bei dem wundervollen Wetter unterwegs waren. Entweder segelten sie die herrliche Mecklenburgische Ostküste entlang, oder sie befanden sich auf der Überfahrt nach Bornholm, Rügen, Hiddensee oder zu einem weiter entfernten Ziel.

Als er das Fernglas wieder der Einfahrt zuwandte, sah er eine blaue Motoryacht mit zweigeschossigem, weißem Aufbau langsam in den Hafen einfahren. Kurz vor dem Gebäude des Hafenmeisters, auf der Seite, an dem das Restaurant Veermaster residierte, hatte das Schiff seine Fahrt so verlangsamt, so dass es fast stand. Dann wurde durch ein Bugstrahlruder das Schiff nahezu auf der Stelle gedreht und machte kurz darauf hinter dem am Kai vor dem Fischgeschäft gelegenen schwarzen Fischkutter fest.

Am Heck des Ankömmlings wehte die schwedische Flagge. Unterhalb der Flagge konnte er den Namen *Skagerrak*, darunter den Heimathafen Göteborg erkennen. Vom ersten Deck führte eine teakholzbeschichtete Wendeltreppe auf eine Badeplattform, auf der ein Mensch aufrecht stehen konnte, ohne den Namen am Heck zu verdecken.

Lloyd setzte das Mikrofon auf das Stativ. Er stülpte sich die Kopfhörer über und justierte das Richtmikrofon genau auf die Mittelkabine der *Skagerrak*. Deutlich konnte er die Stimmen von drei Männern unterscheiden. Sie sprachen Schwedisch, und diese Sprache beherrschte Gaston Lloyd nicht.

Ungeduldig langte er nach einer Tafel weißer Schokolade, die auf dem Couchtisch lag. Er brach ein Stück davon ab, schob es sich in den Mund. Er setzte die Kopfhörer ab, eilte in die Küche und nahm aus einer Tüte eine Handvoll Rosinen. Er ging zurück zum Richtmikrofon. Nach und nach beschickte er seinen Mund mit einem Stück weißer Schokolade und ergänzte diesen wundervollen Geschmack mit einigen Rosinen. Obwohl seine Geduld sehr strapaziert wurde, stand er nur einmal noch auf, um etwas zu trinken zu holen.

Kurz nach siebzehn Uhr konnte er den weißen Motorsegler ausmachen, der sich im Gefolge von zwei anderen Booten an den Schiffen der Wasserschutzpolizei vorbeischob. Er verglich seinen Eindruck von dem Schiff mit dem Bild, das er auf seinem Nokia Smartphone N90 gespeichert hatte. Freilich zeigte das ein Schiff, das am Kopf einer Pier lag, und es zeigte im Hintergrund andere Boote unterschiedlicher Größe. Aber deutlich konnte er im Bild die beiden Masten und die weiße Farbe des Motorseglers ausmachen.

Gerade war man dort dabei, die Segel zu bergen. Das Großsegel hatte man offensichtlich schon heruntergeholt, und nun sah er, wie das Focksegel vom Mast gezogen und eingerollt wurde. Zwei Männer mit schwarzer Hautfarbe waren damit beschäftigt, die Fock zu bergen. Der Mann, der auf dem hinteren

Steuerstand das Boot mittels Ruder und Bugstrahlruder im Hafen dirigierte, war weiß.

Lloyd wusste nun, dass das Treffen, dem er so entgegenfieberte, im Begriff war, stattzufinden.

Wie zuvor die *Skagerrak*, so drehte auch der weiße Motor-Segler mit dem Namen *Mercurius* etwa fünfzehn Meter vor dem Ende des Hafenbeckens mithilfe des Bugstrahlrohrs. Die *Mercurius* machte an der Steuerbordseite der *Skagerrak* fest. Der Bug beider Schiffe zeigte nun in Richtung Ostsee.

Jetzt wird's interessant, dachte Lloyd und verband das Richtmikrofon mit einem digitalen Aufzeichnungsgerät. Er war gerade damit fertig und hatte auf Aufnahme gedrückt, da hörte er eine Stimme fragen: »Mélisande?«

»Limas?«

Lloyd ordnete die Stimme der *Skagerrak* zu.

»Workers of all lands unite.« Das schien die Stimme eines der Männer von dem Motorsegler zu sein, der gerade angekommen war.

»Die Lehre von Karl Marx ist allmächtig, weil sie wahr ist.«

Was ist das für eine sonderbare Begrüßung? Lloyd war klar, dass sie einen Code vereinbart hatten, um auszuschließen, dass sie auf einen feindlichen Agenten hereinfallen würden.

»Sagte William Turner.«

»Turner?«

Lloyd erkannte eine Stimme von der *Skagerrak*.

»War es nicht Bob Marley?«

»Es war ein Russe ...«

»Lenin.«

Lloyd hörte ein gekünsteltes Hüsteln, dann die Stimme: »Okay, Sie sind Eriksson.«

Eriksson? Åke Eriksson? Lloyd grübelte. Ich kann mir nicht vorstellen, dass sich ein Agent von Schwedens zivilem Nachrichtendienst Säkerhetspolisen mit vollem Namen vorstellt. Aber es ist wohl so. Die Sicherheitspolizei untersteht direkt dem Justizminister und ist verantwortlich für die innere Sicherheit

Schwedens vor allem auf den Gebieten Spionageabwehr, Terrorismusbekämpfung, Extremismus von In- und Ausländern sowie für Geheimschutz und IT-Sicherheit. Dazu stehen der SÄPO alle Methoden offener und verdeckter Informationsbeschaffung zur Verfügung. Außerdem unterhält sie ein umfangreiches Archiv und hat Zugang zu allen Personendateien, über die sich mit der sogenannten Personennummer Daten wie Adresse oder Steuerklasse abrufen lassen. Aber die SÄPO arbeitet darüber hinaus mit anderen Stellen wie den Ausländerbehörden oder auch ausländischen Diensten zusammen ...

Sicher war aber auch, dass die Nachricht, die er am Morgen per SMS von Salamander erhielt, diesen Åke Eriksson als Mélisande angekündigt hatte. Lloyd konnte eins und eins zusammenzählen.

»Wie viele Leute sind bei Ihnen an Bord?«

Es muss die Stimme Åke Erikssons gewesen sein.

»Vier. Und bei Ihnen?«

»Zwei, die mit Ihnen verhandeln, und vier Männer, die das Schiff versorgen. Einer davon ist der Kapitän, ein zweiter ist der Maschinenwart.«

»Wo wollen wir miteinander reden?«, fragte Limas.

Gaston Lloyd beobachtete die beiden Männer, die sich gegenüberstanden. Eriksson auf der *Skagerrak*, Limas auf der *Mercurius*. Da die Schiffe ungleich groß waren, musste Limas zu Eriksson aufschauen.

»Bei Ihnen ist es ja ein wenig klein«, sagte Åke Eriksson versöhnlich. »Wir haben einen Salon, in dem nur die jeweils beteiligten Verhandlungspartner sitzen werden.«

»Wir sind aber zu viert«, beharrte Limas.

»Die Vollmacht lautet, dass wir mit zwei Leuten von Ihnen verhandeln. Mit Ihnen, Limas, und Ihrem Chef in London. Wenn wir also bei Ihnen reden wollen, müssen Sie die anderen beiden wegschicken. Wenn wir allerdings an Bord der *Skagerrak* sprechen, sind wir völlig ungestört. Ihre Männer können dann entweder an Bord bleiben, oder sie können auch in das Restaurant gehen, das schräg gegenüberliegt.«

Limas drehte sich um und sah die Tische vor dem Restaurant Veermaster.

»Also?«, fragte Eriksson.

»Unsere Männer bleiben an Bord.«

»Sie könnten dort drüben etwas essen«, gab der Schwede zu bedenken.

»Wir haben alles mit. Sie werden auf der *Mercurius* essen.«

»Gut«, sagte Eriksson. »Wann werden Sie kommen?«

»Ich brauche noch ein Telefonat.«

»Na dann, bis gleich.« Eriksson verschwand im Innern der *Skagerrak*.

Limas drehte sich ebenfalls um. Er sah, dass die Männer in der *Mercurius* diskutierten. Sie hatten die Tür zum Ruderhaus offen gelassen. Das Gezeter drang bis an sein Ohr.

Als Limas das Ruderhaus betrat und hinter sich die Tür ins Schloss zog, trat augenblicklich Ruhe ein.

»Ich weiß nicht, warum ihr so einen Krach macht«, sagte er. »Es ist wohl nicht nötig, dass draußen alle jedes Wort, das hier gesprochen wird, mithören können.« Er schaute Taabu Zahran an. »Unser Mittelsmann sagt, er verhandle nur mit Yakubu und mir.«

Zahran zuckte mit der Schulter. »Das entspricht nicht der Anordnung des Chefs.«

»Ich weiß.«

Es trat einen Moment des Schweigens ein. Und gerade wollte Aaron den zuvor stattgefundenen Zwist zwischen Yakubu Uhuru und ihm wieder aufnehmen, als Zahran mit einer herrischen Bewegung unterbrach. »Wenn du nicht aufhörst damit, Aaron, werde ich es deinem Vater sagen. Du kannst dann augenblicklich zurückfliegen.«

Taabu Zahran nahm sein Handy und wählte die Nummer seines Chefs Juma Chandu in Nairobi. Sie sprachen nur kurz in Kisuaheli. Limas verstand nicht, was Zahran sagte, konnte es sich aber ausmalen.

»Es gibt zwei Möglichkeiten. Die eine ist, ihr geht in der Formation, wie ich es ausgehandelt habe, oder ihr fahrt ab, und der Deal platzt. «

»Und?«, fragte Limas, als Taabu Zahran das Gespräch unterbrochen hatte und das Handy lässig in die Tasche steckte.

»Wir sollen zu dritt gehen.«

»Was machen wir, wenn sie sich sperren?«

»Dann reisen wir ohne Ergebnisse ab.«

Limas nickte bedächtig.

Taabu Zahran bekräftigte: »Genau das hat der Boss gesagt.«

Wenig später machten sie sich auf den Weg zur *Skagerrak*. Sie ließen einen sehr verärgerten Aaron Chandu zurück, der, als die drei Männer nicht gleich wiederkamen, davon ausging, dass die Gespräche stattfanden.

Kurz nach halb acht waren die Unterhändler zurück an Bord der *Mercurius*. Eine knappe Stunde später verließen sie den Hafen von Karlshagen. Langsam fuhr die *Mercurius* an den festliegenden Schiffen der Wasserschutzpolizei vorbei. Bald erreichte das Schiff die offene See.

5. Kapitel

Donnerstag, 28. Juni 2007

Als sein Handy klingelte, saßen sie beim Frühstück.

»Na, geh schon ran«, sagte Monika – in einem giftigen Ton, wie Lasse Larsson fand. Sie ist genervt von meinem Job und wird sich doch damit abfinden müssen, andernfalls geht unsere Verbindung dem Ende zu.

Larsson sah auf dem Display, dass ihn sein Chef beim BKA, Rolf von Droste, zu sprechen wünschte. Er meldete sich.

»Sie haben einen Einsatz, Larsson. Eine Yacht ist spurlos verschwunden.«

»Ist das nicht ein Fall für die Wasserschutzpolizei?«

»Wenn das so wäre, würde ich Sie kaum anrufen. An Bord befanden sich vier Personen. Bei dem Schiff handelt es sich um einen zwölf Meter langen Motorsegler, der auf Fehmarn angemietet wurde. Uns ist bekannt, dass ein Brite namens Hector Limas, der über die Ausbildung zur Führung eines solches Schiffs und auch die nötigen Papiere verfügt, den Motorsegler angemietet hat.«

»Ein Schiff kann doch nicht so einfach verschwinden, und wenn, dann suchen wir eine Stecknadel im Heuhaufen«, wandte Larsson ein.

»Das letzte Mal wurde das Schiff vor zwei Tagen in Ralswiek auf Rügen gesichtet. Dort hat es über Nacht gelegen.«

»Das ist bekannt?«

»Ja.«

»Gibt es noch weitere bekannte Fakten?«

»Nein. Nichts, was Sie interessieren muss. Ich schicke Ihnen die Details auf Ihr Handy. Wann können Sie nach Rügen fahren?«

Larsson schaute seine Frau an. »Wenn es sein muss, gleich! Nur ...«

»Nur?«

»Ich bin im Urlaub und ohne Dienstfahrzeug.«

»Mieten Sie ein Auto an.«

»In den Kaiserbädern ist das nicht so einfach.«

»Du kannst den Benz nehmen«, sagte Monika leise.

»Ich kann den Wagen meiner Frau nehmen«, sagte Larsson.

»Machen Sie sich auf die Socken. Breitsprecherstraße 11 in Bergen auf Rügen, dort wartet Kriminalhauptkommissar Ralf Frielingsdorf auf Sie. Er hat weitere Unterlagen. Noch Fragen?«

Larsson verneinte, und nach einigen Floskeln wurde die Verbindung getrennt.

»Du musst wieder weg?« Es war mehr eine vorwurfsvolle Feststellung als eine Frage.

»Ja. Aber es wird nicht lange dauern. Ich fahre nur nach Rügen, um einige Nachforschungen anzustellen.«

»Ich erinnere mich, dass jemand mal zu mir gesagt hat, er würde nicht auf Dauer fürs BKA arbeiten, und wenn, dann höchstens in Stralsund.«

»Rügen gehört zum Einflussbereich von Stralsund«, sagte Larsson ruhig.

Wie auf Kommando fing Elina, die am 23. März ohne Komplikationen das Licht der Welt erblickt hatte, an zu weinen.

»Siehst du«, sagte Monika, »da hast du es. Deine Tochter fühlt alles!«

Zwei Pingtöne zeigten an, dass eine SMS auf Larssons Handy eingegangen war.

Das Kriminalkommissariat in der Breitsprecherstraße 11 ist genau gegenüber einem Fußballplatz gelegen. Das Haus beherbergt das Polizeihauptquartier der Insel, und gleichzeitig ist es die Polizeiinspektion.

Larsson fuhr den Benz auf den letzten Parkplatz. Er ging in den alten, mehrgeschossigen Bau, der den Charme der DDR-Kasten-Bauten aus Fertigteilen repräsentierte, meldete sich an der Rezeption und ließ sich den Weg zum Zimmer des Kriminalhauptkommissars Frielingsdorf beschreiben. Wenig später betrat er den Raum, den sich zwei Kommissare teilten, und stellte sich vor.

Frielingsdorf war aufgestanden und gab Larsson die Hand. »Wir haben einen Platz in unserem Besprechungszimmer reserviert. Da sind wir ungestört.« Er nahm eine Mappe von seinem Schreibtisch und ging voraus. Als sie sich beide am Kopf des Tisches niedergelassen hatten, öffnete Frielingsdorf die Mappe. Er nahm ein Foto heraus, das offensichtlich bei Einbruch der Dunkelheit gemacht wurde, und schob es Larsson über den Tisch.

Wo in Gottes Namen kommt dieses Bild her? Larsson war klar, dass ganz andere Fakten dahinterstecken mussten als ein verschwundenes Segelboot.

»Das ist das verschwundene Objekt?«, fragte er.

Frielingsdorf nickte. »Das ist das Bild, das mir vom BKA heute Morgen übermittelt wurde.«

»Eine Aufnahme aus Ralswiek, nehme ich an?«

»So ist es.«

Larsson überflog das Manuskript, das ihm Frielingsdorf gab.

»Das war vor fünf Tagen«, stellte er fest. »Wie kommt das BKA zu einer Nachtaufnahme eines Schiffes, das wenige Stunden später möglicherweise die See verschluckt hat?«

Frielingsdorf lächelte. »Da bin ich mit Sicherheit der falsche Ansprechpartner. Ich habe bereits mit dem Hafenmeister telefoniert. Das Schiff ist am 23. angekommen, über Nacht geblieben und am nächsten Mittag gegen vierzehn Uhr wieder ausgelaufen.«

»Ist das Foto vom Hafenmeister gemacht worden?«

»Er sagt, er habe kein Foto gemacht.«

»Und sonst? Was kann er noch zu dem Boot sagen?«, fragte Larsson.

»Nichts. Ich habe uns für heute angemeldet. Der Hafenmeister ist bis achtzehn Uhr vor Ort.«

Larsson überflog noch mal die zwei Seiten, die das BKA an die hiesige Kriminalpolizei gefaxt hatte. Neben dem Erbauer der Yacht, einer holländischen Werft, deren Adresse und Telefonnummer, fand er zwei Fotos eines solchen Schiffs und ebenfalls zwei Risse sowie die Beschreibung: Länge 12,00 m, Breite 3,62 m, Tiefgang 1,40 m, Segelfläche 44,20 qm, Sturmfock 5,80 qm, Genua 10,1 qm, Maschine 102 PS.

»Weiß die Charterfirma schon, dass das Schiff verlustig ist?«, fragte Larsson.

»Auch das kann ich nicht beantworten, weil mir das BKA mitgeteilt hat, dass ich außer der Befragung des Hafenmeisters auf Sie zu warten habe. Alle weiteren Untersuchungen würden von Ihnen geführt werden.«

Larsson überflog weiter das Dossier. Als er bei den Namen der Männer ankam, die sich auf dem vermissten Schiff befunden haben sollten, stutzte er. Neben dem Namen Hector Limas, den Kriminalrat Droste erwähnt hatte, fand er Namen, die sicher der Allgemeinheit nicht so geläufig waren. Yakubu Uhuru, Taabu Zahran und Aaron Chandu.

Uhuru ... das Wort für Freiheit ... Es war Larsson begegnet, als er einige Bücher von Robert Ruark entdeckt und begierig gelesen hatte, darunter »Die schwarze Haut«, »Der Blick des Büffels«, »Der Honigsauger« ... Und eben »Uhuru«. Das war zu der Zeit, als er mit der Mutter seiner Erstgeborenen zusammengelebt hatte.

Larsson nahm sein Handy und tippte die Telefonnummer des Yachtbauers ein. Nach einigen Freizeichen meldete sich eine weibliche Stimme. Larsson bat darum, mit der Geschäftsleitung verbunden zu werden. Wenige Sekunden später vernahm er eine männliche Stimme. Er erklärte, dass er ein Freund von Hector Limas sei und wisse, dass jener ein Boot bei der Firma gemietet hatte. Nun müsse er Limas dringend erreichen und wisse nicht, wo der zurzeit zu finden sei. Ob man ihm helfen könne. Nach kurzer Zeit erfuhr er, dass man den angemieteten Motorsegler in zwei Tagen, also am 30. Juni, in der Dependance auf Fehmarn zurückerwartete. Ändern könne sich das nur dann, wenn Limas rechtzeitig verlängern würde. Da aber das Boot anderweitig am 4. Juli verchartert wäre, müsse es bis dahin auf jeden Fall zurück sein. Für alle Fälle erhielt er Limas' Handynummer.

Sie sind ohne Ahnung. Droste, du altes Schlitzohr. Er wählte die Handynummer, doch der Ruf ging ins Leere.

»Lassen Sie uns jetzt nach Ralswiek fahren«, sagte Larsson.

Fünfundzwanzig Minuten später waren sie im Hafen. Larsson schaute über das Wasser. Er sah die Betonnung, die eng stehenden grünen und roten Bojen, die die schmale Einfahrt zum Hafen anzeigten. Wer außerhalb dieser Betonnung fuhr, riskierte mit seinem Boot Grundberührung oder gar das Fahrzeug festzufahren. Am gegenüberliegenden Ufer sah er einen Waldrand an einem Hügel.

Sie wandten sich ab und gingen zum Büro des Hafenmeisters. An der Tür fanden sie einen Zettel: »Bin nebenan im Restaurant Riff.«

»Kann man nichts machen«, sagte Frielingsdorf.

Sie gingen die wenigen Schritte bis zu dem typischen Hafen-Restaurant. Da die Hauptmittagszeit vorüber war, war die Zahl der Gäste übersichtlich. Am Stammtisch saßen vier Männer und eine Frau. An den anderen Tischen konnten die Kriminalbeamten keinen Mann erkennen, auf den der Titel Hafenmeister zutreffend gewesen wäre.

Frielingsdorf ging an den Tresen. Er fragte nach dem Hafenmeister und erfuhr, dass der nur wenige Meter neben ihm an dem Stammtisch saß. Er nickte Larsson zu.

»Ich suche den Hafenmeister«, sagte er in die Runde.

»Dat bin ick«, sagte ein Mittfünfziger. »Neumann. Klaus Neumann.«

»Wir haben telefoniert«, stellte Frielingsdorf fest. »Könnten wir Sie in Ihrem Büro sprechen?«

Der Hafenmeister stand auf und sagte laut in Richtung Tresen: »Schrieb dat op. Ick komm am Nachmittag noch eben mol längs.«

Die drei Männer verließen das Restaurant und gingen zum Büro des Hafenmeisters. Unterwegs hatte sich Larsson kurz vorgestellt.

»Kommen wir mal auf den 23. zu sprechen«, sagte Larsson, »da kam eine Charteryacht am späten Nachmittag an. Was können Sie mir dazu sagen?«

»Hier kommen jeden Tag eine Menge Yachten an und fahren auch wieder ab«, sagte Neumann. Er war ohne Mühe vom Platt ins Hochdeutsch gewechselt.

Larsson schob ihm das Bild über den Tisch. »Ich meine diese Yacht, einen zwölf Meter langen Motorsegler.«

»Ich erinnere mich. Das Boot kam wohl von Fehmarn. Es gab eine Reservierung auf den Namen ...« Neumann schlug ein Buch auf, um den Namen zu suchen.

»Limas?«, fragte Larsson.

Neumann schaute kurz auf, dann fuhr sein Finger an eine Stelle des Buchs, und er bestätigte: »Jo, Limas. Hector Limas.«

»Erzählen Sie uns, was Sie über das Boot wissen. Und zwar von Anfang an, also von dem Moment an, als Sie der Yacht ansichtig wurden.«

»Wie gesagt, es gab diese Reservierung. Aber die Liegeplätze waren so weit besetzt, dass ich die Yacht am mittleren Kopf der drei Stege habe anlegen lassen. Sie hatten auch nur vor, eine Nacht zu bleiben. Deshalb war das kein Problem.«

»Haben Sie eine Videoüberwachung des Hafens?«, fragte Larsson.

»Nein, so etwas gibt es bei uns nicht.«

»Ich nehme an, Sie haben die Leute persönlich begrüßt.« Larsson lächelte verbindlich.

»Wenn die Boote nicht zu spät kommen, dann kassiere ich selbstverständlich noch die Liegegebühr. War hier auch der Fall.« Neumann schaute wieder in sein Buch. »Das Boot hieß *Mercurius*. Es war ein stabiler Motorsegler in Stahlkonstruktion. Ich übergab diesem Limas einiges Material zur Insel und den Besichtigungsmöglichkeiten, einschließlich der Störtebeker-Aufführungen.«

»Ich habe nichts von Ihnen gehört, was auf eine Besonderheit der Leute schließen ließe«, sagte Larsson.

»Sie meinen, dass drei von ihnen schwarz waren?«

»Es waren drei Farbige und ein Weißer«, stellte Larsson fest. »Ist das richtig?«

»Jo, exakt.«

»Hatten Sie den Eindruck, dass an Bord alles in Ordnung war?«

»Wie meinen Sie das? Alles in Ordnung? Das Boot war in einem absolut guten Zustand, wenn Sie das meinen.«

Als Larsson nicht gleich antwortete, sagte Frielingsdorf: »Nein, das meint der Hauptkommissar bestimmt nicht. Vielmehr interessiert ihn, ob es Spannungen zwischen den Männern gab.«

Neumann zog seine Augen zu Schlitzen zusammen. »Wenn dat so gewesen wär, hätte man es zumindest gut versteckt. Ich jedenfalls habe davon nichts gemerkt.«

»Hatten Sie den Eindruck, dass jemand zu der Störtebeker-Aufführung gehen wollte?«

»Nee, das kann ich so nicht bestätigen.«

»Haben die Leute etwas anderes auf der Insel unternommen?«

»Limas hat ein Taxi für den Morgen bestellt.«

»Wissen Sie, wohin man wollte?«

»Soviel ich weiß ... nach Prora.«

»Gibt es Boote, die wegen der Spiele länger in Ralswieck liegen?«

Neumann nickte. »Wir haben hier einige, die schon über eine Woche hier liegen.« Wieder schaute er in sein Buch. »Es sind zwei Boote da, die auch schon am 23. hier gelegen haben. Das eine ist die *Josephine*, ein Jollenkreuzer. Nicht besonders groß, aber für die Fahrt auf dem Boddengewässer sehr geeignet, weil das Boot relativ flachgängig und mit einem Schwert ausgestattet ist, das man bei zu flachem Wasser hochziehen kann. Es ist das Boot eines Freundes, der drei Monate im Jahr hier liegt. Das andere Boot gehört einem der Schauspieler, der bei der Störtebeker-Aufführung mitspielt. Das ist ein Boot mit vier Schlafplätzen. Der Mann hat seine Frau und zwei Kinder an Bord. Während er hier arbeitet, machen die drei Ferien.«

»Na, das ist doch schon mal etwas«, sagte Larsson versöhnlich. »Sind die beiden Boote jetzt da?«

»Das große Boot schon.« Neumann schaute aus dem Fenster. »Die *Josephine* ist aber noch unterwegs. Ob sie am Abend hereinkommt, ist fraglich.«

»An welchem Liegeplatz finden wir das Boot des Schauspielers?«

»Die *Wappen von Rostock* liegt am rechten Anleger. Es ist das vorletzte Schiff in Richtung Wasser.« Der Hafenmeister nahm ein Fernglas und schaute hinüber zu dem Boot des Schauspielers. »Ja, da ist jemand an Bord.«

»Haben Sie eine Ahnung, wohin die *Mercurius* ihre Reise fortsetzen wollte?«

Der Hafenmeister schüttelte den Kopf. »Nein, darüber haben wir nicht gesprochen.«

Auf den gut zweihundertfünfzig Metern, die die drei Männer jetzt zurücklegen mussten, um die *Wappen von Rostock* zu erreichen, zählte Larsson neununddreißig meist kleinere Boote, die an den Stegen lagen. Zwei Drittel der Anlage waren leer. Das heißt, dass viele Boote bei dem herrlichen Wetter unterwegs waren. Außer der *Wappen von Rostock* lagen an dem rechten Anleger nur insgesamt fünf der kleineren Boote.

»Wenn die *Mercurius* am 23. am Ende des mittleren Anlegers festgemacht hat, lag sie ja in unmittelbarer Sichtweite der *Wappen von Rostock*«, stellte Larsson fest.

»Mit einer Ausnahme. Sie sehen das Schiff innerhalb des linken Endsteges, der quer zum Hauptsteg verläuft. Die *Mercurius* wiederum lag an dem Mittelsteg außen. Wenn abends viel Betrieb ist, muss man dann schon sehr genau auf das andere Boot achten, um nichts zu verpassen.«

Vor der *Wappen von Rostock* angekommen, sahen die Männer eine Frau, die an einem Tisch unter einer Persenning saß und Kaffee trank.

Der Hafenmeister trat an das Schiff heran. »Hallo«, rief er. »Dürfen wir an Bord kommen?«

Die Frau kam zur Reling. »Kann ich helfen?«

»Wir sind von der Kriminalpolizei«, sagte Larsson. »Wir hätten einige Fragen an Sie.«

»Dafür ist mein Mann zuständig«, wandte die blonde Enddreißigerin ein. »Er ist bereits unterwegs zur Vorstellung.«

»Möglicherweise können Sie uns auch Auskunft geben.«

Die Frau hob unschlüssig die Schultern. Dann machte sie eine einladende Bewegung. »Kommen Sie an Bord.«

»Es geht um ein größeres Boot, das vor fünf Tagen, also am 23., am späten Nachmittag am Kopf des gegenüberliegenden Stegs festgemacht hat«, sagte Larsson, als sie sich gesetzt hatten. Dabei zeigte er auf den Steg.

Der Hafenmeister ergänzte: »Es war ein weißer Motorsegler, der nur eine Nacht hier festgemacht hatte. Am frühen Nachmittag am nächsten Tag ist er wieder in See gestochen.«

Die Frau schien nachzudenken. »Das war am letzten Samstag. An diesem Tag fand die erste Vorstellung der Störtebeker-Festspiele statt. Da hatten wir ganz andere Probleme, keine Zeit, auf fremde Schiffe aufzupassen.«

»Das kann ich verstehen«, sagte Larsson. »Da werden Sie sicher gar nicht hier gewesen sein.«

»In der Regel wäre das sicher so gewesen.« Die Frau lächelte Larsson an. »Tatsächlich aber war ich hier an Bord, weil mein Sohn Robert sich eine Platzwunde am Kopf zugezogen hatte, die genäht wurde. Ich habe deshalb die Jungs nicht allein lassen wollen«, sagte sie und schaute auf. »Hören Sie sie? Wenn man vom Teufel spricht.«

Als hätten sie gerade darauf gewartet, gerufen zu werden, hörte man die hellen Stimmen zweier Jungs, die miteinander zu streiten schienen. Das Boot bewegte sich, als sie ungestüm an Bord kamen.

»Mama, Mama, eben haben wir einen Fisch gesehen, der war so lang!«, schrie der jüngere der beiden, dabei riss er die Arme weit auseinander.

»Es war ein Hecht«, sagte der ältere, nicht viel leiser. »Der Kerl war mindestens einen Meter zwanzig lang, hat der Mann gesagt.«

Der Junge zeigte auf die Hafenbegrenzung rechtsseitig des Steges. In etwa vierzig Meter Entfernung standen zwei Angler, die ihre Ruten über das Wasser hielten.

»Wir wollen noch mal hingehen«, sagte der Kleine aufgeregt. Und der größere Junge ergänzte: »Eigentlich wollten sie auf Barsch, sagte der eine Angler. Und dann hat der Riesenhecht gebissen.«

»Und der andere Angler hat gesagt«, schrie der Kleine wieder, »Hecht habe ihm viel zu viele Gräteln!« Dabei verzog er das Gesicht. »Eklig!«

»Du musst nicht so schreien, Jonathan. Wir können dich auch so verstehen. Außerdem heißt es nicht Gräteln.«

»Lassen Sie ihn doch, Frau Ballach«, sagte der Hafenmeister lachend. »Es ist doch schön, wenn die Jungs so lebendig sind.«

Die Frau prüfte, ob das wasserdichte Pflaster noch richtig über der aufgeplatzten Stelle saß. »Ihr dürft noch einmal hingehen, Robert«, sagte sie. »Aber pass auf Jonathan auf, dass ihm nichts passiert.«

»Aber Mama«, protestierte Robert. »Was soll schon passieren?«

»Und ihr solltet beide etwas trinken. Wenn ihr wollt, könnt ihr euch ein Stück Schokolade oder ein Eis mitnehmen.«

Die Jungs verschwanden kurz im Inneren des Schiffes. Als sie wiederkamen, verließen sie unter großen Diskussionen, wer von ihnen zuerst den Anfang des Steges erreichen würde, das Schiff. Nach den ersten zwanzig Metern blieb der kleinere Junge zurück. Einige Meter weiter verfiel auch Robert in einen normalen Schritt, so dass ihn Jonathan wieder eingeholt hatte.

»Sie vertragen sich ganz gut«, stellte Kriminalhauptkommissar Frielingsdorf fest.

Die Frau lächelte. »Der übliche Streit zwischen Geschwistern. Er hält sich aber Gottlob in Grenzen. Darf ich Ihnen etwas anbieten?«

Larsson blockte ab. »Vielen Dank. So lange wollen wir Sie gar nicht belästigen.«

»Der weiße Motorsegler«, kam der Hafenmeister wieder auf den Grund ihres Besuches zurück. »Ist er Ihnen gar nicht aufgefallen?«

»Als es dunkel war und die Geräusche von den Festspielen herüberkamen, hatte ich die Jungen so weit beruhigt, dass sie endlich schliefen. Ich saß dann hier draußen, um eine Zigarette zu rauchen ...«

»Ja ...?«, sagte Larsson.

»Auf den anderen Booten ringsum war es auch schon leiser geworden. Da fiel mein Blick auf dieses Schiff, das Sie beschreiben. Eigentlich eher zufällig, weil ein anderes, sehr großes Boot am dritten Steg ebenfalls festmachte. Ich dachte noch, dass die Eigner der Schiffe richtig Glück hatten, überhaupt noch einen Platz gefunden zu haben. An dem Wochenende war wegen der Eröffnung der Festspiele jeder Anlegeplatz belegt.«

»Was für ein Boot war das?«, fragte Larsson. »Können Sie sich daran erinnern?«

»Nein. Bis zu der Steganlage sind es fast hundert Meter. Im Zwielicht ist da nicht allzu viel auszumachen. Nachdem es angelegt hatte, wurde auch die Beleuchtung sofort ausgemacht.«

»Dass es groß war, daran erinnern Sie sich«, stellte Larsson fest.

»Viel größer jedenfalls als das, wonach Sie gefragt haben. Auch viel breiter. Ich dachte, es wäre ein Fischereischiff.«

Larsson schaute den Hafenmeister an. »Sie haben das Schiff nicht bemerkt?«

Neumann schüttelte den Kopf. »Nicht, als es hier lag. Als ich am Morgen kam, war der linke Außenanleger des Stegs leer. Gegen elf fuhr ich schnell mal mit dem Rad rüber zum Räucherschiff. Ich hatte Aale für meine Sommergäste bestellt, die ich abholen wollte. Da bemerkte ich etwa zweihundertfünfzig Meter querab der Naturbühne einen Fischkutter, der dort vor Anker lag.«

»Das hat Sie nicht neugierig gemacht?«

»Nee, warum auch. Wenn ick wegen jedem Schipp, dat hier mol vor Anker geit, neugierig sin würde, käme ich aus der Neugier gar nich mehr ut.«

Larsson schaute die Frau wieder an. »Die Beleuchtung des Schiffes ging aus.«

»Ja. Sie haben angelegt, das ging ruck, zuck. Kurz darauf ging die Beleuchtung aus. Selbst das Kartenhaus blieb dunkel. Als ich meinen Blick löste, sah ich auf dem weißen Schiff, das ja auf halber Strecke am mittleren Anleger festgemacht hatte, Licht in der Kajüte. Aber das ist auch alles, was ich Ihnen dazu sagen kann.«

Larsson gab der Frau seine Karte.

»Würden Sie mich anrufen, wenn Ihnen noch etwas dazu einfällt, Frau Ballach? Es ist auch die kleinste Kleinigkeit wichtig.«

Die Männer verließen das Schiff. Unterwegs zum Büro des Hafenmeisters versuchte dieser immer wieder, eine Verbindung mit dem Handy zustande zu bringen. Aber jeder Versuch blieb erfolglos.

»Ich versuche, die *Josephine* zu erreichen«, sagte der Hafenmeister erklärend, als er Larssons fragenden Blick sah. »Entweder hat Eisenhardt das Handy abgeschaltet, oder er befindet sich in einem Funkloch. Letzteres kann ich mir aber kaum vorstellen.«

Die Windflaute schien wie eine Ruhe vor dem Sturm gewesen zu sein. Am Himmel zeigte sich eine dunkle Wolke, die sich zwischen die weißen Quellwolken geschoben hatte.

»Braut sich da was zusammen?«, fragte Frielingsdorf.

»Sieht ganz so ut«, antwortete der Hafenmeister. »Ein wenig Wind würden die Segler ja begrüßen. Ick glof, mehr wird das auch nich hergeben.«

»Ich möchte mit diesem Eisenhardt sprechen«, sagte Larsson. Dann schaute er den Kollegen an. »Ich brauche eine Übernachtungsmöglichkeit in Bergen. Ich muss mit diesem Mann sprechen, bevor ich wieder abreise.«

»Sie haben ein Zimmer im Parkhotel in Bergen. Es ist für Sie reserviert«, sagte Frielingsdorf. »Das ist nur um die Ecke vom Revier.«

Vor dem Büro des Hafenmeisters trennten sich die Männer. Larsson gab Neumann noch seine Visitenkarte, bat ihn, anzurufen, falls er etwas von dem Segler hören würde. Dann fuhren die Kommissare nach Bergen zurück.

Larsson tat, was er immer zu tun pflegte, wenn er einen neuen Fall übernahm. Er ging in Gedanken noch einmal alle Details durch, die er in den wenigen Stunden erfahren hatte. Später würde er sie auf seinem Notebook speichern, damit er jedes auch noch so kleinste Teilstück behielt und es zusammensetzen konnte wie ein Puzzle.

Larsson ließ Frielingsdorf in der Breitsprecherstraße 11 raus, fuhr dann weiter zur Stralsunder Chaussee Nummer und checkte dort im Hotel ein.

Während er auspackte, klingelte das Handy. Es war Kriminalrat von Droste.

Der kam ohne Umschweife zur Sache. »Haben Sie etwas über den Motorsegler in Erfahrung bringen können?«

Es war der Ton, der Larsson zur Vorsicht mahnte. Was in Gottes Namen ist für das BKA von so großem Interesse, dass Droste mich bereits nach wenigen Stunden anruft?, dachte er.

»Bisher nicht mehr, als mein Kollege Frielingsdorf aus Bergen zuvor schon in Erfahrung gebracht hat. Die *Mercurius* lag nur etwa zwanzig Stunden in Ralswiek.«

»Und das ist alles, was an Fakten zu ermitteln war?«

»Bisher. Ich bleibe über Nacht. Morgen fahre ich noch mal zum Hafen, höre mich abermals um. Es ist hier ein ständiges Kommen und Gehen. Die meisten Boote, die vor fünf Tagen in Ralswiek waren, sind wieder abgereist.«

»Tun Sie das«, sagte Droste. »Richten Sie es so ein, dass Sie am Montag in Berlin sein können. Und Larsson, ich brauche Ihnen nicht zu sagen, dass Ihre Ermittlungen in diesem Fall einer besonderen Geheimhaltung unterliegen.« Von Droste gab noch einige Floskeln von sich, dass er sich am Abend erholen möge, und beendete dann sehr schnell das Gespräch.

Jetzt hat er die Katze aus dem Sack gelassen. Ich habe es geahnt. Larsson war, als wäre der Kriminalrat erleichtert gewesen, dass er bei seiner Ermittlung nicht mehr gefunden hatte. Seine inneren Warnlampen begannen rot aufzublinken. Wie gut, dass er den Kutter nicht erwähnt hatte. Dass das Schiff auf Reede lag und wie eine Katze auf die Maus wartete, die irgendwann aus den Hafen kommen würde, machte Larsson überaus misstrauisch. Er müsste herausbekommen, ob der Kutter seinen Platz zeitgleich mit der *Mercurius* verlassen hatte. Larsson spürte, dass er an etwas Geheimnisvollem dran war. Dieses Etwas weckte seinen Jagdinstinkt, mahnte ihn aber auch zur Vorsicht.

Larsson fiel ein, dass er zum Frühstück das letzte Mal eine Kleinigkeit gegessen hatte. Deshalb ging er ins Restaurant des

Hauses mit dem klangvollen Namen Orchidee. Er wählte Lachsfilet unter einer Kartoffel-Kräuterkruste auf Blattspinat mit Hummersauce, zum Dessert einen Eisbecher mit heißen Kirschen.

Immer wieder schaute er zu einer jungen Frau, die allein an einem Tisch saß und ihn auffällig beobachtete. Weil sie überdurchschnittlich hübsch war, weckte sie sein Interesse. Er verglich ihre Erscheinung mit der jungen Audrey Hepburn, wie jede Frau, die ihn über die Maßen interessierte. Selbst die hohen Wangenknochen der Hepburn schien sie zu haben. Nur die Haarfarbe unterschied sich. Im Gegensatz zur Schauspielerin, die schwarze Haare hatte, war sie brünett. Aber mit der Hepburn in »Frühstück bei Tiffany«, die sein Gehirn reproduzierte, konnte die Brünette durchaus mithalten. Und diese Feststellung machte er so zum ersten Mal in seinem Leben.

Er winkte die Kellnerin heran. Er bat sie, die Restaurantrechnung zum Abzeichnen zu bringen, damit sie der Hotelrechnung zugeschlagen werden könnte. Jedes Mal, wenn er wieder zu der jungen Schönheit sah, trafen sich ihre Blicke. Sie war genau der Typ Frau, der ihn schwach werden lassen würde.

Er signierte die Rechnung und gab der Bedienung ein Trinkgeld. Dann begab er sich hoch aufs Zimmer. Er rief zu Hause an. Monika berichtete, wie ihr Tagesablauf gewesen war. Elina schrie die ganze Zeit, so dass Schlaf ein Fremdwort wäre.

Pflichtgemäß bedauerte Larsson seine Frau.

Alsdann begann er, die gesammelten Fakten in sein Notebook einzugeben. Dabei schweiften seine Gedanken immer wieder ab. Die letzten Tage, die er als Urlaub ganztägig zu Hause verbracht hatte, hatten eine Erholung sein sollen. Bei genauer Betrachtung waren sie es nicht gewesen.

Monika hatte sich mit der Geburt der kleinen Elina total verändert. War sie zuvor anschmiegsam, ja sogar sehr zärtlich gewesen, schien sie ihn jetzt abzulehnen. Larsson schob das auf einen veränderten Hormonspiegel. Wahrscheinlich würde sich das wieder ändern. Zumindest hoffte er das.

Er sicherte die abgespeicherten Notizen ein zweites Mal, dann schloss er die Einstellung und klappte das Notebook zu. Im Bad schaute er in die Spiegelwand, die mit dem grauen Granit zu wetteifern schien. Sein Haar war zerzaust. Larsson feuchtete den Kamm an, scheitelte das Haar akkurat, kämmte es leicht nach hinten. Er ging ins Zimmer zurück, klappte die Enden seines Kragens hoch, und band seine blaurot-gemusterte Yves-Saint-Laurent-Krawatte mit einem respektablen Knoten. Er dachte an die brünette Schönheit.

Er zog den Knoten wieder auf und warf die Krawatte über den Sessel. Aus seinem kleinen roten Rucksack nahm er einen Kaschmirpullover heraus, den er lässig über die Schultern warf. Das zarte Gelb des Pullovers korrespondierte mit dem hellen Blau des Hemdes und dem dunklen Blau der maßgeschneiderten Hose.

Alles, was er trug, hatte er bei Brummer in Berlin gekauft, jenem legendären Herrenausstatter, der ihn schon seit seiner Zeit bei der siebten Mordkommission, der er in Berlin angehört hatte, bediente. Jedes Mal, wenn er die zweite Etage des Hauses in der Tauentzienstraße 17 besuchte, konnte er das Geschäft nicht verlassen, ohne einen Kauf zu tätigen. Zumal Brummer auch eine Damenabteilung betrieb. Er hatte kurz vor Weihnachten für Monika ein bezauberndes Abendkleid gekauft und für sich den Pullover und ein paar italienische Schuhe.

In seinen Gedanken erschien wieder die junge Frau. Es war für ihn schwer, sich von dieser Erscheinung loszureißen.

Er steckte sein Portemonnaie ein und ging zur Hotelbar mit dem Namen Störtebeker. In diesem maritimen und zugleich modernen Ambiente ließ es sich herrlich vom Stress des Tages erholen. Er setzte sich an die Theke und bestellte erst einmal ein Bier.

Wenig später begann ein Pianist mit einer Serie von Unterhaltungsmusik – mit »Blue Moon«, das Larsson von Ella Fitzgerald und Dean Martin kannte, über »Smile« und »You're nobody 'till somebody loves you«. Als Larsson festgestellt hatte, dass sich der Pianist auf die Lieder Dean Martins eingeschossen hatte, war der Mann gerade dabei, die Serie mit »As time goes by« zu beenden. Er imitierte die Stimme Dooley Wilsons, was ihm nahezu gelang.

»Guten Abend. Darf ich bei Ihnen Platz nehmen?«, fragte eine Stimme hinter ihm.

Es durchfuhr ihn wie ein Blitz. Langsam drehte er sich um. Da stand sie. Sie hatte sich umgezogen, trug jetzt ein feuerrotes, eng anliegendes Seidenkleid, in dem sie noch bezaubernder aussah als zuvor im Restaurant. Sie strahlte ihn an, sang die letzten Zeilen des Liedes leise mit: »It's still the same old story – A fight for love and glory – A case of do or die. The world will always welcome lovers – As time goes by.«

Larsson faszinierte ihre lockere Art.

Mit dem letzten Ton, den der Pianist dem Instrument und seiner rauchigen Stimme entlockt hatte, war Larsson von seinem Barhocker gerutscht. Er zog den nächsten freien so zurecht, dass sie direkt neben ihm darauf Platz nehmen konnte.

»Ich wette, Sie haben schon auf mich gewartet«, girrte sie leise in sein Ohr.

»Woher wollen Sie das wissen?«

»Ich weiß es.«

»Wirklich?« Larsson wusste, dass sie recht hatte.

»Ja«, sagte sie und lächelte ihn geradezu unverschämt an. »Ich habe nämlich den gleichen Blick bei Männern gesehen, wenn sie mich zum ersten Mal nackt sahen. Unter Umständen werde ich ja diesen Blick heute noch einmal sehen, noch intensiver … Ich bin Charlene Gruber.«

»Larsson, Lasse Larsson.« Er lächelte zurück. So schnell war er nicht aus der Ruhe zu bringen, nicht nach all dem gelebten Leben mit seinen Höhen und Tiefen und mit den Frauen, mit denen er seine Zeit geteilt hatte. Er benutzte allzu gern den Spruch: Der Wind kommt und geht, aber das Meer bleibt. Du bist der Wind ... und ich bin das Meer, das bleibt. Immer dann hatte er diesen Vergleich gebraucht, wenn er eine Beziehung beendete. Aber es gab durchaus Frauen, die dieses Spiel nicht mitmachten, die ihn wegen dieses Spruches auslachten. Und das waren die Niederlagen, die er auch als solche erkannte. Augenblicklich dachte er an den Brief, mit dem sich Chiara in Berlin von ihm verabschiedet hatte.

Lieber Lasse,

manchmal endet eine Liebe abrupt – so wie jetzt bei uns ... Doch lass Dich vom plötzlichen Ende nicht täuschen, wir hatten schon lange keine Gemeinsamkeiten mehr. Diese aber sind für mich unverzichtbar. Ich erwarte vom Leben mehr als zweimal in der Woche einen mittelmäßigen Sex. Du bist mit Deinem Kommissariat verheiratet – mit mir hast du nur eine Art Zusammenleben geübt, was keine richtige Frau so hinnehmen kann.

Lebe wohl und alles Gute für Deine Zukunft. Mögest Du die Frau finden, die bescheiden genug ist, sich mit dem Wenigen zufriedenzugeben, das Du ihr zubilligst.

Chiara

Das war kurz bevor er sich nach Anklam hatte versetzen lassen. Und genau das war jetzt der falsche Moment, daran erinnert zu werden.

Sie waren bereits beim dritten Drink mit dem Namen Parkhotel Zauber, einem Mix aus Blue Curacao, weißem Rum, Martini Rosso, Orange und Maracuja, als Charlene laut feststellte, dass sie keinesfalls mehr trinken würde.

Der Pianist war inzwischen bei »New York, New York« angekommen. Es war aber nicht die Interpretation Frank Sinatras. Vielmehr hatte er seine Stimme jener von Sammy Davis Jr. angeglichen. Obwohl auch Larsson leicht vom Alkohol angegangen war, hatte er das gleich bemerkt. Der Mann ist ein Stimmwunder, dachte er. Doch als der Pianist »My Romance« intonierte, verlangte er die Rechnung.

Sie verließen die Bar. Im Fahrstuhl fragte Charlene Larsson, ob er noch auf ein Glas Champagner mit auf ihr Zimmer käme.

Die Art, wie sie fragte, ließ keinen Zweifel daran aufkommen, was sie vorhatte.

»Was du dir merken solltest ... Ein Kuss ist ein Kuss, und ein Seufzen ist ein Seufzen. Nicht mehr und nicht weniger«, hauchte sie.

»Das hat nichts mit Liebe zu tun«, stellte Larsson fest.

»Es ist der deutsche Text von ›As time goes by‹«, sagte sie, »und der geht weiter.«

»Wie?«

»Das sind fundamentale Dinge, die ihre Bedeutung behalten. Jederzeit.«

Der Fahrstuhl hielt.

»Also? Champagner?« Ihr Lächeln war ein einziges Zugeständnis.

Als sie in ihrem Zimmer waren, umarmte sie ihn und flüsterte: »Und wenn zwei Menschen umeinander werben, dann werden sie irgendwann diese drei Worte sagen: Ich liebe dich. Darauf kannst du dich ebenfalls verlassen. Ganz egal, was kommt, das ist so, und das bleibt so. Gestern, heute, morgen.«

Gegen vier am Morgen wachte Larsson auf. Unvermittelt stellte er fest, nicht in seinem Bett zu liegen. Sein Kopf dröhnte. Neben ihm lag Charlene soundso. Wie eigentlich? Im Augenblick konnte er sich nicht erinnern, dass sie sich mit ihrem Familiennamen vorgestellt hatte. Dennoch erinnerte er gut sich daran, dass sie einen roten Büstenhalter und einen passenden Slip getragen hatte.

Er überzeugte sich davon, dass sie gleichmäßig atmete. Dann schälte er sich vorsichtig aus dem Bett. Er angelte sich seine Unterwäsche, zog sich an. Das letzte Glas Champagner war zu viel des Guten gewesen. Er verließ leise das Zimmer. Auf dem Gang war alles still.

In seinem Zimmer angekommen, schlich er ins Bad, putzte sich die Zähne. Dann entkleidete er sich und legte sich ins Bett. Auf seinem Nachttisch lag sein Smartphone. Routine gemäß checkte er es. Es war eine SMS eingegangen. Sie war vom Hafenmeister Neumann.

Ich habe den Eigner von der Josephine erreicht. Eisenhardt hat einige Dinge, die Sie interessieren dürften. Wenn Sie Interesse haben, seien Sie morgen früh um neun bei mir im Büro. MfG Klaus Neumann

Larsson stellte seinen Wecker auf sieben Uhr.

Er ließ seinen Wagen ausrollen und stellte ihn nur wenige Meter vom Büro des Hafenmeisters entfernt ab. Er blickte in den Rückspiegel. Sein Gesicht könnte frischer aussehen, hätte er sich rasiert. Aber ihm war nicht danach gewesen. Schon gar nicht, weil er Mühe hatte, nach dieser Nacht überhaupt pünktlich zu sein. Aus der Mittelkonsole nahm er eine Bürste, strich sich sorgfältig die Haare glatt.

Noch waren nicht Hunderte Menschen im Hafen von Ralswiek unterwegs, dennoch hatte das Treiben bereits seinen Anfang genommen. Die ersten Segelboote wurden startklar gemacht, andere waren schon unterwegs, um den schönen Tag auf dem Wasser zu nutzen. An einem noch festliegenden Boot der Drachenklasse flatterte die Fock aufgeregt im leichten Wind, während die Frau des Eigners noch die Verpflegung für den Tag in die nach hinten offene Kabine einräumte.

Larsson klopfte kurz und trat ins Büro des Hafenmeisters, der ihm freundlich entgegen grinste.

»Da hat Sie meine Nachricht doch erreicht. Ich dachte schon, die würden Sie vor der Abreise gar nicht mehr rechtzeitig lesen.«

Auf einem der Stühle vor dem Schreibtisch saß ein Rentner um die siebzig. Larsson nickte ihm zu und stellte sich vor.

»Mein Freund Klaus hat mich angerufen. Eisenhardt mein Name. Er sagte, dass Sie nach einem bestimmten Schiff suchen.«

Larsson nickte. »Ich habe nur eine vage Beschreibung dazu bekommen. Ein relativ großes Schiff, das dickbauchiger sein soll als der Motorsegler, der vor fünf Tagen hier für eine Nacht gelegen hat.«

Eisenhardt kniff ein Auge zu und sagte: »Ich weiß genau, welches Schiff Sie suchen. Es ist ein Kutter. Keiner, der hier in der DDR gebaut worden ist. Die kenne ich alle aus dem Effeff. Schließlich habe ich dreißig Jahre auf der Volkswerft Stralsund gearbeitet. Wir haben auch solche Fischereischiffe gebaut.«

»Erinnern Sie sich an die Farbe des Kutters?«

Eisenhardt lächelte. »Mausgrau.«

»Wie ein Schiff einer Armee?«, fragte Larsson.

»Na ja, fast. Es war am Bug mit einem dunkelblauen, wellenartigen Streifen oberhalb der Wasserlinie abgesetzt.«

»›Fast‹ bedeutet, dass Sie mich auf etwas anderes aufmerksam machen wollen, stimmt's?«

»Klaus, hast du das Bild aufgerufen?«

Die drei Männer schauten auf den Bildschirm von Neumanns Computer.

»Dieser blaue Fischkutter wurde Ende der siebziger Jahre bei der Sieghold Werft in Bremen gebaut. Er war einer der ersten, bei dem das Ruderhaus vor dem Mast aufgebaut wurde. Diese Anordnung ließ ein großes geschütztes Arbeitsdeck im hinteren Teil zu. Irgendwann in den achtziger Jahren wurde das Fahrzeug neben zwei seitlichen Schleppnetzen mit einem dritten Fanggeschirr am Heck ausgerüstet. 1994 wurde dann das Schiff total modernisiert.«

Larsson dachte nach.

»Und das wissen Sie so genau?«, fragte er zweifelnd.

»Ich kannte Manfred Friedhoff, den Kapitän und Eigner des Schiffes.« Eisenhardt sah den misstrauischen Blick Larssons, deshalb fuhr er fort: »Anlässlich einer privaten Reise in die damalige BRD zur Beerdigung meiner Großmutter lernte ich ihn in Bremerhaven kennen. Über was anderes als über Fischereifahrzeuge hätten wir uns wohl unterhalten können?«

»Verstehe, aber was wollen Sie mir damit sagen?«, insistierte Larsson.

Eisenhardt rief ein anderes Bild auf. »Dieses Foto zeigt das von Ihnen gesuchte Schiff. Es ist nahezu baugleich mit der *WER.5*, die ich Ihnen zuvor zeigte.«

Larsson staunte. »Aber es sieht doch ganz anders aus.«

»Ja, das Überwasserschiff sieht anders aus. Der breite Heckbaum für die Führung des mittleren Schleppnetzes fehlt. Auch der große Mastbaum, der für das Aufziehen der Seitennetze da war, ist weg. Dafür sind die Aufbauten an das Ruderhaus gesetzt worden. Damit wurde die Bewohnbarkeit des Schiffes weiter erhöht. Schauen Sie sich den Rumpf beider Schiffe an. Ich denke, wenn Sie die Risse ausdrucken und übereinander legen, werden Sie die Baugleichheit erkennen.«

Larsson schaute sich erst das erste Bild, dann das zweite noch einmal an. Er war sich nicht schlüssig, ob der Mann recht hatte, gestand sich aber ein, dass er es zumindest in Betracht ziehen musste.

»Ich habe die halbe Nacht im Internet nach den Daten des Schiffes gesucht ... Länge 19,40 m, Breite 5,30 m, Tiefgang 1,90 m. Der Rumpf ist aus Stahl. Das kommt hin. Wäre der Kutter auch nur zwanzig oder dreißig Zentimeter tiefgängiger gewesen, hätte er nicht dort liegen können, wo ich ihn gesehen habe«, sagte Eisenhardt. »Kommen Sie mal mit.«

Die beiden Männer gingen vor die Tür, machten einige Schritte auf die Liegeplätze der Boote zu.

Eisenhardt zeigte auf das Wasser vor der Hafeneinfahrt. »Wenn Sie dort übers Wasser sehen, erkennen Sie die hellen Stellen. Das sind Sandbänke. Zum Teil ist das Wasser dort nur vierzig, fünfzig Zentimeter tief. Die betonnte Fahrrinne ist auf vier Meter ausgebaggert. Aber wie kommt ein Schiff von fast zwei Metern Tiefgang genau zwischen die Sandbänke?«

Die Beschreibung Eisenhardts deckte sich mit der Wahrnehmung des Hafenmeisters am Vormittag des 24. Juni, als dieser zum Räucherschiff *Elbe* gefahren war. Soweit stimmte das offenbar überein. Sie gingen zurück ins Büro.

»Nur mit Elektronik.«

»Waren sie dicht an ihm dran?«

»Sechs, sieben Meter«, sagte Eisenhardt.

Die beiden Männer schwiegen einen Augenblick, während Neumann frisch gebrühten Kaffee in Tassen füllte und sie ihnen hinstellte.

»Ist Ihnen noch etwas Besonderes aufgefallen?«

»Nur dass anfangs niemand an Bord zu sehen war. Das Schiff lag wie ausgestorben da. Aber als ich bis auf vier, fünf Meter heran war, kam ein Mann aus dem Ruderhaus, gestikulierte wild, dass ich weiterfahren solle, und beobachtete mich schließlich mit einem Fernglas, bis ich außer Sichtweite war.« Eisenhardt nahm einen Schluck Kaffee. »Offensichtlich wollte er mich vertreiben. Worauf ich Sie aber ganz besonders aufmerksam machen wollte, waren die Antennen. Sie unterschieden sich deutlich von den Antennen, die ich auf den Kuttern und Trawlern in Erinnerung habe.«

Larsson schaute sich das Bild auf dem Bildschirm noch einmal genau an. »Haben Sie noch mehr Bilder von diesem Schiff gemacht?«

»Vom späten Nachmittag. Der Motorsegler war dabei, in Richtung Wiek zu laufen. Nicht unter Segel, sondern mit der Maschine. Der Kutter kam etwa zwei Meilen dahinter und machte dann am Blewser Haken, einem ehemaligen Stützpunkt der 6. Flottille der DDR-Marine im Wieker Bodden, fest. Ich konnte das durch das Fernglas genau sehen. Von beiden Booten habe ich Fotos gemacht. Aber diese Bilder sind zu klein.«

»Können Sie mir alle Bilder, die Sie von den beiden Schiffen gemacht haben, per E-Mail senden?«

Eisenhardt sah den Hafenmeister grinsend an. »Soll ich, Klaus?«

Neumann hob die Schultern und machte ein vielsagendes Gesicht.

Larsson sagte seine Mailadresse an. Eisenhardt schickte Bild für Bild auf die Reise. Glücklicherweise hatte er auch noch die Tagesdaten während der Aufnahme eingeblendet, so dass man nachvollziehen konnte, wann die Schiffe aufgenommen wurden.

Als Eisenhardt die Aktion mit einem »So, alle Aufnahmen sind bei Ihnen« beendete, zog Larsson einen zwanzig Euroschein aus der Tasche.

»Für einen gemeinsamen Drink ist es jetzt noch zu früh. Ich denke, Sie werden im Laufe des Tages Zeit dafür finden und einen für mich mit trinken.« Er notierte sich die Heimatadresse, auch die Telefonnummer Eisenhardts in Stralsund für den Fall, dass sich weitere Nachfragen ergeben würden. Dann bedankte er sich noch einmal für die Hilfe und verabschiedete sich.

Der nächste Weg führte ihn zum Räucherschiff *Elbe*. Dort erstand er drei mittelgroße Aale, die er sich für die Heimreise ordentlich einpacken ließ.

Gegen elf fuhr er durch Bergen, dachte daran, noch einmal im Parkhotel vorbeizuschauen, um nach Charlene zu sehen. Dann aber schüttelte er das Verlangen ab, um sich nicht so weit festzulegen und eine ernsthafte Gefahr für seine Ehe zu riskieren.

Zum Glück fuhren bei diesem Wetter um diese Uhrzeit mehr auf die Insel als wieder von ihr herunter, so dass er gemessen an den anderen schnell vorankam. Dennoch hätte er sich gewünscht, dass die neue Brücke über den Strelasund, mit deren Bau man drei Jahre zuvor begonnen hatte und die man voraussichtlich im Oktober einweihen würde, bereits fertig wäre. So aber musste er sich mit dem Rügendamm begnügen, dessen Kapazität ein zügiges Vorankommen relativierte.

Die Silhouette Stralsunds mit ihren drei bedeutenden Kirchen tauchte auf.

St.-Nikolai, die älteste der drei großen Pfarrkirchen der Hansestadt Stralsunds am Alten Markt erhielt ihren Namen nach Nikolaus von Myra, dem Schutzheiligen der Seefahrer. St.-Marien, die dreischiffige Kirche mit Querhaus, westlichem Pseudoquerhaus, Chorumgang und Kapellenkranz; die Basilika am Neuen Markt entstand im Hochmittelalter. Sie ist die größte Pfarrkirche der Hansestadt Stralsund. Schließlich St. Jakobi. Letztere ist wohl diejenige der Stralsunder Kirchen, welche im Verlauf der Jahrhunderte am meisten unter den Kriegen und Unglücken gelitten hat.

Larsson machte sich von dem Bild los. In seinen Gedanken tauchte die Aussage Eisenhardts wieder auf, dass der graue Kutter dem Motorsegler im Jasmunder und im Wieker Bodden gefolgt war.

Da gibt es unzweifelhaft eine Verbindung. Aber welche?, dachte er. Und wo fuhren der Motorsegler, eventuell sogar beide Schiffe hin, nachdem sie den Wieker Bodden verlassen hatten? Örtlichkeiten, die sich lohnen, gibt es viele. Die skandinavischen Länder? Die Insel Bornholm, die nur ungefähr fünfundsechzig Seemeilen von Rügen entfernt liegt. Und selbstverständlich auch die deutsche Küste sowohl Schleswig-Holstein im Westen, wo der Motorsegler herkam, als auch Usedom im Osten. Und selbst die polnische Küste, mit dem ehemaligen Danzig in Polen, Litauen, Lettland mit der imposanten Altstadt Riga oder Estland mit Tallin kämen infrage. Was ist mit Russland? Wenn ich dieses Rätsel löse, finde ich die Antwort, was mit dem Motorsegler passiert ist.

Kurz nach zwei kam Larsson zu Hause in Loddin an. Monika schien ihn zu erwarten. Sie kam ihm bis zur Garagenauffahrt entgegen. Er stieg aus, küsste sie auf beide Wangen, dann auf den Mund. »Es ist schön, wieder zu Hause bei meinen beiden Mädels zu sein, Liebes.«

»Ja«, sagte sie. »Auch ich finde es sehr schön, wenn du hier bist. Und wenn du weg bist, frage ich mich immer, warum das so sein muss.«

Larsson nahm die Räucheraale aus dem Wagen. »Eine Kleinigkeit fürs Abendbrot«, sagte er und kniff ein Auge zu.

6. Kapitel

Montag, 2. Juli 2007

Larsson kannte Berlin gut. Er registrierte aber relativ spät, dass das Taxi aus der Stralauer Allee kommend auf die Elsenbrücke eingebogen war und nun über die Brücke nach Treptow fuhr. Zu sehr beschäftigten ihn seine Gedanken um die Ermittlung zu dem verschwundenen Motorsegler. Rechts von ihm sah er die exorbitante Figurengruppe auf dem Wasser.

Der Taxifahrer, der seinen Fahrgast interessiert im Rückspiegel beobachtete, verlangsamte die Fahrt. »Der Molecule Man ist ein Monumentalkunstwerk, das 1999 von dem amerikanischen Bildhauer Jonathan Borofsky geschaffen wurde«, sagte er lächelnd.

Larsson nickte abwesend und schaute über die Spree zu den Figuren. Dann sah er auf das höchste Bürohaus, die Berlin Treptowers.

»Es handelt sich um eine Dreipersonenskulptur, die in der Spree zwischen der Elsenbrücke, über die wir gerade fahren, und der Oberbaumbrücke im Hintergrund, nahe dem Schnittpunkt der drei Stadtteile Kreuzberg, Treptow und Friedrichshain aufgestellt wurde.«

»Ich weiß«, sagte Larsson ungeduldig.

»Es sind drei dreißig Meter hohe Männerfiguren aus wetterfesten, gelochten Aluminiumplatten, die sich gegenüberstehen und in der Mitte treffen. Es stellt eine doppelte Symbolkraft durch das Zusammentreffen der Bezirke, aber auch durch die Vereinigung von Molekülen aller Menschen, die zum Überleben der Menschheit nötig ist, dar. Das Kunstwerk wiegt etwa fünfundvierzig Tonnen«, sagte er fachkundig.

Das Telefon im Taxi machte sich bemerkbar. Der Fahrer drückte eine Kurzwahltaste.

Larsson war froh darüber, das Geschwafel erst einmal los zu sein. Er hasste es, zu einem Gespräch genötigt zu werden.

Der Citroën querte die Martin-Hoffmann-Straße, fuhr an der Botschaft der Sozialistischen Republik Vietnam vorbei und bog rechts in die Puschkinallee ab. Etwa dreihundert Meter weiter fuhren sie in die Boucherstraße bis zur nächsten Einmündung und bogen dann in die Straße am Treptower Park ein, die hier zur Einbahnstraße ausgewiesen ist. Nur Augenblicke später hielt der Wagen vor dem Bundeskriminalamt Berlin.

Larsson zahlte.

Allein die Bauten verrieten, dass das Gelände einmal eine Ansammlung von Kasernengebäuden beherbergt hatte; im Laufe der Geschichte hatten diese Häuser schon eine Anzahl Dienstherren gesehen. Einige Jahre zuvor waren sie, nebst Meckenheim, eine der Dependancen der BKA-Zentrale in Wiesbaden. Jetzt allerdings war man noch mitten im Umzug. In Berlin würde künftig auch der Hauptsitz des BKA sein.

Wer es nicht wusste, konnte die Kameras nicht sehen, die den Verkehr vor dem Haupteingang der Behörde peinlich genau aufzeichneten. Zu jeder Tages- und Nachtzeit wurde darüber hinaus die Sicherheit erhöht, indem fachkundiges Personal die Personen und die Bewegung innerhalb des BKA analysierte.

Während der dreimonatigen Sonderausbildung beim BKA, die man Larsson in Aussicht gestellt hatte, durchlief er einige Referate der Hauptabteilung SO, also Schwere und Organisierte Kriminalität, die seine Kompetenz bestätigten. Innerhalb der Hauptabteilung hatte man ihn weitergereicht zu den Gruppen SO1 – Gewalt und Schwerkriminalität, ins SO Referat 11 – Auswertung Waffen und Sprengstoffkriminalität, zum Referat SO13 – Auswertung Menschenhandel, und schließlich Referat 14 – Auswertung Schleuserkriminalität.

Im Januar hatte man seine Ausbildungszeit beim BKA verlängert. Es hatte einigen Ärger mit Monika gegeben, die ja hochschwanger war, was die Sache nicht vereinfachte.

Larsson hatte sich immer gefragt, was er mit dem Gelernten anfangen sollte. Wohin wollte man ihn letztlich stellen?

Mitte März, kurz nachdem man ihn dem Leiter der Abteilung IK – Internationale Koordinierung – Kriminalrat Roland von Droste unterstellte, war dann die Verwirrung komplett. Schon nach einer Woche wurde er mit den Worten »Sie haben so viel Urlaub angesammelt, Larsson, dass Sie erst einmal für zwei Wochen nach Hause fahren« heimgeschickt. Drei Tage später kam Elina in der Greifswalder Uni-Klinik zur Welt.

Doch mit dem plötzlichen Einsatz auf Rügen war diese Urlaubszeit zu Ende gegangen. Larsson meldete sich im Vorzimmer von Drostes an. Die korpulente Mittfünfzigerin schaute bedeutungsvoll auf ihre Armbanduhr.

»Sie sind zu spät, Herr Hauptkommissar«, sagte sie vorwurfsvoll. Sie stand auf und meldete Larsson an. Es entspann sich ein kurzes Wortgefecht, das aber so leise geführt wurde, dass Larsson es nicht verstand. Dann drehte sich die Frau zu ihm um und bedeutete ihm, hineinzugehen.

Von Droste schloss gerade seinen Laptop an einen Beamer an.

»Eigentlich hatte ich Sie ganz anders einsetzen wollen, Hauptkommissar Larsson. Doch nun muss ich Ihnen ein paar Bilder zeigen, damit Sie wissen, wen wir suchen«, wurde Larsson begrüßt.

Von Droste ging mit keinem Wort darauf ein, dass Larsson zwanzig Minuten zu spät war.

Es klopfte. Zwei Personen kamen herein. Die erste Person war die Sekretärin, die ein Tablett mit Tassen jonglierte, die sie auf dem Tisch links vom Projektor abstellte. Die zweite war eine Frau, die Larsson kannte. Sie trug die schwarze Thermoskanne mit dem Kaffee und lächelte ihn überaus herausfordernd an.

Was für eine umwerfende Erscheinung. Alles hätte ich erwartet, nur das nicht, dachte er.

»Für den Fall, dass Ihnen die Kollegin, Kriminaloberkommissarin Gruber, in letzter Zeit nicht aufgefallen sein sollte, sie wird mit Ihnen an dem Fall arbeiten.«

Charlene ging auf Larsson zu, reichte ihm die Hand und sagte: »Charlene Gruber.« Dabei kniff sie ein Auge zu. »Vielleicht erinnern Sie sich? Ich sah Sie im Restaurant Orchidee im Parkhotel in Bergen.«

Hat von Droste sie auf mich angesetzt, um zu sehen, ob ich beim ersten Blick von ihr umfalle? Larsson nahm ihre Hand.

»Am 30. März diesen Jahres haben wir die Antiterrordatei in den Wirkbetrieb übernommen«, begann von Droste, ohne auf Charlene Gruber einzugehen. »Bei der Auswertung eines Fotos, das uns von Frontex zugespielt wurde, sehen wir einen Mann, der noch auf eine andere Weise auf uns zugekommen ist.«

Ein Film begann. Zu sehen war ein vollbesetztes, typisch nordafrikanisches Holzboot mit Flüchtlingen, das offensichtlich irgendwo an der afrikanischen Küste gestartet war und in Lampedusa angelandet werden sollte.

»Wir können nicht akzeptieren, dass über Italien so viele Wirtschaftsflüchtlinge nach Europa kommen«, sagte von Droste. »Menschen aus Tunesien, Libyen, Ägypten oder anderen afrikanischen Staaten versuchen immer wieder, Italien oder die vorgelagerte Insel Lampedusa zu erreichen.«

»Ein Elend«, sagte Larsson. Ihm fiel auf, dass Charlene Gruber sich sehr zurückhielt.

»Migrationsbewegungen sind immer gemischt. Jedes Boot, das es schafft, Almeria in Spanien oder Lampedusa in Italien zu erreichen, hat immer Wirtschaftsflüchtlinge und Verfolgte, die Asyl suchen, an Bord. Darüber hinaus auch Menschen, die besonderen Schutz bedürfen, wie etwa unbegleitete Kinder. Jeder Mitgliedsstaat und auch die EU selbst müssen den Zugang zum eigenen Territorium garantieren, um sicherzustellen, dass das Schutzbedürfnis jedes einzelnen Individuums gewährleistet wird.« Die Art, wie von Droste das sagte, machte deutlich, dass er Unterschiede bei der Bedürftigkeit dieser Menschen machte.

»Kein Land darf doch eine Gruppe von Flüchtlingen ausweisen ohne eine Prüfung der individuellen Situation der einzelnen Betroffenen«, warf Larsson ein.

»Sagt wer?«, fragte Charlene Gruber.

»Der Europäische Gerichtshof für Menschenrechte.«

»Das ist schon richtig, Hauptkommissar«, stellte von Droste fest. »Dennoch können wir nicht alle aufnehmen, die es nach Europa drängt. Die Politik hat mit Frontex verbindliche Vorgaben geschaffen.«

»Und denken Sie daran, dass das Mittelmeer bereits einem großen Friedhof gleicht, Kriminalhauptkommissar.« Mit zwei Sätzen hatte sich die Oberkommissarin in das Gespräch eingemischt. Sie waren gegensätzlich. Bestand der erste Satz nur aus einer Frage, so manifestierte der zweite einen der größten Seefriedhöfe seit dem Zweiten Weltkrieg.

Von Droste hielt das Video an. Das Standbild zeigte einen Mann, der sich von den Flüchtlingen abhob. Zwei Dinge unterschieden ihn vom Rest der Gruppe.

»Wie auch immer«, sagte der Kriminalrat. »Europa muss dafür sorgen, dass wir nicht weiter überrannt werden.«

»Ich erinnere mich an einen Film über den Auswanderungsdruck aus den Entwicklungsländern. Es muss Anfang der 90er gewesen sein ... Ich komme nicht auf den Namen«, sinnierte Larsson. »Aber der Film nahm voraus, was jetzt passiert.«

»The March – der Marsch. Es war eine Literaturverfilmung des Regisseurs David Wheatley, die auf einen Roman von William Nicholson basiert«, sagte Charlene Gruber ruhig.

Larsson lachte auf. »Anfang der 90er Jahre? Sind Sie da nicht im Kindergarten gewesen, wenn überhaupt schon?«

»Vorsicht, Larsson«, warnte von Droste. »Die Kriminaloberkommissarin ist gut auf ihre Aufgabe vorbereitet worden, genau wie Sie.«

»Der Film geht von einer unbestimmten Zukunft aus, in der aufgrund des Klimawandels große Teile Afrikas unbewohnbar geworden sind und in Europa die rassistischen Spannungen zugenommen haben«, sagte Charlene Gruber unbeirrt. »Der Film ist ein Plädoyer für mehr Einsatz der Industrieländer für die Entwicklungsländer, dabei behält er im Wesentlichen die Perspektive einer wohlwollenden Kommissarin. Die protestierenden Schwarzafrikaner werden von außen gesehen.«

»Na, dann hat sich doch etwas Ausschlaggebendes geändert«, stellte Larsson fest. »Wenn ich das Video mal interpretieren darf, müssen jetzt wir die protestierenden Schwarzafrikaner von innen sehen, jedenfalls fast.«

»Das können Sie später diskutieren«, sagte von Droste kalt. »Jetzt will *ich* wissen, was Ihnen an dem Mann auffällt. Larsson.«

»Der Mann ist über die Maßen groß.«

Von Droste schaute Charlene Gruber an. »Und?«

»Ich tippe auf einen Massai.«

Der Kriminalrat nickte befriedigt. »Ein Massai ... Und sonst?«

»Er trägt eine Schwimmweste. Möglicherweise gehört er gar nicht zu den Flüchtlingen«, sagte Larsson.

»Richtig, Kriminalhauptkommissar, und damit wären wir beim Thema. Der Mann gehört nicht zu den Flüchtlingen.«

Charlene Gruber stieß Luft aus. »Ein Schleuser.«

»Nicht ganz richtig, aber auch nicht ganz falsch«, sagte von Droste und lächelte.

»Er sieht zumindest aus, als wäre er bei dieser Fahrt dabei gewesen«, stellte Larsson fest.

»So sieht es aus«, sagte von Droste.

»Wenn er dabei war und keiner der Schleuser ist«, ergänzte Charlene Gruber, »wollte er sich womöglich über die Sicherheit der Bootsflüchtlinge informieren.«

Larsson grinste Charlene Gruber unverschämt an. »Wäre der Kahn abgesoffen, hätte ihm die Weste wohl kaum etwas genützt.«

»Die Welt, in der wir leben, lässt sich als das Ergebnis von Wirrwarr und Zufall verstehen«, sagte von Droste dozierend.

»Wenn sie jedoch das Ergebnis einer Absicht ist, muss es die Absicht eines Teufels gewesen sein. Ich halte den Zufall für eine weniger peinliche und zugleich plausiblere Erklärung. Und doch, der Mann wusste genau, was er tat.«

»Also kein Zufall«, konstatierte Larsson.

»Nein. Die Aktion hatte wohl zwei Gründe. Zum einen, man wollte an die Schleppermafia herankommen. Außerdem aber zielte sie wohl darauf ab, zu ergründen, warum so viele Menschen bei der Überwindung von rund hundertfünfzig Kilometer von Tunesien nach Lampedusa auf dem Wasser umkommen. Und für die Zukunft wollte man das für einen Teil der Menschen ausschließen. Ich bereite gerade einen Vortrag vor, der ein Umdenken bei den Behörden einleiten wird. Illegale Migration – Gesellschaften und polizeiliche Handlungsfelder im Wandel. Seit Jahren entwickelt sich insbesondere Deutschland zu einem wesentlichen Zielland irregulärer Migration in Europa. Die irreguläre Migration aber ist eine der wesentlichen globalen Herausforderungen. Vor dem Hintergrund sich verknappender Ressourcen sind Migrationspolitik und deren Steuerung von herausragender Bedeutung.«

Es klopfte, und von Droste schaute kurz zu seiner Sekretärin, die den Kopf zur Tür hereinsteckte.

»Die Leute von SO4 und SO42 sind da.«

»Sie möchten bitte einen Augenblick Geduld haben.« Von Droste schaute seine beiden Mitarbeiter an. »Alles, was Sie jetzt noch wissen müssen, Hauptkommissar, liegt Ihrer Kollegin Gruber bereits schriftlich vor. Sie wird Ihnen auch sagen, warum wir das verschwundene Schiff suchen.«

»Ich denke, es hat etwas mit dem Massai zu tun«, sagte Larsson lapidar.

Als die beiden Kommissare an der Tür waren, sagte von Droste: »Ach, Hauptkommissar Larsson, noch einen Augenblick, bitte.«

Als Charlene Gruber bereits hinausgegangen war, drehte sich Larsson noch einmal um.

»Und Larsson, ja, ich habe die Oberkommissarin auf Sie angesetzt. Das Parkhotel in Bergen war eine erste Prüfung. Sicher hat die Kollegin versucht, mit Ihnen zu flirten. Dass Sie standhaft geblieben sind, hat Sie für diesen Job qualifiziert. Wäre es anders gekommen, hätte ich Sie für den Job nicht brauchen können. Sie wissen ja: Hast du einen Mann erst im Bett, wird sich der Rest finden. Und nun an die Arbeit.« Er unterstrich seine Worte mit einer Geste, die zur Tür hindeutete.

»Ich will mich bei dir bedanken«, sagte Charlene Gruber. Sie hatte im Flur auf ihn gewartet.

»Wofür?«

»Für den Kindergarten.«

Larsson grinste breit. »War das so falsch?«

»Nein. Aber wäre das nicht so, hättest du dich in Bergen mit einer alten Trutschel herumschlagen müssen. Ich glaube ehrlich nicht, dass dir das gefallen hätte.«

Sie gingen zu ihrem Büro, das zwei Blöcke weiter lag und zum Referat SO53 – verdeckte Ermittlungen, Einsatz von Vertrauenspersonen – gehörte. Obwohl dieser Raum ursprünglich nur für eine Person gedacht war, hatte man einen zweiten Schreibtisch hineingestellt.

»Ich denke, wir werden eine ganze Zeit unterwegs sein«, sagte Charlene Gruber. »Und für den Zeitraum, den wir hier sind, wird das wohl reichen.«

»Nun wäre es an mir, mich bei dir zu bedanken.« Larsson lächelte sie unverschämt an. »Schließlich hast du von Droste nicht erzählt, dass ich in Bergen auf dich reingefallen bin.«

Charlene lächelte zurück. »Nun weiß ich wenigstens, mit wem ich in Zukunft an diesem Fall arbeiten muss. Schließlich wollte ich verhindern, dass man mir irgend so einen alten Sack zur Seite stellt. Das ist mir doch, so hoffe ich, immerhin gelungen.«

Austeilen kann sie ganz schön. Schauen wir mal, was sie ermittlungstechnisch drauf hat, dachte Larsson.

Den Rest des Tages war er damit beschäftigt, sich damit auseinanderzusetzen, was dem BKA über die Passagiere des Motorseglers bekannt war.

»Du sollst mir doch den Grund erläutern, warum dieses Schiff vom BKA gesucht wird«, sagte Larsson.

»Die Grundlage dafür, dass man überhaupt auf die Männer aufmerksam wurde, war eine Bitte der CIA. Man wollte wissen, ob das BKA in der Lage wäre, eine Personenobservation für etwa eine Woche in Deutschland zu übernehmen«, antwortete Charlene Gruber.

Warum haben das die Amis nicht selbst gemacht? Die können doch sonst alles? Irgendwas ist hier oberfaul. Larsson zog die Stirn in Falten.

»Was weißt du über die Hintergründe zu diesem CIA-Auftrag?«, insistierte er. Er hatte wohl wahrgenommen, dass Charlene ihn interessiert beobachtete, während er sich diese Notiz vorgenommen hatte.

»Sie steht in Verbindung mit illegaler Einwanderung von Afrikanern in den Schengenraum.«

»Und was haben die Männer damit zu tun, die mit ihrem Boot verschwunden sind?«

»Sie waren dabei, diese Illegalität auf offiziell abgesicherte Beine zu stellen.«

Larsson lachte auf. »Das geht doch gar nicht.«

»Dafür gibt es ein Zauberwort.«

Larsson schaute sie mit großen Augen an. »Und?«

»Kapital.«

»Kapital?«

»Etwa die Hälfte des Welthandels liegt in den Händen von nur 147 Personen und Kapitalgesellschaften. Zu einem der größten Finanzhalter weltweit gehört die Black Rock in den USA.«

Charlene Gruber schwieg einen Augenblick. Larsson bohrte nach. »Und was hat das mit den Männern auf der *Mercurius* zu tun?«

»Sie gehören zu einem Konsortium kenianischer Kaufleute, die eine Gesellschaft gegründet haben, die in diesen aufgeteilten Markt einbrechen will.« Charlene schob ihm ein weiteres Schriftstück über den Tisch. »Die Kopie eines Dokuments über die Gründung der Kiliwhite Ltd. in London.«

»Ein schwarzer Zwerg gegen einen Haufen weißer Riesen.«

»Weißer und gelber Riesen«, sagte Charlene Gruber gelassen. »Die China Investment Group ist riesig. Allein in Hongkong residieren mehrere Dutzend Investmentanbieter. Und allen ist die Kiliwhite Ltd. mit ihrem Erscheinen auf die Füße getreten.«

Larsson nickte. Für die nächste Viertelstunde vertiefte er sich in die Papiere.

»Das ist ein Gründungsvertrag für eine Limited in Großbritannien«, sagte er, als er wieder aufschaute. »Mit der Errichtung einer Limited-Company in England oder Irland konnten die Burschen und nahezu ohne Kapitaleinsatz und Risiko den Laden registrieren. Was heißt eigentlich Kiliwhite?«

»Kiliwhite enthält zwei Abkürzungen. Kili für Kilimandscharo und white für den Schnee, der auf dem höchsten afrikanischen Berg liegt. Sie haben den schneebedeckten Berg in ihrem Wappen auf dem Briefbogen abgebildet.«

Der graue Kutter lag also nicht umsonst eine Nacht in Ralswiek und wartete dann auf Reede, bis die *Mercurius* die Marina verlassen hatte, um ihr zu folgen, dachte Larsson.

»Warum aber haben sie den Kilimandscharo gewählt, der zu Tansania gehört und nicht das Mount-Kenya-Massiv, das eindeutig kenianisch ist?«

Charlene Gruber lächelte überlegen. »Weil der Kilimandscharo eine ganze Ecke höher ist.«

»Und was ist eine ganze Ecke?«

»Rund siebenhundert Meter.«

Das Lächeln hätte ihn warnen müssen.

»Der Grund dafür, dass sie die Gesellschaft außerhalb Afrikas gegründet haben, liegt auf der Hand. Großbritannien war da die geeignetste Adresse. Keine großen Fragen, nicht einmal eine Meldepflicht einzelner Personen in dem Land«, stellte Charlene Gruber fest.

»Und kein Kapitaleinsatz.«

»Und kein Kapitaleinsatz. Aber das war sicher nicht der Grund. Die Kiliwhite Ltd. ist Eigner mehrerer Handelsschiffe, die zum Teil in Großbritannien, zum Teil auf den Cayman-Islands registriert sind. Darüber hinaus gehört eine Holding dazu, die Geschäfte mit Immobilien und dem Aufkauf von Produktionsstätten macht, welche die Betriebe zerlegt, sie einzeln mit Gewinn weiterverkauft. Das macht reichlich Feinde.«

»Es gibt also einen anderen Grund, als die illegale Migration zu legalisieren«, stellte Larsson fest. »Das Ergebnis der Bitte aus Langlay ...«

»Nicht Langlay«, sagte Charlene Gruber. »Die Anfrage kam aus der Deutschland-Niederlassung in Wiesbaden.«

Woher weiß sie das?, fragte sich Larsson.

»Aha, der ganz kurze Dienstweg. Sagen wir mal so, irgendjemand eines anderen Unternehmens dieser Branche ist daran interessiert, zu wissen, was die Kerle aus London hier treiben. Und dann ist es plötzlich verschwunden, das Schiff mit den vier Vertretern der Kiliwhite Ltd..«

Charlene Gruber hob die Schultern. »So kann es sein, muss aber nicht. Aber welche Interessen hat die CIA dabei?«

»Die Dienste führen ein Eigenleben. Speziell die in den Staaten«, sagte Larsson. »Wir machen uns jetzt einen Plan, wie wir vorgehen.«

»Einverstanden.«

»Dazu müssen wir auf den Tisch legen, was wir haben. Wer zuerst?«, fragte Larsson.

»Ich habe nur das, was von Droste mir zugänglich gemacht hat. Das sind die Unterlagen, die ich dir gegeben habe, und eine Aufstellung der bereits bekannten Geschäftszweige der Kiliwhite Ltd..«

»Augenblick noch.« Larsson lud sein Grafikprogramm und wechselte vom Hochformat auf Breitformat, das er sandfarben grundierte. Mittig machte er einen großen Kreis, den er zart rot unterlegte.

»Gut fangen wir an. Wir haben also die Kiliwhite Ltd. in London, die wir jetzt als Hauptakteur eintragen.«

Charlene Gruber schaute ihm über die Schulter.

»Wir haben die Holding in London«, sagte sie.

»Dafür habe ich den Kreis gemacht.« Larsson trug das Wort »Holding« noch dazu. Sodann machte er ein regelmäßig konvexes Polygon, das ein Haus symbolisierte. Er schob es nach links an den oberen Rand. Er setzte »Immobilien-Beteiligung-Ltd. London & Deutschland« ein. »Richtig so?«

»Ja ... Die Beteiligungsgesellschaften verbreiten Angst. Vor allem unter den kleinen Leuten, die froh waren, über Jahrzehnte in bezahlbaren Sozialwohnungen zu leben. Sie zittern jetzt um ihre Sicherheit.«

»Was haben wir noch?«

»Die Firmen-Beteiligungs-Limited, Hauptsitz in London, wo man auch für Deutschland zuständig ist.«

Larsson zog ein weiteres Sekantenpolygon ins Bild, schob es neben das Haus und trug »Firmen-Beteiligungs-Ltd. London/GB & Deutschland« ein.

»Was weiß das BKA über diese Beteiligungen?«

»Die Kiliwhite Ltd. war bisher mit einundfünfzig Prozent an der Metallfabrik Merz & Mogli in Süddeutschland beteiligt. Man verhandelt derzeit bezüglich einer totalen Übernahme des Ladens.«

»Und?«

Charlene Gruber schaute noch einmal in einen Ordner. »Der deutsche Eigentümer hat sich verspekuliert. Die Bank gibt ihm keinen Kredit mehr, und die Afrikaner haben ihm angeboten, den Rest des Ladens zu übernehmen. Es hängen eine Menge Arbeitsplätze dran, und die Leute haben Angst, dass die Kiliwhite Ltd. Teile weiterveräußert.«

»Globalisierung pur«, sagte Larsson bitter. »Ich sage schon seit einigen Jahren, dass das keine Fortschritte für die Allgemeinheit bringt.«

»Das ist nicht die offizielle Lesart«, warf Charlene Gruber ein.

»Nein, aber meine Überzeugung. Daraus mache ich keinen Hehl! Vergiss das nicht zu erwähnen, wenn du für von Droste einen Bericht über mich schreibst.«

Charlene Gruber antwortete nicht, was Larsson dazu veranlasste anzunehmen, dass er mit dieser Bemerkung ins Schwarze getroffen hatte.

»Woher kommt die Erkenntnis? Ist sie gesichert?«, fragte er.

»Drei Quellen. Die Hausbank, die Industrie- und Handelskammer in Baden-Württemberg und ein Telefonat zwischen Taabu Zahran und dem Haupteigner der Kiliwhite Ltd. sowie einem zweiten Telefonat mit diesem Juma Chandu in Nairobi, das in der Nacht vom 23. auf den 24. Juni von Bord der *Mercurius* geführt wurde. Das Gespräch dauerte genau zweiunddreißig Sekunden.«

»Wer ist Taabu Zahran?«, fragte Larsson.

»Der Mann auf dem Bild von Frontex.«

»Der Massai«, stellte Larsson fest.

»Genau der.«

»Und da sind wir schon bei der ersten Unebenheit. Während wir alle bekannten Fakten auf den Tisch legen, kommt durch Zufall heraus, dass einer der Männer jener Massai ist, der auf einem der Schleuserboote aus Nordafrika gesichtet und durch die Frontex abgelichtet wurde.«

»Wir sprachen bei von Droste darüber und wurden unterbrochen«, erwiderte Charlene Gruber.

»Das Telefonat. Hat man es aufgezeichnet?«

»Ja.«

»Und?«

»Es wurde in Suaheli geführt.«

»Keine Übersetzung?«, fragte Larsson.

»Doch.« Charlene Gruber las vor:

»Chandu.«

»Taabu, Chef.«

»Ich höre.«

»Prora würde ich abraten.«

»Gut, gestrichen ... Mogli?«

»Das sieht gut aus. Denke, wir werden zum Abschluss kommen.«

»Ich verlasse mich auf dich.«

»Und?«, bohrte Larsson nach, als Charlene Gruber schwieg.

»Das war die ganze Unterhaltung.«

»Was ist denn der Laden eigentlich wert?«, fragte Larsson.

»Es geht um acht Millionen Euro.«

»Also eher ein kleinerer Laden.«

»Ja. Aber mit einer wichtigen Sparte ... Werkzeugmacherei.«

»Was ist da Besonderes dran?«

»Der Betrieb ist auf die Herstellung von Teilen spezialisiert, die für den Bau von Zentrifugen gebraucht werden.«

Larsson schaute fragend hoch. »Zentrifugen ... zweiunddreißig-Sekunden-Gespräch ... Das müssen besondere Geräte sein.«

»Deshalb wird es auch keine Ausfuhrgenehmigung geben. Es sind Gaszentrifugen.«

»Die braucht man zur Urananreicherung.«

»Exakt.«

»Ich sage es ja, zweiunddreißig-Sekunden-Gespräche sind immer verdächtig. Warum hat Frontex eigentlich den Massai laufen lassen?«, fragte Larsson.

»Weil Frontex das Boot, das noch nicht einmal die Hälfte der Strecke nach Lampedusa zurückgelegt hatte, zur Umkehr zwang. Kein Anlanden auf Lampedusa, kein Massai.« Charlene Gruber kniff ein Auge zu.

Auch wenn es verführerisch aussieht, es hat etwas Belehrendes, wenn sie in diesem Zusammenhang so blinzelt, fand Larsson.

»Vervollständigen wir in unserem Piktogramm, was wir über die Kiliwhite Ltd. haben«, sagte er dann.

»Die Kiliwhite Ltd. verfügt über Schiffsbeteiligungen.«

Larsson schob eine Quersegelkaravelle aus dem 18. Jahrhundert in das Piktogramm und schrieb darunter »Kiliwhite Ltd. Schiffsbeteiligungen Großbritannien, Schleuserschiffe für Afrikaner nach Europa«. Er zog eine Ellipse um den letzten Satz und unterlegte sie lila.

Dann zog er ein Bild des Motorseglers, das er auf der Hausseite der Werft gefunden hatte, ins Piktogramm. Er drapierte vier kleine grüne Männchen darunter und ein schwarzes Kreuz und platzierte das Ganze rechts von der Ellipse. Er schrieb »Limas & 3 Afrikaner«. Er legte einen dünnen Rahmen um das verschwundene Boot und die Männchen mit dem Kreuz, so dass es sich von den anderen Bildern abhob.

Larsson spürte Charlene Gruber in seinem Rücken. Ohne sich umzudrehen, sagte er: »Hier werden wir genau eintragen, was wir zum Fall ermittelt haben. Mit einer solchen Übersicht, die wir uns auch unterwegs ansehen können, sind wir immer am Ball.«

»Viel haben wir aber noch nicht«, warf Charlene Gruber ein. »Das Kreuz ist möglicherweise verfrüht.«

»Und wenn ich noch ein kleines As im Ärmel habe?«

»Du.«

»Ja.«

Larsson rief ein Bild eines Kutters auf. Er schob es schräg nach rechts über das eingerahmte Bild des Motorseglers mit dem schwarzen Kreuz und dem Zusatz »Limas & 3 Afrikaner«. Dann vergrößerte er das Bild.

»Was soll das sein?«

Larsson hatte ihre Neugier geweckt. Er sagte nichts, schrieb aber das Wort »Überwachungsschiff«, schob es unter das Schiff und färbte die Schrift rot ein. Sodann zog er einen Sensenmann auf das Bild, als Symbol für den Mörder, den er in die rechte obere Ecke drapierte. Er setzte ein übergroßes Fragezeichen dahinter. Dann drehte er sich um.

Charlene Gruber machte ein fragendes Gesicht.

»Ein Symbol für einen großen Fischkutter, der in der Nacht vor dem Verschwinden an einem Parallelsteg in Ralswiek in Sichtweite des verschwundenen Motorseglers gelegen hat.«

»Du weißt von einem Schiff, das die Kiliwhite-Leute überwacht hat?«

»Vielleicht.«

»Seit wann?«

»Seit dem Tag unserer Abreise aus Bergen. In der Nacht erreichte mich eine Nachricht. Also traf ich mich am Morgen gleich mit einem Informanten.«

»Und der erzählte dir von dem Schiff?«

Larsson lächelte. »Auch.«

»Auch? Soll was heißen?«

Larsson nahm sein Smartphone und rief das erste Bild auf, das er von Eisenhardt bekommen hatte.

»Das ist das Schiff?«, fragte Charlene Gruber.

»Nein.«

»Nein?«

»Es ist ein vergleichbarer Kutter, dessen Rumpf zur Identifizierung der Schiffsklasse herangezogen wurde.« Larsson wechselte die Fotos und zog den grauen Kutter ein. »Das ist das Original, das wir suchen müssen.«

Charlene Gruber schaute sich das Bild genau an. »Und du willst mir Vorhaltungen machen wegen des Massai«, sagte sie.

»Der Kutter ist am frühen Morgen aus Ralswiek ausgelaufen, hat einige hundert Meter weiter auf den Motorsegler gewartet und ist ihm dann gefolgt.«

Larsson rief wieder andere Bilder auf, die die beiden unterschiedlichen Boote im Wieker Bodden zeigten.

»Die Bilder sind sehr klein. Wir brauchen Vergrößerungen.«

Charlene Gruber nahm den Telefonhörer ab.

»Stopp!« Larsson machte eine unmissverständliche Handbewegung. »Ich möchte nicht, dass das hier im Haus bekannt wird, bevor wir wissen, was es für ein Schiff ist.«

»Aber der Kriminalrat ...«

»Von Droste wird sich freuen, wenn er Fakten geboten bekommt, nicht Vermutungen.«

Charlene Gruber ließ den Hörer wieder auf die Gabel fallen. »Du hast das Symbol für den Tod neben das Überwachungsschiff gesetzt und mit einem Fragezeichen versehen ...«

»Weil wir nicht wissen, wer den Motorsegler wohin gebracht hat. Bisher haben wir nur Vermutungen. Möglicherweise taucht er in irgendeinem Hafen wieder auf. Und wir wissen zurzeit nicht, ob es überhaupt Tote gibt.« Larsson wusste, dass er sie erst einmal nur ruhigstellen wollte.

Dann wählte er noch einmal die Nummer der Charterfirma auf Fehmarn, um sich nach dem Verbleib des Motorseglers zu erkundigen. Auch dieses Mal meldete sich eine Frauenstimme, und Larsson ließ sich mit der Geschäftsleitung verbinden.

»Wer sind Sie?«

»Mein Name ist Larsson«, sagte er. »Wir haben am 28. Juni schon einmal telefoniert.«

»In welcher Angelegenheit?«

»Ich fragte Sie nach der Handynummer eines Freundes, Hector Limas.«

»Sie haben nicht mit mir gesprochen, sondern mit meinem Sohn. Was wollen Sie wirklich?«

»Ich kann keine Verbindung zu Hector Limas herstellen. Der Anruf geht ins Leere. Vielleicht können Sie mir sagen, ob er zurück ist oder den Chartervertrag verlängert hat.«

»Verdammt noch mal, nein. Er ist nicht aufzufinden und unser Boot auch nicht.« Der Mann klang sehr aufgeregt.

„Haben Sie eine Anzeige bei der zuständigen Wasserschutzpolizei gemacht?«

»Was geht Sie das an?« Der Mann schien genervt.

»Ich bin vom Bundeskriminalamt in Berlin ... Also, haben Sie eine Anzeige gemacht oder nicht?«

»Natürlich. Bei der Wasserschutzpolizei in Heiligenhafen. War es das?«

»Nicht ganz. Ich wollte Sie eigentlich um Ihre Hilfe bitten.«

Larsson schrieb auf einen Zettel *Wasserschutzpolizei Heiligenhafen/Fehmarn ... Telefon?* und schob ihn seiner Kollegin zu. Sie machte sich daran, die Adresse herauszusuchen.

»Und wie soll diese Hilfe aussehen?«

»Der Motorsegler wurde doch in der offiziellen Marina übergeben, oder?«

»Ja.«

»Ich suche einen Kutter ... einen grauen Kutter, der zu der Zeit möglicherweise dort gelegen hat.«

»Einen Kutter? Grau, mit einer blauen Welle am Rumpf?«, fragte der Mann.

»Ja.«

»So ein Ding habe ich hier gesehen. Nicht unmittelbar bei uns, doch auf der anderen Seite, wo es einen zweiten Hafen gibt. Aber fragen Sie mich nicht nach dem genauen Datum.«

Charlene Gruber hatte die Adresse der Wasserschutzpolizei notiert und schob Larsson den Zettel zurück: »Am Yachthafen 6, 23774 Heiligenhafen, Telefon: 04362 506480«.

Larsson lächelte ihr zu, sagte aber ins Telefon. »Würden Sie das Schiff wiedererkennen?«

»Selbstverständlich.«

»Ich werde Ihnen jetzt ein Bild schicken ...«

»Warten Sie«, sagte der Mann, »ich habe kein Smartphone.«

»Schade. Dann muss ich es Ihnen aufs Fax legen, aber da wird das Bild nicht so klar sein wie auf einem Display.«

»Haben Sie einen Augenblick Geduld.«

Larsson hörte, wie der Mann nach seiner Sekretärin rief und sich dann kurz mit ihr unterhielt. Dann sagte er: »Es gibt für alles eine Lösung.« Er sagte die Nummer zum iPhone an, das seiner Büroangestellten gehörte.

»Eine letzte Frage. Sind Ihre Schiffe mit GPS ausgerüstet?«

»Was für eine Frage ... Selbstverständlich. Mit dem GPS navigieren doch die Skipper heutzutage alle.«

»Gut. Nutzen Sie es, um Ihre Schiffe zu finden, wenn sie, sagen wir mal, überfällig sind?«

»Ja.«

»Und?«, fragte Larsson.

»In diesem Fall bekommen wir keine Verbindung zur *Mercurius*.«

»Was kann das für einen Grund haben?«

»Im besten Fall ... einen Defekt.«

»Und im schlechtesten Fall?«

»Man hat es abgestellt, damit wir das Schiff nicht finden.«

Larsson versendete das Bild des grauen Kutters, das er von Eisenhardt bekommen hatte, und wusste wenig später, dass er den Kutter gefunden hatte. Doch zu wem das graue Schiff gehörte, konnte der Eigner der Charterfirma nicht sagen.

Er wählte die Nummer der Wasserschutzpolizei in Heiligenhafen und ließ sich mit dem Chef verbinden. Er stellte sich vor, nannte seine Dienststelle, fragte schließlich, ob um den 23. Juni eine Eintragung bezüglich eines grauen Kutters mit blauer Welle auf Wasserhöhe vorliege.

»Ich kann nichts finden«, sagte Hauptkommissar Karl Fluhrer am anderen Ende der Leitung. »Ich kann meine Leute fragen, wenn sie hereinkommen. Wo soll das Schiff gelegen haben?«

»In Großenbrode ... Möglicherweise im Hafen der dortigen Yachtwerft. Ich werde Ihnen ein Bild des Schiffes schicken lassen.« Larsson sagte die Nummer an, unter der er in den nächsten Tagen zu erreichen war.

»Was wir jetzt sicher wissen«, sagte Larsson zu Charlene Gruber, »ist die Tatsache, dass der Kutter bereits in Großenbrode und auf Fehmarn auf die Leute der Kiliwhite Ltd. gewartet hat. Er ist ihnen nach Ralswiek gefolgt. Frage eins ist, woher wusste die Besatzung des grauen Kutters, wann der Motorsegler dort gechartert wird, und vor allem, von wem wusste man das. Frage zwei, wo ist der Motorsegler von Ralswiek aus hingefahren. Der Möglichkeiten gibt es verdammt viele.«

Larsson öffnete Google Earth. In das Suchfeld gab er »Ostsee« ein. Gleich öffnete sich die Ostsee samt Anrainerstaaten.

»Sie sollten zurückfahren nach Großenbrode. Sind sie aber nicht. Vielleicht sind sie auf dem Weg dorthin verunglückt, oder ...«

»Entführt worden«, warf Charlene Gruber ein.

Larsson schüttelte den Kopf. »Dann müsste doch der Motorsegler irgendwo auftauchen. Ist er aber nicht. Und wenn doch, dann wird es schwer sein, das zu erfahren. Er ist auch über sein GPS nicht zu finden.«

Er ließ seinen Blick über alle Ostseeanrainerstaaten gleiten.

»Sie könnten mit dem Motorsegler irgendwo in Dänemark angelandet sein, oder in Schweden, einschließlich der Inseln Bornholm, Öland und Gotland. Sie könnten in den finnischen Schären vor Åland liegen. Es bringt auch nichts, sie in Estland, Lettland und Litauen zu suchen. Nein, wir müssen anders rangehen.«

Charlene Gruber dachte darüber nach, was Larsson in ihren Augen von anderen Kollegen des BKA unterschied. Es war nicht ihre Art gewesen, mit irgendeinem Kollegen ins Bett zu hüpfen. Umso erstaunlicherweise war es für sie, dass Larsson in Bergen zwar Interesse signalisiert hatte, die Verführung aber war ganz und gar von ihr ausgegangen. Sie hatte ihn erlegt.

»Wie war das mit den Zentrifugen?«

Charlene Gruber wurde aus ihren Gedanken gerissen.

»Die Kiliwhite Ltd. hält einundfünfzig Prozent an der Metallfabrik Merz & Mogli in Süddeutschland. Man verhandelt derzeit bezüglich einer totalen Übernahme des Ladens durch die Kiliwhite Ltd.. Wie weit die gediehen ist, lässt sich aus den BKA-Unterlagen derzeit nicht ersehen.«

»Gut, Charlene. Aber was ist mit den Zentrifugen?«

»Der Bericht liegt schon eine Weile zurück. Vielleicht gab es Änderungen ... Gaszentrifugen, man braucht sie zur Urananreicherung.«

Larsson nickte. »Das wissen wir doch. Wir werden erst einmal die beiden Schiffe vernachlässigen und untersuchen, was uns über Zentrifugen zur Urananreicherung in den letzten Jahren über den Weg gelaufen und beim BKA manifestiert ist. Dann sehen wir weiter. Machst du das?«

Larsson versank in eine Art Starre, um zu analysieren, welche Möglichkeiten ihnen verblieben, die *Mercurius* mit der Crew der Kiliwhite Ltd. aufzuspüren.

Ohne allzu viel Staub im BKA aufzuwirbeln und von dem Fall möglicherweise abgezogen zu werden, machte sich Charlene Gruber daran, die gespeicherten Berichte über mögliche Erkenntnisse des Dienstes über Nuklearaufbereitung im Iran zu durchforsten.

Schneller als erwartet wurde sie fündig und druckte den ersten Bericht aus.

»Es gibt zwar nichts, was auf irgendeine Verbindung zu einem der Anrainerstaaten der Ostsee in Beziehung mit einer Nuklearanreicherung und Zentrifugen zu finden ist. Doch es gibt eine Analyse des BKA zum Iran«, sagte Charlene Gruber und reichte Larsson den Bericht. Augenblicklich holte ihn das aus seiner Starre zurück.

Larsson las:

»Einem Ende Januar 2006 bekannt gewordenen vertraulichen Bericht des Bundeskriminalamts und des Zollkriminalamts zufolge soll der Iran intensiv am Bau von ABC-Waffen arbeiten. Laut dem Nachrichtenmagazin Focus ist in dem Bericht auch von illegalen Rüstungstransfers deutscher Unternehmen die Rede. Wie es heißt, verdichten sich Hinweise auf ein geheimes militärisches Nuklearprogramm des Iran. Zollfahnder ermitteln demnach gegen sechs deutsche Unternehmen. Sie sollen via Russland Teile geliefert haben, die für den Bau des Atomkraftwerks Bushehr verwendet wurden. Das Zollkriminalamt bestätigte Ermittlungen, wollte aber zu Einzelheiten keine Stellung nehmen. Für das Nuklear- und Trägersystem-Programm versuche die Islamische Republik jedoch, Material in Deutschland, Frankreich und Großbritannien zu beschaffen. Die Beschaffungsorganisationen seien dabei nicht leicht zu enttarnen.«

Larsson pfiff leise. »Hier steht etwas von Ermittlungen gegen deutsche Firmen, die im Verdacht stehen, über Russland Teile für das Atomprogramm des Iran geliefert zu haben. Kannst du mal schauen, ob du Merz & Mogli auf der Liste findest?«

»Hier steht noch etwas«, sagte Charlene Gruber, »das interessant sein dürfte und in die Zeit fällt. Mit der Wahl von Mahmud Ahmadinedschad am 3. August 2005 zum Präsidenten der Islamischen Republik Iran verschärfte sich der Konflikt um das iranische Atomprogramm. Der bisherige Chefunterhändler, Hassan Rohani, ein gemäßigter Reformer, wurde bereits am 18. August 2005 seines Postens enthoben und durch Ila Liradschini, einen Reformgegner, ersetzt.«

»Ahmadinedschad, dieses kleine, gefährliche Arschloch, das im politischen Windschatten Khomeinis gesegelt ist, dreht immer an der Kriegsschraube gegen Israel ... Die Schia ist nicht besser als die Sunna. Hast du gewusst, dass er den Holocaust leugnet?«

Charlene Gruber antwortete nicht direkt auf seine Frage.

»Die Regierung Ahmadinedschad nannte die Position des Atomwaffensperrvertrags scheinheilig und doppelzüngig«, sagte sie. »Sie verwies einerseits auf das ursprüngliche Ziel des Vertrags, nämlich die globale nukleare Abrüstung voran-zutreiben. Andererseits zeigte man auf das Verhalten der drei De-facto-Atommächte Israel, Indien und Pakistan, die den Atomwaffensperrvertrag nicht unterzeichnet haben. Diese drei Staaten eigneten sich Atomwaffen in Geheimprojekten an. So Israel 1968, Indien 1974 und Pakistan 1990.«

»Da haben wir es«, sagte Larsson. »Ich will nicht sagen, dass es ein Segen ist, dass Indien und Pakistan über die Bombe verfügen.«

»Aber?«, fragte Charlene Gruber.

»Israel ohne das atomare Schutzschild gäbe es schon nicht mehr«, sagte Larsson kurzerhand. »Ahmadinedschad drohte wiederholt öffentlich mit der Vernichtung des israelischen Staates. Er ist gefährlich, wie alle kleinen Männer. Denk an Napoleon.«

»Hier steht noch etwas über diesen Januar«, sagte Charlene Gruber und las vor: »Als vorläufiger Höhepunkt des Streits wurden im Januar 2006 von der IAEO versiegelte Anlagen zur Urananreicherung vom Iran wieder in Betrieb genommen. Für den Fall der Anrufung des UN-Sicherheitsrats, wie nun auch von der EU angekündigt, drohte das Land mit dem Abbruch aller Verhandlungen. Die mit der Vermittlung in dem Streit befasste EU-Troika, der Außenminister Großbritanniens, Frankreichs und Deutschlands, sah die Verhandlungen mit Teheran an einem toten Punkt angekommen. In diesem Zusammenhang gibt es noch einen Namen: Dschiwid Widai.«

»Schau mal, was in den BKA-Unterlagen über diesen Mann steht. Hast du schon etwas über die beteiligten Firmen an dem Deal für die Iraner gefunden?«

»Ich bin noch dabei.«

»Gut. Fangen wir damit an. Ich muss mir mal die Beine vertreten.« Larsson war aufgestanden. Dann ging er, ohne ein weiteres Wort zu verlieren, nach draußen aufs Gelände. Das Grün des Rasens und der Bäume schien ihn wiederzubeleben. Er atmete tief ein und stieß geräuschvoll die Luft aus.

Wenn ich weiß, wer an der Lieferung der Zentrifugen beteiligt ist, weiß ich, ob meine Vermutungen stimmen. Wenn Merz & Mogli darin verwickelt sind, haben wir vielleicht den Kern des Problems. Das würde mutmaßlich auch erklären, warum Kriminalrat von Droste so ein Brimborium um diese Scheiße macht, sortierte er seine Gedanken.

Als er ins Büro zurückkam, hörte er gerade noch, wie Charlene Gruber am Telefon sagte: »Ich wollte dich bitten, mal nachzuschauen, was es mit diesem Dschiwid Widai auf sich hat ... ich weiß, deshalb rufe ich dich ja an. Sonst könnte ich ja gleich auf den Markt gehen ... Gut, bis später.«

»Kannst du etwa nichts für dich behalten?«, fragte Larsson.

»Die Akte zu diesem Dschiwid Widai trägt einen Sperrvermerk. Ich komme also nicht ran.«

»Und da hast du gleich von Droste angerufen?«

Charlene Gruber lachte auf. »Das wär's noch. Nein, ich habe einen Kollegen beim ST21 angerufen, der mir noch einen Gefallen schuldig ist.«

»Beim Staatsschutz?« Larsson lachte ebenfalls. »Hat er nicht gefragt, warum du das wissen willst? Hat er überhaupt Zugang zu solch detaillierten Dingen?«

»Nein. Aber die Abteilung ST23. Nur da kenne ich niemanden. Aber Jaques kommt da ran.« Charlene Gruber sah das fragende Gesicht Larssons und erklärte: »Das ist die Zentralstelle für Spionage inklusive proliferationsrelevante Aspekte. Dazu zählt auch Staatsterrorismus, nachrichtendienstlich staatlich gesteuerter Cybercrime und ABC Kriminalistik.«

»Aha«, erwiderte Larsson nur.

»Als Proliferation bezeichnet man die Weiterverbreitung von atomaren, biologischen und chemischen Waffensystemen oder der zu ihrer Herstellung verwendeten Produkte, einschließlich des dafür erforderlichen Knowhows sowie von entsprechenden Waffenträgersystemen.«

»Ich bin beeindruckt. Und die sitzen hier im Haus?«

»In Wiesbaden.«

»Du rufst in so einer diffizilen Sache in Wiesbaden an? Wenn das man gutgeht.«

Sie ist besser, als ich dachte.

»Ich bin noch nicht ganz fertig. Zu den sogenannten proliferationsrelevanten Staaten – hierzu zählen Nordkorea, Pakistan, Syrien und allen voran der ...«

»Iran«, unterbrach Larsson lapidar.

»Ja. Sie versuchen, mit nachrichtendienstlich gesteuerter Hilfe und unter Umgehung internationaler Exportbestimmungen Güter zu kaufen, die angeblich wissenschaftlichen oder zivilen Zwecken dienen. Tatsächlich aber sind sie zum Aufbau und zur Komplettierung von Massenvernichtungswaffenprogrammen bestimmt. Eigens zu diesem Zweck richten sie Scheinfirmen mit unverdächtigen Namen und Geschäftsbereichen ein. Darüber hinaus ist festzustellen, dass die Lieferung in das Empfängerland häufig über Drittländer erfolgt, um den tatsächlichen Endempfänger zu verschleiern.«

»Ich bin einigermaßen beeindruckt, Charlene«, sagte Larsson. »Gute Arbeit. Aber er wird das nicht machen, dein Jaques.«

»Er wird.«

»Und?«

Sie hob die Schultern. »Ich sagte, es sei letztlich nicht so wichtig. Aber dann versprach er, er würde nachsehen und mir Bescheid geben«, sagte sie und zwinkerte ihm zu.

Frauen sind nicht nur die besseren Diplomaten; sie sind in jedem Fall durchsetzungsfähig, wenn sie sich etwas in den Kopf gesetzt haben. Mit allen Mitteln.

»Abgesehen davon, dass Ahmadinedschad großmäulig getönt hat, Israel sei für ihn ein Schandfleck, der aus der Mitte der islamischen Welt beseitigt werden muss, frage ich mich, ob er nur ein Maulheld ist. Ich traue dem Kerl zu ...«

»... eine A-Bombe auf Jerusalem zu werfen?«, warf Charlene Gruber ein.

»Das bestimmt nicht. Er wird kaum den ältesten Sakralbau des Islam und damit eines der wichtigsten islamischen Hauptheiligtümer in die Luft jagen, zumal von dem Felsendom Mohammed auf seinem Wunderschimmel Buraq mit Menschenantlitz und Flügeln in den Himmel geflogen sein soll. Das würde ihm die islamische Welt niemals durchgehen lassen.«

»Hier steht noch etwas Interessantes«, sagte Charlene Gruber. »Ardeshir Hosseinpour ... Hast du den Namen schon einmal gehört?«

»Nein.«

»Er war Mitbegründer des Nuclear Technology Center in Isfahan und Spezialist für Urananreicherung. Er starb in diesem Januar unter bisher ungeklärten Umständen an einer Gasvergiftung.«

»Und?«

»Man verdächtigte den Mossad, Hosseinpour liquidiert zu haben ...« Charlene Gruber fuhr in englischer Sprache fort: »Professor Ardashir Hosseinpour, a world authority on electromagnetism, was until recently working on uranium enrichment at the facility in Isfahan, one of the central processing sites in Iran's nuclear program ... The report said the physicist died from radioactive poisoning as part of a Mossad effort to halt the Iranian nuclear program through secret operations.«

»Ups ... Jetzt ist mir klar, warum das BKA so nervös ist. Du hast gesagt, es habe eine Bitte des amerikanischen Geheimdienstes gegeben, Hector Limas und seine Truppe während des Deutschlandaufenthaltes zu observieren.«

»Es gab zwei unterschiedliche Einschätzungen zur Problematik«, sagte Charlene Gruber.

»Ist das so ungewöhnlich?«

»Der BND hat Politiker in Berlin im Januar 2006 davon unterrichtet, Iran könne innerhalb weniger Monate eine Atombombe bauen. Die CIA hingegen konstatierte, dass der Iran nach Einschätzung der US-Geheimdienste nicht im Besitz von Atomwaffen sei, wie es in Meldungen Anfang Februar diesen Jahres hieß. Der Iran habe wahrscheinlich auch noch kein für die Atomwaffenproduktion notwendiges spaltbares Nuklearmaterial produziert oder erworben, sagte der US-Geheimdienstdirektor John Negroponte. Dennoch sei die Möglichkeit, dass Iran Atomwaffen herstelle und Raketen damit ausstatte, ein Grund zur äußersten

Besorgnis. Das größte Problem stellt seinen Worten zufolge aber weiter das Terrornetzwerk al-Qaida dar.«

»Wir sind nur zu zweit«, sagte Larsson, »und haben einen Haufen Baustellen.«

»Weißt du, ob der Kriminalrat nicht mehrere Gruppen nebeneinander laufen lässt?«

»Möglich. Er müsste sie ohnehin irgendwann koordinieren. Warum sollte er das so machen?«

»Zumindest hat er mit SO4 die Abteilung für Cybercrime und SO43 für Spezialermittlungen eingebunden«, gab Charlene Gruber zu bedenken.

Wenn sie wüsste, wie sehr ich sie mag, dachte Larsson. Sie ist schön, und sie ist intelligent. Seit dem Moment, als sie mir in Bergen begegnet ist, fasziniert sie mich. Sie ist so ganz anders als Monika ... Vorsicht, alter Junge! Manchmal verliert man mehr, als man je gewinnen kann.

»Tun wir einfach so, als wolle man sehen, was wir über die Zusammenhänge des Verschwindens der *Mercurius* und den vier Männern herausfinden können. Versuchen wir einfach, sie zu überraschen«, sagte er dann.

»Einverstanden.«

»Zählen wir mal die Baustellen auf.«

»Da wird dir schwindelig werden.«

»Da ist erstens das Verschwinden des Motorseglers. Da gilt es herauszufinden, wer auf Fehmarn den Tipp weitergegeben hat, dass die Limas-Truppe das Schiff übernimmt.«

»Das werden wir wohl vor Ort recherchieren müssen«, warf Charlene Gruber ein.

»Das wird nicht zu umgehen sein. Dann haben wir zweitens die vermutlichen Schleuserschiffe der Kiliwhite Ltd.. Wir müssen wissen, was darüber bekannt ist.«

»Und ob im Umfeld der Immobilienübernahme durch die Kiliwhite Ltd. inoffizielle Unterbringungen für Flüchtlinge stattgefunden haben«, ergänzte Charlene Gruber.

»Ja, genau das.«

»Ich werde einmal sehen, wen ich da einspannen kann.«

Larsson schaute auf. Er bemerkte, dass sich Charlene wohl ein eigenes Netzwerk für Informationen innerhalb des Hauses aufgebaut hatte.

»Wir haben drittens das Überwachungsschiff, von dem wir nicht wissen, wer es betreibt, wo es gemeldet ist.«

»Wir könnten es mit einem Versand des Fotos an alle Häfen und Marinas im Ostseeraum versuchen«, schlug Charlene Gruber vor.

»Das werden wir erst einmal tunlichst lassen«, sagte Larsson forsch. »Aber viertens sind da die Ermittlungen gegen deutsche Firmen, die im Verdacht stehen, über Russland Teile für das Atomprogramm des Irans geliefert zu haben. Das wäre ein interessantes Thema, vor allem, wenn du Merz & Mogli auf der Liste findest. Und dann fünftens dieser Dschiwid Widai.«

»Das ist in Arbeit«, sagte Charlene Gruber und grinste ihn frech an.

»Was wir noch brauchen, ist die Vergrößerung einiger Bilder der beiden Schiffe in der Boddenregion«, sagte Larsson nachdenklich.

»Ich hatte dir angeboten, das zu organisieren.«

»Ja, aber hier im Hause. Und das will ich vermeiden.«

7. Kapitel

Donnerstag, 5. Juli 2007

Sie hatten sich früh auf den Weg gemacht und kamen kurz nach zehn Uhr im Hafen von Großenbrode an. Das Erste, was ihnen auffiel, war der DGzRS-Rettungskreuzer *John T Essberger*, ein weißes Schiff, das am Bug die großen Buchstaben //SAR in dunkelroter Farbe trug und dessen weiße Aufbauten sowie die Mastspitze hellrot abgesetzt waren.

»Es sieht immer beeindruckend aus, so ein Schiff«, sagte Larsson. »Und es wird schon vielen Menschen aus gewaltiger Not herausgeholfen haben.«

»Deshalb ist es mir lieber, wenn es hier liegt. Dann wird es nicht gebraucht. Also ist auch niemand in Not«, sagte Charlene Gruber.

Sie gingen zurück zur Charterfirma. Eine Zeitlang mussten sie sich gedulden, weil eben ein Pärchen dabei war, einen Chartervertrag abzuschließen. Als sie endlich an der Reihe waren, stellte Larsson sich und seine Begleiterin vor.

»Entschuldigen Sie, es hat ein wenig gedauert. Aber Geschäft ist Geschäft«, sagte der etwa vierzigjährige Mann. »Mein Name ist Guido Heinloth, ich bin hier der Geschäftsführer, und damit stehe ich auch für jede Auskunft bereit, die Sie benötigen.«

»Ich hatte gestern mit dem Seniorchef telefoniert«, sagte Larsson.

»Der Seniorchef ist im Krankenhaus. Aber ich werde Ihnen helfen, soweit ich das kann. Kommen Sie mit in mein Büro.«

Sie betraten einen nüchtern ausgestatteten Raum und setzten sich auf die beiden Stühle vor dem Schreibtisch.

Larsson nahm sein Handy. Er rief das Bild des grauen Kutters auf und schob das Telefon über den Schreibtisch. »Ihr Seniorchef sagte, exakt dieses Schiff habe hier im Hafen von Großenbrode gelegen.«

»Aber sicher nicht hier bei uns. Das wäre mir aufgefallen. Möglicherweise aber in der Marina auf der anderen Seite der Bucht.«

»Der Motorsegler, den Hector Limas gemietet hat, wurde wie bei Ihnen bestellt?«

»Ursprünglich gab es eine telefonische Nachfrage, die wohl aus London kam, Augenblick ...« Heinloth stand auf und ging noch einmal in den Verkaufsraum, um das Buch mit den Bestellungen zu holen.

»Die telefonische Anfrage kam am 7. Juni. Der Mann meldete sich bei mir und erkundigte sich nach einem seegängigen Boot für eine Reise zur Insel Rügen und zurück. Ich bot ihm einen zwölf Meter langen Motorsegler an und faxte ihm die Unterlagen zu. Er willigte ein. Ich bestand darauf, eine schriftliche Bestellung und einen Kautionsabschlag von eintausend Euro zu bekommen, der zum Ende der Reise verrechnet würde.«

»Sie bestellten das Boot für welchen Tag?«, fragte Charlene Gruber.

»Für den 22. Juni. Das war auch der Tag, an dem das Boot übergeben wurde.«

»Wie erhielten Sie die Anzahlung?«, fragte Larsson.

»Per Eilüberweisung. Sie war am nächsten Morgen schon unserem Konto gutgeschrieben.«

»Da gibt es doch Unterlagen. Ich wüsste gern, wer die Zahlung tätigte.«

Heinloth ging zum Regal, nahm einen der Bankordner und brachte ihn mit zum Schreibtisch. Dann suchte er die Buchungsbestätigung heraus und reichte sie Larsson.

»Kiliwhite Ltd.«, murmelte Larsson. »Ich benötige davon eine Kopie. Da gab es doch noch eine schriftliche Bestätigung aus London?«

»Selbstverständlich.«

»Auch davon brauche ich eine Kopie. Praktisch vom gesamten Vorgang.«

»Einen Augenblick. Wir arbeiten heute unterbesetzt. Ich werde also flink selbst kopieren.« Heinloth nahm den gesamten Vorgang mit und ging zurück in den Verkaufsraum.

Als Larsson das Gespräch mit Charlene Gruber wieder aufnehmen wollte, klingelte ihr Handy.

»Ja, Evita ... Nein ... Ich komme sofort nach Hause. Ich rufe dich an, sowie ich weiß, wann ich da sein kann.« Sie legte nachdenklich auf. »Meine Mutter ist ins Krankenhaus eingeliefert worden. Autounfall.«

»Oh ...«

»Es sieht nicht gut aus. Es ist fraglich, ob ... sie durchkommt. Ich muss nach Berlin, sofort.«

»Ich verstehe. Wir werden einen Weg finden.«

Guido Heinloth kam zurück und brachte die Unterlagen, die er sorgfältig kopiert hatte.

»Die Überweisung kam über die Svenska Handelsbanken in London«, stellte Larsson laut fest. Sein Blick fiel auf den Swift Code ANDGB22.

»Nur noch eine Frage«, sagte Larsson, während der Mann die Unterlagen in einen DIN A4 Umschlag steckte. »Ihr Chef sagte, es habe einen Anruf von einer anderen Person gegeben, die sich nach dem genauen Abholdatum des Motorseglers erkundigt hat.«

»Ja. Ich war am Telefon. Es war ein Mann, der Deutsch sprach, aber mit einem Akzent. Doch das hat mich nicht beunruhigt, da es ja um Ausländer ging.«

»Erinnern Sie sich noch an den genauen Wortlaut des Anrufs?«, fragte Larsson.

»Ich kann's ja mal versuchen ... Er nannte einen Namen, der, ich kann es nicht genau sagen, aber nordisch klang.«

»Wie nordisch? Dänisch, schwedisch, finnisch?«

»Nein.«

»Russisch oder polnisch?«

»Eher nicht. Litauisch oder so ...«

»Verstehe.« Larsson notierte sich das. »Und der Wortlaut?«

»Er wollte sich mit Hector Limas in der Marina treffen. Er hätte in wenigen Tagen Geburtstag ... Es sollte eine Überraschung werden.«

»Er nannte den Namen Hector Limas?«

»Ja. Deshalb hatte ich auch gar keine Zweifel. Später aber überkam mich ein Gefühl der Unsicherheit, und ich schaute in den Unterlagen nach dem Geburtstag von diesem Limas. Das findet man in seinem Seezeugnis. Da stellte ich fest, dass der Mann die Wahrheit gesagt hatte.«

»Haben Sie den Motorsegler selbst übergeben?«

»Ja.«

»Haben Sie dort einen Fremden gesehen, der von Limas begrüßt wurde?«

Heinloth dachte einige Augenblicke nach. »Nein. Aber ich konnte auch nicht so genau darauf achten, denn an diesem Tag gab's hier eine Menge Stress.«

Ein Blick zu Charlene Gruber warnte Larsson davor, das Gespräch weiter auszudehnen.

»Was wäre der schnellste Weg nach Berlin, wenn Sie kein Auto zur Verfügung hätten?«, fragte er deshalb.

»Der IC ab Lübeck«, sagte Heinloth. »Ich kann ja mal eine Verbindung für Sie heraussuchen. Heute?«

»Das wäre sehr freundlich.«

Heinloth ging ins Internet. »14:08 Uhr ab Lübeck«, sagte er. »16:42 Uhr in Berlin Hauptbahnhof. Das schaffen Sie ganz lässig.«

Larsson bedankte sich. »Ich wünsche Ihnen, dass Sie Ihren Motorsegler zurückbekommen und sich das Ganze in Luft auflöst«, sagte er, während sie sich verabschiedeten. Es klang wenig überzeugend.

Larsson schaute zur Uhr. »Wir haben noch Zeit, kurz bei der Wasserschutzpolizei in Heiligenhafen vorbeizuschauen. Es reicht, wenn wir Viertel vor eins von dort weiterfahren, dann schaffst du den Zug. Ist das in Ordnung für dich?«

Charlene Gruber nickte.

Zwanzig Minuten später kamen sie am Yachthafen in Heiligenhafen an. Sie fuhren direkt zur Wasserschutzpolizei. Larsson stellte fest, dass sie kaum mehr als fünfundzwanzig Minuten erübrigen konnten, um mit dem Polizeihauptkommissar Karl Fluhrer zu sprechen. Andernfalls würden sie den ICE in Lübeck kaum pünktlich erreichen können. Zielstrebig gingen sie hinein.

Larsson zog seinen Ausweis und zeigte ihn dem Hauptmeister, der am Empfang saß. Er machte ihm klar, dass er äußerst knapp im Zeitplan liege und deshalb schnellstmöglich mit seinem Chef zusammenkommen wolle. Nach einem kurzen Telefonat ließ der Beamte Larsson und Gruber ins Büro seines Vorgesetzten.

Fluhrer war aufgestanden und kam ihnen entgegen. »Hauptkommissar Larsson, ich freue mich, Sie bei mir begrüßen zu können. Ich weiß nur nicht, wie ich Ihnen helfen kann.« Er bot den beiden Platz in einer kleinen Sitzgruppe an.

»Wir haben ein großes Problem«, sagte Larsson. »Wir müssen um zwei Uhr in Lübeck sein, wo meine Kollegin ihren Zug nach Berlin erreichen muss.«

»Na, dann wollen wir uns nicht allzu lange bei der Vorrede aufhalten. Ich habe meine Leute nach diesem Schiff befragt. Tatsächlich konnte sich einer der Männer daran erinnern, es gesehen zu haben. Aber nicht in Großenbrode, sondern in Burg auf Fehmarn. Er konnte sich sogar daran erinnern, dass er den Kutter am 22. Juni etwa gegen Mittag oder kurz danach gesehen hatte, wie er aus dem Burger Binnensee in die Ostsee einlief und sich langsam in Richtung Osten entfernte. Für einer Kontrolle an Bord des Schiffs lag kein Grund vor.«

Larsson hatte sich das kurz notiert. »In Richtung Osten?«

»Das bedeutet erst mal überhaupt nichts. Von da aus kann er in alle Himmelsrichtungen gefahren sein.«

»Das war der einzige Kontakt, nehme ich an.«

»Leider ja. Kaffee?«

»Vielen Dank, nein. Ich denke, da läuft uns die Zeit davon.« Larsson stand auf.

»Unsere Aufgaben hier sind vielfältiger, als Sie vielleicht denken«, sagte Fluhrer. »Und des Öfteren beginnen sie nicht einmal in unserem Revier. Ein Heiligenhafener Fischkutter ist vorige Woche in der Nordsee gesunken. Die dreiköpfige Besatzung konnte unmittelbar nach dem Untergang gerettet werden. Nicht unser Revier. Und dennoch sind wir involviert.«

Zu dritt durchschritten sie den Eingangsbereich, Fluhrer nickte seinem Mitarbeiter zu. »Ich bin dann mal kurz draußen, Thorsten.« Er wandte sich wieder Larsson zu. »Aufgrund eines Wassereinbruchs versank der Fischkutter *Christiane* etwa sechzig Seemeilen nördlich von Groningen in den Niederlanden. Alle drei dänischen Besatzungsmitglieder konnten durch die Besatzung eines in der Nähe befindlichen niederländischen Baggerschiffs gerettet werden und sind wohlauf. Der Kutter wird von einer in Cuxhaven ansässigen Firma betrieben. Er ist unter dem Heimathafen Heiligenhafen registriert. So werden die einzelnen Ermittlungen durch uns einen längeren Zeitraum einnehmen, weil der sechzehn Meter lange Kutter in einer Wassertiefe von etwa vierzig Metern liegt.«

Draußen zeigte Fluhrer auf zwei Boote der WPs-Heiligenhafen. »Ein Teil unserer Flotte. Das Personal wechselt. Und ab geht es wieder auf Streife.«

»Eine interessante Aufgabe«, wandte Charlene Gruber ein. Larsson merkte, dass der Zeitdruck ihre Stimmlage veränderte.

»Aufgrund der speziellen geographischen Lage des Landes Schleswig-Holstein zwischen Nord- und Ostsee ist das Aufgabengebiet der Wasserschutzpolizei besonders vielfältig. Neben den polizeitypischen Aufgaben wie Verhütung und Verfolgung von Straftaten und Ordnungswidrigkeiten ist die Wasserschutzpolizei auch für die Sicherstellung des schifffahrtspolizeilichen Vollzugs zuständig.«

Fluhrer winkte grüßend einem Fischer zu.

»Insbesondere der Umweltschutz, die Gefahrenabwehr für die Gewässer, die Überwachung der Einhaltung von nationalen, supranationalen und internationalen Vorschriften zum Schutz der Meere und die Überwachung der Sicherheit der Berufs- und Sportschifffahrt gehören zu unseren Aufgaben. Zentrale Aufgaben bestehen darüber hinaus in der Fischereiaufsicht im schleswig-holsteinischen Küstenmeer, Ermittlungseinsätzen bei Schiffsunfällen, der Gewährleistung der Hafensicherheit in Bezug auf den Umschlag gefährlicher Güter und in der polizeilichen Begleitung maritimer Sportveranstaltungen wie der Kieler und der Travemünder Woche mit ihren zahlreichen Segelwettkämpfen.«

Sie waren am Wagen der Kommissare angekommen.

»Wie müssen jetzt wirklich«, drängte Larsson. »Leider, ich könnte Ihnen noch stundenlang zuhören.«

»Ein Satz noch, der Sie interessieren dürfte. Auch die Terrorabwehr in den Häfen Schleswig-Holsteins stellt ein sehr wesentliches wasserschutzpolizeiliches Aufgabenfeld dar. Die Wasserschutzpolizei ist kompetenter Ansprechpartner auf den Wasserstraßen Schleswig-Holsteins.«

Larsson wusste nicht, worauf Fluhrer hinauswollte.

Der spürte das und legte nach: »Die blaue Bugwelle am grauen Kutter. Was, wenn die mit einer Folie aufgebracht wurde, die jederzeit wieder entfernbar ist, ohne Spuren zu hinterlassen?« Er kniff ein Auge zu. »Ich wünsche Ihnen eine gute Heimreise.«

Larsson fuhr aus dem Ort heraus. Dann nahm er das Blaulicht, stellte es auf das Wagendach. Während er auf eine Kreuzung zufuhr, stellte er das Martinshorn an.

»Du weißt schon, dass wir da Ärger bekommen können«, sagte Charlene Gruber. Es waren die ersten Worte, die sie nach der Nachricht über den Unfall ihrer Mutter an ihn richtete.

»Darauf würde ich auch gern verzichten. Ich fürchte nur, wir schaffen es sonst nicht rechtzeitig nach Lübeck.«

Larsson beschleunigte den Wagen. Seine Augen suchten den Baumbestand am rechten Rand der Fahrbahn ab, um möglichst rechtzeitig zu sehen, ob er eine Radarfalle hinter einem der Bäume entdeckte, die er hoffte, überlisten zu können.

»Was hältst du von der Feststellung Fluhrers zu der Bugwelle des grauen Kutters?«, fragte Charlene Gruber.

»Die Feststellung hat einen wesentlichen Fehler.«

»Welchen?«

»Sie ist nicht von uns. Ich frage mich, warum wir nicht darauf gekommen sind. Bei genauer Betrachtung dieser Farbzusammenstellung hätte bei uns irgendeine der vielen Warnlampen angehen müssen.«

»Ist sie aber nicht.«

»Nein«, sagte Larsson, und es klang bissig.

»Hast du eine Erklärung dafür?«

Larsson schüttelte den Kopf. »Vielleicht ist unser Gehirn schon eingerostet.«

»Oder überfordert«, stellte Charlene Gruber nüchtern fest.

Vor dem Hauptbahnhof in Lübeck stauten sich die Taxis. Larsson ließ Charlene Gruber aussteigen und wünschte ihr eine gute Fahrt.

Anschließend versuchte er, sich eine Strategie zurechtzulegen, die seiner Frau einleuchtend genug erschien, seine plötzliche Abwesenheit über die letzten vier Tage plausibel zu machen.

Viertel vor fünf schaute er zur Uhr. Gerade fuhr er durch Wolgast. Wenn der Zug pünktlich ist, wird Charlene jetzt in Berlin sein, dachte er. Am Hafen hielt er kurz an, erstand einen Strauß Blumen und eine Schachtel Konfekt, das Monika wegen des Branntweins so gern aß.

Wenig später kam Bannemin in Sicht und die Abzweigung nach Peenemünde.

Larssons Anspannung stieg. Er dachte an die erste Besichtigung des Hafens von Peenemünde. Er hatte eine Reihe von Schiffen der DDR-Volksmarine gesehen, die 1992 noch in Abwicklung waren und ausländische Käufer suchten. Das Raketenschiff *Hans Beimler*, im NATO-Jargon ein Schiff der Tarantul-Klasse, mehrere Minenräumer, ein Versorgungsschiff und ein riesiges Monster der Riga-Klasse, eines der vier Schiffe des Projekts 50 – die *Ernst Thälmann*, ehemals ex Олень-*Rentier*, *Karl Marx*, ex зубр- *Auerochse*, *Karl Liebknecht*, ex Соболь-*Zobel* und *Friedrich Engels*, ex Енот-*Waschbär*, die auf einer Werft in der damaligen Sowjetunion für die sowjetische Marine gebaut wurden. 1993 hatte es einen großen Protest gegen den Verkauf von neununddreißig Kriegsschiffen nach Indonesien gegeben. Die Militärdiktatur dort galt als wenig zimperlich im Umgang mit Minderheiten. Den Protestlern galt der Export als Verstoß gegen das Kriegswaffenkontrollgesetz. Wenn auch letztlich ohne Waffen, die Schiffe gingen am Ende doch auf Reisen.

All diese alten Kriegsschiffe erinnerten Larsson in ihrer Farbgebung an den Kutter, den sie jetzt fieberhaft suchten. Was, wenn der Kutter aus dieser Zeit stammte?

Die Pferde gehen mit dir durch, Lasse!

Jetzt war es zu spät, um irgendjemand im Peenemünder oder Kalshagener Hafen zu erreichen. Er bog rechts in die weiterführende B111 ein und setzte seinen Heimweg fort. Als er durch Zinnowitz fuhr, rief er zu Hause in Loddin an. Nach dem fünften Klingeln meldete sich Monika.

»Hallo Schatz«, sagte Larsson möglichst in unverfänglicher Tonlage, »was gibt es zum Abendbrot?« Er hörte ihren Atem, der stoßweise ging. »Was ist los?«

»Ich bin gerade vom Einkaufen gekommen und hörte das Telefon. Um es nicht zu verpassen ... Du willst nicht sagen, dass du jetzt nach Hause kommst?«, fragte Monika gereizt.

»Ich hatte einen verdammt langen Tag, Schatz, und mir ist bestimmt nicht nach Streit zumute. Ich denke, ich bin in zwanzig Minuten da. Es ist also Zeit, den Hausfreund wegzuschicken.« Larsson unterbrach die Leitung, ohne eine Antwort abzuwarten.

Etwas warnte ihn, den Bogen nicht zu überspannen.

Als er kurze Zeit später in seiner Einfahrt zum Stehen kam, stand der Benz seiner Frau noch vor der Garage. Er nahm sein Büchlein mit den Aufzeichnungen aus dem Kofferraum, eine Tasche mit der Schmutzwäsche der letzten Tage und die in Wolgast erstandenen Kleinigkeiten für seine Frau. Ihm fiel ein, dass er vergessen hatte, etwas für Elina zu besorgen.

Im Flur hörte er, wie Monika in der Küche hantierte. Er klopfte und schob vorsichtig die Tür auf. Er legte die Kleinigkeiten auf den Küchentisch und sagte: »Überraschung. Eigentlich wäre ich erst morgen Abend hier.« Er umarmte seine Frau. Dabei schaute er ihr über die Schulter. Auf einem Brettchen neben dem Herd lagen große Steaks. In der geschmiedeten Eisenpfanne wurde gerade das Fett heiß.

»Ich denke, du wirst ein argentinisches Steak vertragen können«, sagte sie versöhnlich. Dann sah sie die Blumen und die Schachtel mit dem Konfekt. »Du hast an mich gedacht. Danke.« Sie küsste ihn, und er spürte ihr Verlangen.

»Nur für Elina habe ich leider nichts«, sagte er, während sie eine Vase aus dem Schrank nahm und die Blumen versorgte. »Noch nicht. Aber morgen sind wir unterwegs nach Peenemünde und Karlshagen. Da werden wir sicher einen Laden finden, der für so kleine Kinder etwas Nettes hat. Vielleicht ein Mobile?«

»Ja, da würde sie sich bestimmt freuen«, sagte Monika. »Geh zu Frau Jung in Karlshagen. Die hat immer etwas für Kinder.«

Er sah, wie die Kartoffeln anfingen zu kochen, und dass Monika sich gerade eine Knoblauchzehe zum Schneiden zurechtgelegt hatte. Davon hatte er sie durch sein Kommen wohl abgehalten. Ein weiterer Blick zeigte ihm, dass sie dabei war, eine Büchse roter Kidneybohnen zu öffnen.

»Ich wasche mir nur schnell die Hände«, sagte er, »dann mache ich die Bohnen fertig. Ist dir das recht?«

Monika nickte. Ihr Lächeln zeigte an, dass er genau diese Art getroffen hatte, die sie an ihm so sehr liebte.

Als er vom Bad zurückkam, gab er die Bohnen in einen Topf. Er stellte die Herdplatte auf klein. Mit flinken Bewegungen schnitt er die Knoblauchzehe, so dass sie letztlich aussah wie eine gehobelte Weihnachtsmandel. Als Letztes nahm er eine rote getrocknete Pfefferschote, die er mittig aufschlitzte, entfernte die allzu scharfen Kerne und setzte dann alles zusammen mit den Bohnen zu. Er pfefferte und salzte das Fleisch, briet es von beiden Seiten scharf an. Dann schaltete er die Platte ab, nahm das Fleisch heraus und wickelte es in Silberfolie ein. Nun konnte es in Ruhe nachziehen. Inzwischen waren die kleinen französischen Kartoffeln fertig, die Monika als Erstes aufgesetzt hatte. Er goss sie ab. Eine Weile würde er sie zum Abdampfen offen stehen lassen.

Im Kinderzimmer fing Elina an zu schreien.

»Sie war unterwegs so brav«, sagte Monika. »Doch nun scheint sie eine volle Windel zu haben. Ich mach das mal eben.«

Larsson rührte die Bohnen noch einmal um. Er stellte die Platte auf die kleinste Stufe und lauschte. Dann zog ihn die Neugier, nachzusehen, was seine beiden Frauen wohl gerade machten.

Leise schob er Tür zum Kinderzimmer auf. Elina lag auf dem kleinen Tisch, den Monika für die notwendigen Prozedere der Kinderversorgung aufgestellt hatte. Ihre Mutter sprach leise in der Kindersprache mit ihr. Er sah, wie das vier Monate alte Mädchen die beruhigenden Worte in sich aufsog und dankbar lächelte. Dabei bewegte es die Ärmchen heftig.

Durch eine Bewegung seinerseits hatte ihn das Kind entdeckt. Für einen Augenblick änderte es den Gesichtsausdruck, doch dann kam das Lächeln zurück. Offensichtlich hatte sie ihn erkannt.

Leise schlich er aus dem Raum.

Er nahm zwei Teller aus dem Küchenschrank, die er in der Mikrowelle vorwärmte. Dann machte er sich darüber her, sechs der kleinen Kartoffeln abzupellen. Er nahm einen Teil des Bundes Petersilie und hackte sie mit dem großen Messer sehr fein.

»Elina spielt jetzt mit ihrer kleinen Klapper und dem Stoffhund«, sagte Monika. »Soll ich dir helfen?«

»Bestimmt nicht.« Larsson nahm die vorgewärmten Teller aus der Mikrowelle, legte jeweils zwei Kartoffeln vor, dann das Fleisch, dessen gebildeten Saft er zuvor vorsichtig in einem kleinen Töpfchen aufgefangen und aufgekocht hatte, zum Schluss die Bohnen.

»Eine echte Gemeinschaftsarbeit.« Er kniff das rechte Auge zu. Er goss dem Fleischsaft einen Schuss Rotwein zu, schmeckte es mit Salz und Pfeffer ab und machte es mit einem Klecks Butter sämig. »Voilà fertig.«

Sie aßen mit großem Appetit. Larsson öffnete noch eine Flasche Châteauneuf du Pape, die sie weitgehend zum Essen tranken.

Zwischendurch erzählte Monika ihm, was sie alles mit dem Kind in der kurzen Zeit erlebt hatte.

»Noch schläft sie gut«, sagte sie. »Sobald sie anfängt zu zahnen, wird sich das ändern.«

Sie ist eine gute Mutter. Bist du auch ein guter Vater?, fragte sich Larsson. Bist du überhaupt familienkompatibel? Unvermittelt kamen ihm Limas und die Schwarzen aus Kenia in den Sinn und das Buch »Die Schwarze Haut« von Robert Ruark. Du bist wie ein Askari, wie ein alter Elefantenbulle, der von der Herde der Elefanten ausgestoßen wurde und nun im Abseits vegetiert, bis ihn der Tod abholt.

Er stand auf und legte die CD von dem Soundtrack »Out of Africa« ein, der ihn in Trance versetzte. Das war der Zustand, in dem er am besten nachdenken konnte. Dann öffneten sich die Tore, die verschollen geglaubte Windungen seines Gehirns freisetzten. Hinter diesen Toren konnte er wie in einem Nebelschleier Teile erkennen, die zu einer Gesamthandlung zusammenzufügen waren.

Monika war noch kurz in der Küche beschäftigt und schaute dann nach Elina.

Kurz nach sieben schaute er sich noch einmal die Bilder des grauen Kutters an. Eines davon zeigte das Schiff von achtern. Irgendetwas störte ihn. Noch wusste er nicht, was es war. Ich brauche es endlich größer, dachte er. Fast war er versucht, Karl Simons anzurufen. Dann dachte er daran, dass er genau im Jahr zuvor Karl Simons im Verdacht hatte, Interna ausgeplaudert zu haben, die ihm geschadet hatten. Es war ein Irrtum. Karl Simons war so loyal ihm gegenüber wie alle seine Mitarbeiter.

Zögernd wählte er Simons Nummer.

»Ja.«

»Hallo Karl«, sagte Larsson.

Karl Simons erkannte ihn an der Stimme. »Lasse ...«

»Ja.«

»Wie geht es dir?«

»Ich würde es dir gern direkt sagen. Was machst du so am Donnerstagabend?«

»Ich bin zu Hause und höre Musik.«

»Ich könnte deine Hilfe brauchen. Nicht lange, vielleicht ...« Karl Simons blieb stumm. Larsson fasste nach: »Könntest du für eine Stunde zu mir kommen?«

»Jetzt?«

»Es sei denn, du bist nicht allein und hast etwas Besseres vor.«

»Nein, ich habe nichts vor. Chillen halt.«

»Aber genau das könnten wir hier zusammen machen.«

»Ich verstehe.« Karl Simons war ein aufgeweckter Junge, einer, auf den man sich immer verlassen konnte, wenn man ihn brauchte.

Larsson brauchte ihn dringend. »Karl. Kannst du deinen Laptop mitbringen? Meiner ist kaputt.«

»Ja. Natürlich. Ich mach mich auf den Weg.«

»Karl ...«

»Ja.«

»Ich möchte einige Fotos meiner kleinen Tochter vergrößern.«

»Verstehe.«

Monika kam herein. »Störe ich?«

Es klickte. Die Leitung war unterbrochen.

»Nein, warum?«

»Du hast telefoniert.«

»Mit Karl Simons. Er kommt noch auf einen Sprung vorbei.«

»Da bist du schon die ganze Woche weg. Wir hätten den Abend auch allein rumgekriegt. Oder hast du daran Zweifel?«

»Ich brauche Karls Hilfe bei einer Vergrößerung eines Fotos. Ich kann das nicht, weil ich die Software dazu nicht habe. Karl hat sie.«

»Hätte das nicht Zeit bis zum Wochenende gehabt?«

»Nein. Ich dachte, ich suche ein Schiff wie eine Stecknadel im Heuhaufen ... Genauer gesagt, sind es aber zwei Schiffe. Und die Zeit läuft uns davon, weil mit dem einen Schiff vier Menschen verschwunden sind.«

Im Hintergrund begann der Soundtrack von »Out of Africa« aufs Neue. Larsson stand auf und stellte die CD ab.

»Hat die Musik etwas mit dem Fall zu tun?«

»Ja.«

Larssons Telefon machte sich bemerkbar. Auf dem Display sah er, dass es Charlene war.

»Ich höre.«

»Ich habe eine Nachricht erhalten, dass Merz & Mogli auf der Liste der Firmen stehen, die Teile für das Iraner Atomprogramm lieferten. Einer der Geschäftsführer sitzt schon in Haft. Ich dachte, das rechtfertigt ein Telefonat.«

»Das tut es, Charlene. Absolut. Und es setzt neue Zeichen, die wir ordentlich zu deuten haben. Danke für den Anruf.«

»Morgen erfahre ich bestimmt mehr zu der Sache, die Jaques eruiert.«

»Dann sage mir sofort Bescheid, wenn du es weißt.«

»Das mache ich. Tschüss, bis morgen«, sagte Charlene Gruber.

»Tschüss.« Larsson legte auf.

»Ärger?«, fragte Monika.

»Eher nicht«, antwortete Larsson. »Langsam kommt Bewegung in eine total verfahrene Kiste.«

Vom Hof her kam das Geräusch eines anfahrenden Autos. Zuerst hörten sie den Motor, dann das Klappen einer Tür.

»Karl ist da«, sagte Larsson. Er stand auf und ging ihm entgegen.

»Er muss ja wie der Teufel gefahren sein«, stellte Monika fest.

Die Tür zum Flur wurde aufgerissen. Simons kam mit schnellen Schritten ins Wohnzimmer.

»Es ist das erste Mal, dass wir uns sehen, seit wir im Herbst im Waterblick waren«, sagte er. »Hallo Monika.« Simons gab ihr die Hand.

»Ich weiß«, antwortete Larsson. »Es war nicht Herbst, Karl, sondern der 17. August. Es hat sich nicht eher ergeben, weil ich in Berlin gearbeitet habe.«

»Dann habe ich morgen etwas zu berichten. Die Kollegen werden sich freuen.«

»Genau das, möchte ich dich bitten, zu lassen«, sagte Larsson. »Ich werde auch alle bestimmt wieder einladen, wenn ich den Fall gelöst habe, an dem ich arbeite ... Versprochen.«

Karl Simons hob die Schulter. »Dann eben nicht.«

Larsson wusste, dass er sich auf Karl verlassen konnte.

»Ich habe eine Reihe von Fotos, die ich vergrößert brauche. Ich kann das nicht, weil sie zu wenig Pixel haben.«

»Ja, ja, so ein Foto von einem Kleinkind ist ein bleibendes Andenken«, stellte Simons fest.

»Was kann ich euch bringen?«, fragte Monika. »Ein Glas Wein? Weißen oder Roten?«

»Für mich lieber ein Bier, wenn du hast«, sagte Simons.

»Jever?«

Simons nickte.

»Es handelt sich nicht um Elina«, erklärte Larsson. »Es sind zwei Schiffe, die ich mir genauer ansehen möchte. Aber sollte dich je jemand fragen, was du bei mir vergrößert hast, dann waren es Kinderbilder.«

»Verstehe.«

Larsson rief die Bilder einzeln auf.

»Du musst sie auf meinen Computer überspielen«, sagte Simons.

»Ich habe ein Kabel, um sie direkt auf deinen Laptop zu ziehen.«

»Gut.«

»Und anschließend möchte ich, dass wir sie von deinem Computer löschen.«

Monika kam und brachte für Karl Simons eine Flasche Jever und ein Glas. Für Larsson ein Glas von dem Châteauneuf du Pape, das letzte, das die Flasche hergab, die sie zum Essen geöffnet hatten.

»Jetzt lasse ich euch allein«, sagte sie.

»Das wird nicht nötig sein. Die ganze Prozedur dauert sicher nicht länger als zehn Minuten«, entgegnete Larsson.

Als die sechs Bilder auf Simons Computer waren, sah Larsson, wie schnell man die Größe ändern konnte, ohne die Bilder zu verpixeln, wenn man ein entsprechendes Programm besaß. Er ließ die vergrößerten Bilder auf einen Stick ziehen, um sie auf seinen Computer zu übertragen. Dann achtete er sehr genau drauf, dass die Bilder von Simons' Laptop gelöscht wurden.

»Du willst mir nicht sagen, warum sich Elina so verändert hat?«, fragte Karl Simons.

»Es ist nichts Besonderes. Beide Schiffe sind nicht zu finden, und ich suche sie. Das ist die ganze Chose.«

»In der Ostsee?«, fragte Simons.

»Vielleicht, Karl. Aber selbst das ist nicht sicher«, antwortete Larsson.

»Beide Schiffe?«, bohrte Karl Simons.

»Ja.« Larsson bereute schon, etwas dazu gesagt zu haben.

»Dann brauchst du viel Glück, um sie zu finden. Es sei denn, der Zufall ...«

»Karl.«

»Ja, ja, entschuldige. Ich denke immer daran, wie schön es war, mit dir zu arbeiten. Ich habe viel von dir gelernt.«

»Erzähl mir etwas über den neuen Standort in der Swinemünder Chaussee. Habt ihr euch gut eingefunden?«

»Wir dürfen jetzt nur noch kleinere Fälle lösen. Seit du weg bist, läuft alles ein wenig anders. Wir sind jetzt praktisch aufgeteilt.«

»Heißt das, ihr seid nicht mehr zusammen als eine Gruppe?«

»Rolf macht jetzt Diebstahl. Ich werde als Springer dort hingeschickt, wo einer krank ist. Inge bleibt in Anklam.«

»Oha, Karl, lass hören.«

Er fing an und berichtete alles, was sich in den elf Monaten zugetragen hatte.

Sie waren also nicht nur aus der pompösen Villa in der Sethestraße 12 in Heringsdorf ausgezogen, ihr ganzes Aufgabengebiet war mit dem neuen Standort zusammengeschmolzen.

»Jetzt heißt es nicht mehr, wer ist die Leiche? Wer, wie, was, wo, wann, und warum ist das passiert«, sagte Larsson, »sondern ihr schreibt die Registriernummer eines Fahrrades auf und vergleicht, ob eine solche Nummer irgendwo bei einer Fundsache aufgezeichnet wurde.«

»Exakt.«

»Donnerwetter, Karl. Mit meinem Weggang gibt es die ganz Mordermittlergruppe auf Usedom nicht mehr.«

»Nein, man hat uns in die Bedeutungslosigkeit gebombt.«

»Es ist eine Frage des Geldes«, sagte Monika, die sich wieder zu ihnen gesellt hatte. »Der Staat ist arm geworden, und die Beamten müssen es ausbügeln.«

»Du tust ja so, als wäre eine Diebstahlermittlung ehrenrührig«, meinte Larsson etwas widerwillig.

»Der Staat ist ein unersättlicher Moloch«, stellte Simons sachlich fest.

Larsson konnte nicht widersprechen.

Gegen neun verließ Simons die Larssons. Larsson atmete auf. Er war seit vier Uhr dreißig im Gange und am Ende seiner Kraft.

Am nächsten Vormittag, dem 6. Juli, fuhr Larsson nach Peenemünde. Allein. Monika hatte beschlossen, mit dem Kind zu Hause zu bleiben. Er hatte sie nicht gedrängt. Im Grunde genommen war er froh, ohne Einschränkungen über seine Zeit verfügen zu können. Er stellte seinen Wagen ab und ging die wenigen Schritte bis zum Hafen. An der rechten Kaimauer lag ein Schaufelbagger, ein rostiges, altes Ding, das allenfalls auf den Abwracker wartete. Im Hintergrund das stillgelegte Kraftwerk aus rotem Mauerwerk. Ein schwarzer Segelschoner lag hinter einer vom Wasser zerfressenen alten Holzpier, direkt an der Hafeneinfahrt auf der gegenüberliegenden Seite. Etwas weiter, vor einer Halle, der entkernte Stahlrumpf eines ehemals stolzen Frachters.

Ganz Peenemünde strahlte jene Morbidität aus, die ihren Ursprung im Untergang des Entwicklungszentrums der dort stationierten Heeresversuchsanstalt hatte.

Larsson schloss für einen Moment die Augen. Imaginär tauchten die Restbestände der Kriegsschiffe der DDR wieder vor ihm auf. So sehr er sich auch mühte, den grauen Kutter zwischen den Minenräumern zu finden, es war umsonst.

Neben ihm schrie erst ein Kind, dann der Vater, der das Kind ausschimpfte. Das holte ihn in die Wirklichkeit zurück. Resigniert wandte er sich ab. Manchmal verfluchte er die Menschen und das Leben.

Larsson ging zu seinem Auto und fuhr die acht Kilometer nach Karlshagen zurück. Er stellte seinen Wagen auf dem Parkplatz rechtsseitig vor dem Hafen ab. Zielstrebig ging er zum Hafenmeister. An der rechten Außenwand des Häuschens war ein doppelter Glaskasten angebracht worden, der vielerlei Informationen beherbergte. Das reichte von den offiziellen Öffnungszeiten des Büros bis zu Angeboten einiger Gebrauchtboote.

Larsson trat ein und störte die Unterhaltung zweier Männer in Pommerschen Platt, der er kaum folgen konnte.

Obwohl sie sich vor mehr als einem Jahr das letzte Mal gesehen hatten, konnte sich der Hafenmeister noch gut an ihn erinnern.

»Na wieder mal auf Suche nach einem verschwundenen Mädchen, Herr Hauptkommissar?«

»Fast ... diesmal ist es kein Mädchen. Dieses Mal ist es ein beziehungsweise sind es zwei Boote, die ich suche, Herr Riemer.«

»Das nenne ich eine Überraschung.«

»Können wir uns irgendwo allein unterhalten?«, fragte Larsson.

»Kommen Sie.« Er schaute zu seinem Besucher. »Musst einen Augenblick warten, Fiete, oder später wiederkommen.«

Larsson zeigte Riemer das Bild des Motorseglers. »Das Schiff heißt *Mercurius*. Haben Sie es irgendwann einmal gesehen?«, fragte er, als sie allein waren.

Riemer schaute sich das Bild an.

»War es vielleicht hier in Karlshagen?«, bohrte Larsson nach.

»Ja. Aber es ist schon eine Weile her.«

»Eine Weile ...« Larsson hatte Mühe, seine Erregung zu verbergen. Er hatte nicht damit gerechnet, so schnell fündig zu werden. Manchmal ist ein Zufall ein Geschenk Gottes, dachte er.

»Zwei, drei Wochen.«

»Geht es nicht genauer?«

»*Mercurius*?«

Larsson nickte.

Riemer ging die Eintragungen in seiner Buchführung durch. »Ich glaube, ich kann Ihnen das in der Tat ganz genau sagen, Herr Hauptkommissar. Der Kahn kam am 25. Juni am späten Nachmittag ... Er war unangemeldet in den Hafen eingelaufen und bezahlte für eine Nacht. Am nächsten Morgen war er nicht mehr da.«

»Unangemeldet?«

»Na ja, im Sommer ist das ein Problem, weil die Liegeplätze dann in der Regel ausgebucht sind. Aber es war ein anderes, für unsere Verhältnisse richtig großes Schiff hier, das seinen Liegeplatz«, Riemer zeigte aus dem Fenster, »hinter dem Fischkutter auf der gegenüberliegenden Seite hatte. Und an dem hatte die *Mercurius* festgemacht, was mich wunderte.«

»Warum wunderte Sie das?«

»Weil der große Kasten aus Schweden nicht nur nach Geldadel, sondern auch nach der Sorte Menschen roch, die unter sich bleiben wollen. Wenn ein Schiff an einem anderen festmacht, ist es klar, dass das am Kai liegende Schiff immer als Brücke zum Land benutzt wird. Aber darauf angesprochen, sagten die Schweden nur, es sei in Ordnung.«

»Ein schwedisches Schiff. Sicher haben Sie das auch in Ihrem schlauen Buch.«

»Es hieß *Skagerrak* und war in Göteborg gemeldet«, sagte Riemer und schaute nach. »Um ein solches Schiff zu bewegen, brauchst du vier bis sechs Männer.«

»Wann ist das Schiff gekommen?«, fragte Larsson.

»Einige Stunden vor der *Mercurius*.«

»Und wie viele Tage ist es geblieben?«

»Es fuhr am kommenden Morgen weiter.«

»Also kurz nach der *Mercurius*.«

»Ich weiß nicht, wann die *Mercurius* ausgelaufen ist. Warum fragen Sie das?«

»Nur so. Vielleicht war es ja geplant, dass beide Schiffe sich hier treffen.«

»Möglich. Aber dazu kann ich nichts sagen.«

»Ihnen ist nichts aufgefallen?«

»Nein.«

»Zum Beispiel, dass gegenseitige Besuche stattfanden?«

Riemer hob die Schultern. »Nein. Allerdings stehe ich auch nicht hier und schaue in einer Tour auf die Schiffe, die den Hafen Karlshagen besuchen.«

»Das verstehe ich«, sagte Larsson.

»Aber vielleicht fragen Sie ja mal im Fischgeschäft. Der Schwede lag geradewegs davor«, sagte der Hafenmeister.

Unmittelbar dachte Larsson daran, dass die Kiliwhite Ltd. die Überweisung der Mietkaution an den Vermieter des Motorseglers über eine schwedische Bank getätigt hatte. Vielleicht gab es hier eine Verbindung.

»Wollten Sie mir nicht die zwei Schiffe zeigen?«, unterbrach Riemer seinen Gedankengang.

Larsson hielt ihm das Bild vom grauen Kutter hin.

Der Hafenmeister ließ sich Zeit, schaute es sehr genau an. »Nein, dieser Kutter war nicht bei uns im Hafen«, sagte er bestimmt. »Tut mir leid, Herr Hauptkommissar, damit kann ich Ihnen nicht weiterhelfen.«

Larsson bedankte sich. »Sie haben mir schon eine ganze Ecke weitergeholfen, Herr Riemer.«

Er reichte dem Hafenmeister zum Abschied die Hand. Dann ging er hinaus. Er maß anhand der gezählten Schritte den Weg zwischen dem Häuschen des Hafenmeisters und dem Fischgeschäft auf der gegenüberliegenden Seite. Es waren etwa vierhundert Meter, wobei er die tatsächliche Distanz der Luftlinie auf etwa neunzig Meter schätzte, da das Hafenbecken sich zum Ende hin erweiterte. Obwohl nur wenige Boote im Hafen lagen, weil die meisten bei dem herrlichen Wetter unterwegs waren, standen einige Fahrräder vor dem Laden.

An der Parallelwand des Gebäudes zum Hafen stand: »Imbiss – Frischfisch – Räucherfisch – Marinaden«, über dem Eingang »Fischfang & Handel«. Der Blick in das Fischgeschäft zeigte ihm, dass trotz der Mittagszeit und der wenigen Boote im Hafen der Laden recht gut besucht war. Einige der Käufer ließen sich Fisch mit Kartoffelsalat reichen, andere kauften Frischfisch. Er schätzte, dass er sechs Personen vor sich hatte. Larsson fixierte die ältere Frau. Demonstrativ ging er auf sie zu und zog seinen Ausweis.

»Ich habe nur zwei Fragen. Das dauert genau zwei Minuten.« Dabei lächelte er sie an, als könne er kein Wässerchen trüben.

»Günstig ist es nicht, Moment.« Sie kassierte die letzte Kundin ab. Dann schaute sie zum nächsten. »Zwei Minuten«, und nickte Larsson zu.

Sie gingen vor die Tür. Larsson erklärte ihr mit wenigen Worten, dass es wirklich wichtig sei, und dass der Verdacht eines Kapitalverbrechens ihn zu der Unterbrechung ihrer Tätigkeit durchaus befuge. Das ließ die Frau ruhiger werden.

»Ich möchte, dass Sie schnell zurück in den Laden kommen«, begann er. »Am 25. Juni hat hier direkt vor Ihrer Tür ein sehr großes Schiff gelegen.«

»Die blaue Yacht. Wer kann sich denn so etwas leisten?«

»Sie erinnern sich.«

»Ja.«

»Ist Ihnen etwas Besonderes aufgefallen?«

»Was nennen Sie etwas Besonderes?«

»Vielleicht ein Auto, das Gegenstände gebracht oder abgeholt hat?«

»Nein?«

»Oder Besucher.«

»Ich sah kurz zwei Schwarze. Aber sie verschwanden im Innern des Schiffes. Und das war alles, was ich Ihnen dazu sagen kann.«

Larsson nickte. »Wir haben nicht einmal zwei Minuten gebraucht«, sagte er versöhnlich. »Danke und gute Geschäfte.«

Im Nu verschwand die Frau wieder hinter ihrer Ladentheke und bediente den nächsten Kunden.

Nun haben wir die Bestätigung. Wenn zwei farbige Männer auf der *Skagerrak* waren und sogar innerbords verschwanden, dann gibt es die Verbindung zwischen den Menschen beider Schiffe, dachte Larsson und ging zu seinem Wagen. Für das folgende Telefonat durfte es keine Zeugen geben. Er wählte Charlene Grubers Nummer.

»Lasse ... Ich hätte dich angerufen, aber es ist noch nicht ganz so weit.«

»Deshalb rufe ich nicht an. Ich habe herausgefunden, wohin der Motorsegler von Rügen aus gefahren ist. Ich dachte, dich könnte das interessieren.«

Sie hörte einen leisen Triumph in seiner Mitteilung. Deshalb gab es eine kleine Retourkutsche. »Lass es schon aus der Lippe fallen, großer Meister.« Das »Meister« war in die Länge gezogen und hatte eine ganz besondere Betonung.

»Du brauchst nicht so zynisch zu sein, Charlene. Vor allem, weil ich noch mehr sagen kann. Wenn ich dir das mitteile, habe ich auch gleich einen Auftrag für dich.«

»Es ist Freitagmittag«, warf sie ein. »Freitag nach eins macht jeder seins.«

»Bei Kapitalverbrechensermittlungen ist der Spruch nicht relevant«, sagte Larsson eisig.

»Wenn man die Unterstützung seines Vorgesetzten hat, ist das richtig.«

»Du denkst, wir haben sie nicht, wie?«

»Ich denke es nicht, ich weiß es!«, widersprach Charlene.

»Gut. Ich bin am Montagmorgen im Büro in Berlin. Dann werden wir das klären.«

Charlene Gruber merkte, wie sauer Larsson plötzlich wurde. »Ich wollte dich nicht ärgern.«

»Wie geht es deiner Mutter?«

»Aller Voraussicht nach kommt sie durch. Und wenn wir richtig Glück haben, wird sie kein Pflegefall werden.«

Larsson stieß die Luft aus. »Man kann das Leben nicht beeinflussen. Es hat mehr Eigendynamik, als wir uns das jemals vorstellen können.«

»Ja.«

Es entstand eine kleine Pause. Sie merkte wohl, dass das Gespräch in eine andere Richtung hätte laufen sollen.

»Du bist noch am Arbeiten?«

»In Karlshagen. Gleich gehe ich noch zur Wasserschutzpolizei. Ich habe an einem ihrer Boote einige Beamte gesehen.«

»Du wolltest mir noch einen Auftrag erteilen«, sagte sie etwas kleinlaut.

»Hast du etwas zum Schreiben?«

»Sag an.«

»Wir suchen den Eigner eines Schiffes. Es heißt *Skagerrak*, Heimathafen Göteborg.«

»Hätte sicher eine Anfrage über die Wasserschutzpolizei geklärt«, sagte Charlene.

»In ein, zwei Wochen. Wir brauchen die Auskunft vorgestern, denn es gibt Hinweise darauf, dass hier ein Treffen stattgefunden hat. Ein Treffen zwischen den Leuten der Kiliwhite Ltd. und denen von der *Skagerrak*. Wir müssen also wissen, wem die *Skagerrak* gehört.«

»Du sagst das so, als wärst du dabei gewesen.«

Larsson lachte auf. »War ich nur fast ... Das schwedische Schiff ist nur wenige Stunden vor dem Motorsegler angekommen und hat auch nur wenige Stunden nach den Leuten der Kiliwhite Ltd. den Hafen von Karlshagen verlassen. Dass mindestens zwei, eventuell mehr Männer der Kiliwhite Ltd. zeitweise an Bord der *Skagerrak* waren, ist eine gesicherte Auskunft einer Zeugin.«

Larsson beendete das Gespräch. Dann ging er zu Fuß zum abgesperrten Gelände der Wasserschutzpolizei rechts der Hafenausfahrt. Er nutzte das offene Tor, das für die Einfahrt eines der Dienstfahrzeuge der Dienststelle geöffnet worden war und sich nun langsam hinter ihm wieder schloss. Zielstrebig ging er zum Liegeplatz der *Damerow*.

Zwei der Männer, die auf dem Schiff ihrem Dienst nachgingen, sahen ihn kommen. Einer von ihnen kannte ihn aus dem Jahr, als sie den Mörder junger Mädchen suchten, der mit einer Motoryacht aus dem Karlshagener Hafen flüchten wollte. Er hatte den Eigner zu einer Probefahrt animiert und versuchte dann kurzerhand, ihn samt Gattin zu entführen. Dank einer List des Yachteigners ging der Plan des Mörders nicht auf. Die Wasserschutzpolizei konnte ihn schließlich festnehmen.

»Sind Sie mal wieder hinter einem Mädchenmörder her, Herr Kriminalhauptkommissar?«

Larsson schüttelte den Kopf. »Ich bin auf der Suche nach einem Schiff.« Er nahm sein Handy aus der Tasche und zeigte ihm das Bild des grauen Kutters. »Haben Sie das schon mal gesehen?«

Zuerst schaute sich der eine Mann das Bild an. Er schüttelte den Kopf und gab das Telefon weiter.

»Ich weiß nicht. Wir sehen jeden Tag einen Haufen Boote«, sagte der zweite Mann, der Larsson zuvor begrüßt hatte.

»Aber sicher selten einen Kutter in der grauen Farbe des Militärs, der mit einer blauen Welle verziert wurde.«

»Moment.« Er ging an Bord der *Damerow*, öffnete das Ruderhaus und rief. »Kannst du mal kommen, Wolfgang?«

Im Ruderhaus wurde der grauhaarige Kopf eines Mannes sichtbar. »Was gibt's denn?«

»Hauptkommissar Larsson fragt nach einem grauen Kutter. Schau mal ...«

Larsson kannte den Mann. Er war einer der Bootsführer der *Damerow*.

»Ja. Ich erinnere mich, den Kutter gesehen zu haben. Zwischen der Greifswalder Oie und der Insel Ruden.«

»Können Sie sich noch erinnern, wann das war?«, fragte Larsson.

»Vor einigen Tagen.«

»Könnte es der 24. oder 25. Juni gewesen sein?«

»Könnte. Aber sicher weiß ich das nicht mehr.«

Er wartete, bis der Polizeiobermeister wieder von der *Damerow* heruntergekommen war und ihm sein Telefon zurückgegeben hatte. Larsson bedankte sich.

»Nun werde ich wohl Probleme haben, wieder aus Fort Knox herauszukommen«, frotzelte er.

»Da können wir sicher Abhilfe schaffen.« Der Polizeiobermeister ging wieder ins Ruderhaus der Damerow.

Larsson hörte, wie er über Funk mit der Leitstelle im Hauptgebäude sprach. Wenige Sekunden später ging das große Tor wie von einer unsichtbaren Hand gezogen auf. Er winkte den Männern noch einmal zu. Dann ging er zurück zu seinem Wagen. Er bezweifelte, dass sie die Männer der Kiliwhite Ltd. auf dem Schiff jemals lebend wiederfinden würden.

Vom Hafen kommend, fuhr Larsson die Peenestraße entlang. Um nach Hause zu fahren, müsste er eigentlich rechts in die L264, die hier Hauptstraße hieß, abbiegen. Doch Larsson hatte ein ganz bestimmtes Ziel im Auge. Er fuhr geradeaus weiter über die Eisenbahngleise in die Strandstraße und hielt gegenüber eines Ladens, der in der Hauptsache als Buchhandlung fungierte.

»Hallo Frau Junge, guten Tag«, begrüßte er die Inhaberin. »Ich brauche etwas ganz Besonderes für meine vier Monate alte Tochter.«

Die Frau gab ihm die Hand. Wann immer er mit Monika in diesem Teil der Insel zu tun hatte, seine Frau sorgte dafür, dass sie im Geschäft von Frau Junge vorbeischauten, um eine Kleinigkeit zu erwerben.

»Vier Monate ... da ist es wohl für ein Buch noch etwas früh«, sagte die Frau und lachte.

»Ich dachte eher an ein Mobile ...«

»Ein Mobile? Ich habe eine Reihe Mobiles.«

In einer Ecke, die von außen durch die Scheibe einzusehen war, hatte sie drei Mobiles aufgehängt, die im Luftzug pendelten. Er hatte sie bereits durchs Schaufenster gesehen und entschied sich für eins mit Schmetterlingen.

Auf dem Weg von Karlshagen nach Loddin freute er sich, wieder zu Hause sein zu können. Auch wenn es nur für das Wochenende war, so empfand er es als Chance. In jeder Ehe, dachte er, kriselt es mal. Wichtig ist nur, nicht den Kopf zu verlieren.

Auf der Höhe Zempin kam ihm eine Motorradgang entgegen. Sie fuhren nicht besonders schnell. Es waren Typen, deren eigenartig geformter schwarzer Helm schon anzeigte, welche Motorradmarke sie bevorzugten. Einige der Harley-Davidson-Maschinen, die an ihm vorbeicruisten, repräsentierten durchaus den Gegenwert eines Mittelklassewagens oder mehr.

Bikergangs, eine spezifische Mafia für sich. Die Baustellen des BKA vergrößern sich von Jahr zu Jahr. Längst sind einige dieser Vereinigungen wie die Niederlassungen der Hells Angels in den verschiedenen Bundesländern, den Bandidos MC, den Schwarze Schar MC in Wismar oder den Satudarah MC, der bundesweit agiert, zu kleinen Staaten im Staate geworden. Der Kampf für ein sauberes Deutschland ohne organisierte Kriminalität ist bei derzeitiger Unterbesetzung der Planstellen für die Polizei einschließlich BKA nicht zu gewinnen.

Als er auf das Grundstück einbog, traute er seinen Augen nicht. Eine dieser Harley-Davidson stand in seiner Einfahrt. Der schwarze Helm hing am Lenker der ebenfalls schwarzen Maschine. Larsson schaute auf das Nummernschild. Es war eine lettische Registrierung. Am Hauseingang machte er schnell mit dem Smartphone ein Foto von dem Bike und dem Nummernschild.

Es war ein sonniger Tag. Monika erwartete ihn auf der Terrasse. Elina schlief in ihrem Kinderwagen, den Monika so aufgestellt hatte, dass sie nicht unmittelbar den Sonnenstrahlen ausgesetzt war. Am Tisch saß ein muskulöser Mann und trank Kaffee.

Monika sah das entsetzte Gesicht Larssons, der in der Terrassentür stand.

»Lasse, komm setz dich zu uns und mach nicht so ein Gesicht!«

Der Mann setzte seine Tasse ab und stand auf. Er war schlank und groß, und Larsson schätzte ihn auf Ende vierzig.

»Hallo«, sagte er. »Ich bin Irbe Kralikas aus Riga.«

Larsson bemerkte seinen angenehm festen Händedruck.

»Irbe kannte meine Eltern. Er arbeitete damals schon bei der Polizei in Riga und war im Austauschprogramm der baltischen Staaten bei uns in Kaunas. Zuvor arbeitete mein Vater eine Zeit bei der Kripo in Riga.«

»Das ist so lange her, dass es schon nicht mehr wahr ist«, sagte Kralikas.

»1997«, sagte Monika.

»Das weißt du noch?«, fragte Irbe Kralikas.

Larsson passte das nicht. Zum ersten Mal fühlte er so etwas wie Eifersucht aufsteigen. »Und was führt Sie ausgerechnet in das kleine Loddin?«, fragte er.

»Ich bin auf einer Tour, die von Riga nach Appenzell in die Schweiz geht. Da dachte ich, ich schau mal, was aus der kleinen Monika geworden ist.« Kralikas strahlte, als könne er kein Wässerchen trüben.

Eine Maske. Ich muss aufpassen, Monika nicht an so einen Kerl zu verlieren. Er ist charmant. Für einen Balten zu charmant, dachte Larsson.

»Gerade begegnete mir ein Pulk von Bikern, die in Richtung Wolgast fuhren«, sagte er dann. »Als ich das Motorrad in unserer Einfahrt sah, dachte ich schon, Sie wären einer von ihnen.«

»Die habe ich auch gesehen, als sie in Ahlbeck Rast machten. Ich habe nichts mit denen zu tun.«

Larsson drehte sich wortlos um und ging in das kleine Arbeitszimmer, das Monika auch zum Bügeln nutzte, wenn er unterwegs war. Er rief sein Piktogramm auf. Links vom Kreis, der die Kiliwhite Ltd.-Holding London/Nairobi stilisierte, schob er das Bild einer größeren Yacht ins Bild und schrieb daneben »Motoryacht *Skagerrak*, Göteborg«. Er verband die *Skagerrak* durch einen Strich mit dem verschwundenen Motorsegler. Ein zweiter Strich verband die *Skagerrak* mit der Holding der Kiliwhite Ltd.. Er setzte drunter ein zweites regelmäßig konvexes Polygon, das wieder ein großes Haus symbolisierte. Er schob es nach links unter die *Skagerrak*. Er platzierte »Immobilien Beteiligung-Ltd. London & Schweden« in das Polygon. Dann versah er das mit einem übergroßen Fragezeichen. Es war eine Spekulation. Aber es gehörte in die Rubrik »wer, wie, was, wo, wann, warum und mit wem« hinein.

Ein Klopfen riss Larsson aus seinen Gedankengängen.

»Ja.«

In der Tür stand Monika und hinter ihr Kralikas.

»Irbe möchte sich von dir verabschieden. Er muss weiter.«

Larsson stand auf. »Sie fahren weiter? Hat Monika Sie nicht zum Essen eingeladen?«

»Danke, sehr freundlich. Aber ich schaffe mein Tagespensum sonst nicht. Ich habe feste Termine.«

Sie gaben sich die Hand.

»Fahren Sie vorsichtig«, sagte Larsson. »In Deutschland muss man höllisch aufpassen, dass einem nichts passiert.«

»Ich bin ein sicherer Fahrer«, konterte Kralikas.

Wenig später hörte Larsson, wie die schwere Maschine gestartet wurde und mit dem typischen Harley-Sound aus der Einfahrt fuhr.

»Musst du ihn so brüskieren?«, fragte Monika, die zurückgekommen war, vorwurfsvoll.

»Hattest du etwas mit ihm?«

Monika lachte. »Ist das deine einzige Sorge?«

»Es macht mich misstrauisch, wenn ein Mann aus verflossenen Zeiten plötzlich in der Nähe meiner Frau auftaucht, der über ein Jahrzehnt keinen Kontakt zu ihr hatte. Woher weiß er eigentlich, wo er dich findet?«

»Er hat wohl meine Mutter ausfindig machen können.«

»Hat er das gesagt? Nach der langen Zeit und dem Wohnungswechsel deiner Mutter von Kaunas nach Greifswald?«

»Ja.«

»Dann rufe bitte deine Mutter an und frage sie, ob das stimmt.«

Monika ging kopfschüttelnd aus dem Raum, und Larsson hörte, wie sie telefonierte.

Um es ja nicht zu vergessen, legte er einen stilisierten Motorradfahrer rechts unten ins Piktogramm.

Monika kam zurück. Sie blieb in der Tür stehen und sagte nichts.

»Und?«

»Mutter hat nicht mit ihm gesprochen.«

Auf meine roten Lampen kann ich mich verlassen, dachte Larsson. Wird er es über ein gut funktionierendes Meldewesen erfahren haben? Kaum. Bestenfalls würde man erfahren, dass Monika nach Deutschland gegangen ist. Ein Postnachsendungsauftrag? Oder Freunde der Familie?

»Kommt dir das nicht merkwürdig vor?«, fragte er seine Frau.

»Ich weiß nicht. Er ist ein netter Kerl. Das war er damals schon, und das hat sich nicht geändert.«

»Er ist ein Lügner.«

»Hast du nie gelogen, wenn es um ein Mädchen ging?«

Larsson lachte auf. »Also hat er dich angebaggert.«

Monika stieß die Luft aus. »Damals vielleicht. Heute aber nicht.«

»Wenn ich in Deutschland zum Meldeamt gehe und möchte wissen, wo ein Mensch abgeblieben ist, dann erfahre ich unter Umständen seine Adresse gegen eine Gebühr ... wenn er in Deutschland geblieben ist. Wenn nicht, habe ich Pech gehabt.«

»Du hast Vermutungen?«

»Eine«, sagte Larsson.

»Und?«, bohrte Monika.

»Er will dich flachlegen.«

Monika lachte laut los. »Das glaubst du nicht im Ernst!«

Larsson nickte. »Ich hab es an seinem Blick gesehen.«

»Hör auf, mich zu verarschen. Das kann ich selbst besser. Komm endlich essen.«

8. Kapitel

Montag, 9. Juli 2007

Kurz vor neun betrat Larsson das Büro. Charlene Gruber saß an ihrem Schreibtisch. Vor ihr lagen einige Akten. Eine davon war aufgeschlagen.

»Es ist gut, dass du kommst«, sagte sie. »Wie haben einen Termin bei Kriminalrat von Droste. Er will wissen, was wir an Fakten in der Hand haben.«

»Schauen wir einmal, ob wir ihn zufriedenstellen können.«

»Ich habe etwas, das dich interessieren dürfte.«

Larsson hatte seine Zweifel, ob das, was sie gemeinsam herausgefunden hatten, den überaus genauen Kriminalrat überzeugen würde.

»Und?«

»Die Kiliwhite Ltd. hat einen Notariatstermin für heute in Rottweil, um den Kauf der Firma Merz & Mogli perfekt zu machen.«

»Ich dachte, der Geschäftsführer ist in Haft?«, warf Larsson ein.

»Das geht über eine Anwaltskanzlei mit einer notariell beglaubigten Vollmacht.«

»Da werden die Herren Notar und Co. wohl erst einmal umsonst warten. Trotzdem ändert das natürlich unsere ganzen Überlegungen«, stellte Larsson fest. »Die Firma dürfte jetzt gerade für Käufer der Zentrifugenteile äußerst interessant sein.«

Larsson begann die Fotos der beiden Schiffe und eine kurze Zusammenfassung seiner Ergebnisse der Reise für die Hochladung auf seinen Zugang zum Amphitryonordner beim BKA vorzubereiten. Von Droste würde darauf zugreifen können, wenn er denn daran interessiert wäre, und einige andere Häuptlinge der Sonderabteilungen, die auf Leitungsebene mit dem Fall betraut waren, ebenfalls.

»Hast du schon hochgeladen, was du vorliegen hast?«

»Ich habe auf dich gewartet«, sagte Charlene Gruber. »Aber es ist vorbereitet.«

»Lass uns einen gemeinsamen Rapport schreiben. Wann will er uns sprechen?«

»Er gibt kurzfristig Bescheid, hat die Sekretärin gesagt.«

Sie machten sich daran, ihre Erkenntnisse in den Computer einzuarbeiten. Larsson stellte alle gemachten Fotos dazu, das des Motorseglers und das des Verfolger-Kutters im Jasmunder Bodden und später im Wieker Bodden mit dem Blewser Haken, dem ehemaligen Stützpunkt der 6. Flottille der DDR-Marine.

Als sie fertig waren, stellte Charlene Gruber den Bericht dem Kriminalrat Roland von Droste zu. Bei Bedarf könnte er nun jederzeit feststellen, wie weit seine Mitarbeiter die ihnen gestellten Aufgaben bewältigt hätten.

Um zwölf gingen sie gemeinsam essen.

Kurz nachdem sie wieder zurück waren, ging das Telefon. Charlene Gruber meldete sich. Während sie zuhörte, schnippte sie mit den Fingern, um Larssons Aufmerksamkeit auf sich zu lenken. Als er hochschaute, zeigte sie auf das Telefon und formte mit den Lippen den Namen von Droste.

»Ja, er ist hier. Wollen Sie ihn sprechen, Herr Kriminalrat? Ich werde es ihm ausrichten«, sagte sie und legte auf. »Halb drei ist der Termin bei ihm«, sagte sie dann. »Du sollst aber schon zwanzig Minuten eher zu ihm kommen.«

»Anscheinend hat er unseren Bericht schon gelesen«, stellte Larsson fest.

»Wenn er dich vorher sehen will, hat er etwas mit dir vor«, sagte Charlene Gruber. »Entweder will er dich nicht vor mir loben, oder ...«

Larsson machte eine Handbewegung zu seinem Hals. »Oder er zieht mich von dem Fall ab. Letzteres wäre mir nur angenehm, wenn ich wieder in meine alte Position nach Heringsdorf oder Anklam zurück könnte.«

»Du möchtest gern zurück zu deiner Familie.«

»Unbedingt.«

Charlene sagte nichts mehr. Sie tat, als würde sie wieder in die Materie des Falls abtauchen. In Wirklichkeit war sie dabei, sich zu bedauern.

Larsson machte sich einen Zettel mit den wichtigsten Notizen der Dinge, die er ansprechen wollte, würde von Droste danach fragen. Es wäre schließlich höchst fatal, wenn der Kriminalrat ihn nach einer bestimmten Entwicklung in diesem Fall fragen würde und er nicht sofort eine befriedigende Antwort parat hätte.

Ganz gleich, was er von mir will, ich werde versuchen, endlich zurückversetzt zu werden. Berlin ist nicht mehr meins. Nur für einen Augenblick hatte er daran gedacht, Chiara anzurufen, hatte es aber letztlich gelassen. Auch Chiara war ein Geist aus einer vergangenen Zeit.

Charlene Gruber wiederum dachte, dass er verletzend deutlich zu verstehen gegeben hatte, dass er zu seiner Familie zurück wollte. Er war ein Mann nach ihrem Geschmack. Sie hätte ihn allzu gern für sich vereinnahmt. Zweifel kamen in ihr hoch. Doch ihr wurde klar, dass er niemals vorhatte, sich von ihr einfangen zu lassen. Männer, dachte sie, sind wie Hunde, die aus einem Wasserbad steigen und sich einmal kräftig schütteln. Sind die Wassertropfen weitgehend aus ihrem Fell, gehen sie wieder ihrer Wege. Larsson brauchte sie nicht mehr, obwohl er sich mit ihr eingelassen hatte.

Kurz vor zwei machte sich Larsson zu seinem Vorgesetzten auf. Exakt zwei Minuten vor der vereinbarten Zeit klopfte er an die Tür der Sekretärin. Prompt schaute die Frau als Allererstes demonstrativ auf ihre Uhr.

»Dieses Mal überpünktlich, Herr Hauptkommissar Larsson«, sagte sie in einem Tonfall, der jeden Primaner zur Weißglut gebracht hätte.

»Da ich weiß, welchen Wert gerade Sie auf Pünktlichkeit legen, Gnädigste«, sagte Larsson, »würde ich es mir nicht verzeihen, Sie warten zu lassen.«

Obwohl es durchaus sarkastisch gemeint war, trotzte sich die Frau ein Lächeln ab, bevor sie ihn zur Verbindungstür zum Allerheiligsten brachte und ihn anmeldete.

»Zwei Tage unterwegs und doch recht erfolgreich«, begrüßte ihn von Droste und zeigte auf einen der Stühle vor seinem Schreibtisch. »Sie haben Fotos von zwei Schiffen abgelegt. Und Sie behaupten, dass der Motorsegler unter Beobachtung stand.«

»Das haben meine Ermittlungen ergeben«, sagte Larsson.

»Verbessern Sie mich, wenn ich etwas Falsches sage«, warf der Kriminalrat ein. »Das Schiff lag eine Nacht zusammen mit dem Motorsegler in Ralswiek auf Rügen.«

»Das ist so. Aber zuvor war der Kutter in Sichtweite, als der Motorsegler *Mercurius* von der Charterfirma in Großenbrode an die Leute der Kiliwhite Ltd. übergeben wurde. Und der Wasserschutzpolizei Heiligenhafen ist das Schiff aufgefallen, als es den Burger Binnensee an der Südspitze Fehmarns verließ, der zwei Yachthäfen beherbergt. Das war an dem Nachmittag, als sich der Motorsegler auf die Reise nach Karlshagen auf Usedom machte.«

»Wie sind Sie eigentlich darauf gekommen, das Schiff auf Usedom zu suchen?«

»Es war ein Versuch. Ich hatte überlegt, dass wir mit einer offiziellen Anfrage über Interpol an sämtliche Anrainerstaaten möglicherweise die falschen Leute vor unseren Nachforschungen warnen könnten. Usedom liegt für ein solches Schiff eine Tagesreise von Rügen entfernt. Und es hat schöne Naturhäfen, die eine Menge bieten.«

»Instinkt? Würden Sie das auch sagen?«, fragte der Kriminalrat.

Du kannst mich nicht aufs Glatteis führen. Überheblichkeit ist genau das, was Typen wie du hassen wie die Pest, dachte Larsson und antwortete: »Eher nicht. Ich denke, dass ich diese Möglichkeit in Betracht ziehen musste, in Anbetracht zweier Tatsachen. Der relativ große Hafen in Peenemünde, der ja einen großen Teil der DDR-Kriegsflotte beherbergte, und den größten Yachthafen der Insel Usedom, Karlshagen. Zwei Häfen, in denen ein Motorsegler dieser Größe überhaupt nicht auffallen würde. Die zweite Tatsache ist, dass ich mein Wochenende zu Hause bei meiner Familie verbringen wollte. Da war es selbstverständlich, das Angenehme mit dem Nützlichen zu verbinden.«

Von Droste grinste breit. »Das war eine sehr kluge Antwort, Hauptkommissar Larsson.«

»Die einzig mögliche. Und dennoch habe ich etwas zu berichten, was noch abgeklärt werden müsste.«

»Gehört es zu unserem Fall?«

»Das weiß ich noch nicht ganz genau, würde aber sagen, ja.«

»Ich höre.«

»Neben der Suche nach dem Motorsegler habe ich selbstverständlich auch nach dem grauen Kutter mit der aufgemalten blauen Bugwelle gesucht. Ich glaube zu wissen, wie es ihm gelang, dem Motorsegler immer auch auf den Fersen zu bleiben.«

»Und?«

»Er war in Karlshagen nicht unmittelbar vor Ort, so wie auf Rügen oder auch auf Fehmarn. Doch er hielt sich stets in der Nähe auf. Bei einem Gespräch mit Kollegen der Wasserschutzpolizei in Karlshagen konnte sich der Bootsführer daran erinnern, den Kutter zwischen der Greifswalder Oie und der Insel Ruden gesehen zu haben. Luftlinie zehn bis zwölf Kilometer. Und zwar genau am Vortag des Verschwindens des Motorseglers. Gehen wir mal davon aus, dass es für den Kutter, der dem Motorsegler gefolgt war, durchaus möglich war, den Motorsegler elektronisch zu orten.«

»Wie?«

»Die Schiffe der Charterfirma verfügen über GPS, mit dem sie zu jeder Zeit auch vom Charterbetrieb gefunden werden können. Ich weiß noch nicht, wie man an die richtige Frequenz gekommen ist. Für Fachleute mit dem richtigen Equipment dürfte das jedoch kein Problem sein.«

Der Kriminalrat nickte. »Durchaus denkbar. Ich sehe, es sind eine ganze Menge Fakten zu klären. Deshalb werde ich Ihnen die Fachabteilungen zur Verfügung stellen, die Ihnen bei der Lösung des Falles helfen werden.«

»Ich bin ganz sicher, dass das BKA in der Lage ist, den grauen Kutter zu finden«, sagte Larsson. »Ich habe noch eine Überraschung.«

Der Blick von Drostes warnte ihn, den Mann nicht länger auf die Folter zu spannen.

»Der Motorsegler der Kiliwhite Ltd. lag in Karlshagen Bord an Bord mit einer größeren Yacht aus Schweden. Ich konnte herausfinden, dass mindestens einer der farbigen Männer, eventuell auch zwei, an Bord des Schwedens gewesen sind.«

»Nichts Ungewöhnliches, wenn zwei Schiffe aneinander liegen«, warf der Kriminalrat ein.

»Das mag sein«, widersprach Larsson. »Dennoch sollten wir klären, wem die schwedische Yacht gehört. Die mir zugetragene Diskrepanz zwischen beiden Schiffen sagt mir, dass es hier eine Interessensverbindung gegeben haben kann. Und allein diese Vermutung ...«

»Recht haben Sie, Larsson«, unterbrach ihn der Kriminalrat. »Haben Sie ein Bild von der schwedischen Yacht?«

Larsson schüttelte den Kopf. »Nur eine Beschreibung. Eine Zweideckeryacht, ungefähr ein Drittel größer als der Motorsegler, also etwa fünfzehn Meter lang oder etwas mehr. Und noch eine Besonderheit: ein zweites Deck. Man konnte nicht einfach von dem Motorsegler auf die Yacht steigen. Man benutzte ein Fallreep, das von dem Schweden heruntergelassen wurde.«

Von Droste wiegte den Kopf. »Ja, dem muss man nachgehen.« Er schaute zur Uhr. »Oh, wir müssen jetzt rüber in den Besprechungsraum ... Ich will Ihnen die Leitung bei der Ermittlung des Falls übertragen«, sagte der Kriminalrat, als sie bereits an der Tür waren.

Du altes Schlitzohr. Lässt mich wie einen Schuljungen aussehen, um mir dann auf eine eigenartige Weise zu sagen, dass du meine Arbeit schätzt. Larsson schüttelte innerlich den Kopf.

»Übrigens, ich brauche einen ausführlichen Bericht dazu.«

»Das ist mir klar. Ich bin noch nicht dazu gekommen. Aber ich habe ein Piktogramm erstellt, in dem die Yacht mit einem Phantombild eingefügt ist.«

»Kann ich das sehen?«

»Jetzt?«

Der Kriminalrat sah Larsson mit einem unverschämten Lächeln an und nickte.

»Selbstverständlich. Wenn wir an einen Computer herankommen, rufe ich es Ihnen auf.«

Während sie noch einmal zurück in von Drostes Büro gingen, ergänzte Larsson: »Es gibt noch eine Verbindung der Kiliwhite Ltd. zu den Schweden.«

»Welche?«

»Die Kaution für den Motorsegler wurde von der Kiliwhite Ltd. über die Svenska Handelsbanken in London an die Charterfirma gezahlt.«

»Interessant. Gute Arbeit, Larsson.«

Sie waren in von Drostes Büro angekommen.

»Bitte bedienen Sie sich.« Der Kriminalrat deutete auf seinen Computer.

Larsson loggte sich auf seinem Zugang ein und rief das Piktogramm auf. »Was Sie hier sehen, ist noch nicht alles. Deshalb habe ich Ihnen das noch nicht hochgeladen.«

Von Droste vergaß für einen Augenblick, dass sie über die Zeit waren und die anderen Teilnehmer der Zusammenkunft warten mussten. »Links die schwedische Yacht *Skagerrak* aus Göteborg ... mit einem dicken Fragezeichen versehen«, sagte er. »Darunter steht ›Immobilien & Geschäftsbeteiligungen Schweden‹. Wissen Sie das denn schon?«

»Nein. Deshalb steht ja das Fragezeichen. Aber es erinnert mich jeden Tag, dass wir etwas offen haben.«

»Gute Arbeit«, sagte der Kriminalrat leise.

Larsson stellte den Computer wieder ab.

Sie verließen das Büro von Drostes wieder, gingen über den Flur.

»Was hatte eigentlich der Motorradfahrer zu bedeuten, den ich rechts unten auf dem Piktogramm gesehen habe?«, fragte von Droste.

»Das weiß ich nicht. Noch nicht. Es besteht eine Überlegung, die betrifft aber nicht den Fall. Auch das muss ich noch rausnehmen, bevor ich Ihnen das auf Ihren Account stelle. Ich denke, heute Abend werden Sie beides haben.«

Der Kriminalrat stieß die Tür zum Besprechungsraum auf.

An einem Kopfende des ovalen Tisches hatte man den Platz für den Kriminalrat freigelassen. Links daneben saßen Charlene Gruber und ein Mann um die vierzig, den von Droste als Raoul Stern vorstellte. Stern war der Leiter der Abteilung ST23.

Rechts saß ein jüngerer Mann. Larsson schätzte ihn auf Anfang dreißig. Kriminalrat von Droste zeigte auf ihn.

»Wollen Sie bitte einen Stuhl weiterrücken, Herr Schorn ... Danke.«

Larsson nahm den ihm nun zugewiesenen Platz ein.

»Für alle, die ihn noch nicht kennen ... Ich habe Hauptkommissar Lasse Larsson mitgebracht, der die Leitung der Operation Amphitryon übernehmen wird. Alle Fäden werden bei ihm zusammenlaufen.«

»Amphitryon«, sagte Stern zweideutig lächelnd, »ist immerhin eine Orientierung.«

»Wir sind nicht nur verantwortlich für das, was wir tun, sondern auch für das, was wir nicht tun. Das Zitat soll zwar von Molière stammen, doch der Name der Amphitryon wird in unserem Falle ganz sicher nicht Molière gerecht werden, denn es handelt sich nicht um eine Komödie. Wir sind auf der Spur eines verschwundenen Schiffes. Mit ihm sind drei kenianische und ein britischer Bürger verschwunden.« Er schaute Niclas Schorn von der Abteilung ST22 an. »Es wird eines von drei Objekten sein, die Ihre Abteilung aufzuspüren hat.«

Kriminalhauptkommissar Schorn machte sich Notizen.

»Für Sie, Herr Stern, habe ich eine ganz besondere Delikatesse. Und sie hat wieder nichts mit Amphitryon zu tun, um den sich auch seinerzeit Heinrich von Kleist mühte. Hier bei uns erwartet Alkmene nicht die Rückkehr ihres Gatten Amphitryon aus dem Krieg gegen die Athener«, sagte er. »Und statt seiner erscheint ihr auch nicht Jupiter in der Gestalt ihres Gatten, um mit ihr eine Liebesnacht zu verbringen. Bei uns wird also ganz bestimmt nicht ein kleiner Betrug aufgedeckt. Wir versuchen den Weg eines Phantoms nachzuvollziehen. Ein Phantom, das sich bemüht hat, über eine süddeutsche Metallfirma an Material zur Herstellung von Zentrifugen zu kommen.«

»Gibt es einen Namen?«, fragte Raoul Stern.

Der Kriminalrat schaute Larsson an und nickte ihm zu.

»Dschiwid Widai.«

»Dschiwid Widai.« Raoul Stern hob die Schultern.

»Wollten Sie etwas dazu sagen?«, fragte von Droste.

»Eher nicht. Für einen Augenblick dachte ich, den Namen in irgendeinem Zusammenhang kürzlich gelesen zu haben.«

»Und?«, bohrte der Kriminalrat.

»Es fällt mir nicht ein. Leider.«

Charlene Gruber hielt die Luft an. Sie dachte an Jacques. Wenn man auf ihn käme und ihn fragte, warum er den Namen Dschiwid Widai aufgerufen hatte, würde es Ärger geben. Immerhin war es eine gesperrte Datei. Sie kannte von Droste, wusste, wie unangenehm er werden konnte.

»Dschiwid Widai ist nicht explizit jener, der unterwegs ist, um illegal Material zur Herstellung der Materialien und Geräte zu besorgen, die dringend gebraucht werden«, griff Larsson in das Gespräch ein, »aber er könnte es durchaus sein. Es geht um das Atomwaffenprogramm des Iran, das angeblich zur friedlichen Nutzung angelegt ist. Anfang dieses Jahres gab es Probleme mit der Internationalen Atomenergieorganisation IAEO. Schon im Jahr 2002 wurde bekannt, dass der Iran Atomanlagen unterhielt, die der IAEO verheimlicht worden waren, unter anderem in Natanz und Arak. Dabei spielten Geheimdienstkontakte des Journalisten Seymour Hersh, Aussagen iranischer Dissidenten sowie die militärische Aufklärung mittels Satellitenfotografie eine Rolle. Mitte Dezember vorigen Jahres erließ der inzwischen zum Präsidenten avancierte Ahmadinedschad ein Gesetz, dem zufolge das Land die internationale Kontrolle seiner Atomanlagen jederzeit aussetzen darf. Die Hardliner in der Teheraner Führung forderten zudem schon seit geraumer Zeit die gänzliche Aufkündigung des Atomwaffensperrvertrags. Dennoch, bisher hatte die IAEO keine schlüssigen Beweise für die Existenz eines iranischen Atomwaffenprogramms gefunden. Jedoch bemerkte der damalige Chef der IAEO, Mohammed el-Baradei, Iran habe in den vergangenen drei Jahren nicht glaubwürdig belegen können, dass sein Atomprogramm ausschließlich friedfertigen Zwecken diene.«

»Wer ist Dschewid Widai? Vielleicht ist etwas an mir vorbeigegangen«, warf Niclas Schorn ein.

»Dschiwid Wiadi«, verbesserte Larsson, »er ist der stellvertretende Verhandlungsführer bei den Atomverhandlungen im Frühjahr dieses Jahres gewesen, und er ist noch mehr Falke als sein Vorgesetzter, Irans Chefunterhändler Ila Liradschini, der heftige Kritik an den USA übte. Widai unterstrich den unnachgiebigen Kurs Irans vehement und sagte bei einer Rede in Wien, auch nach Gesprächen mit dem Westen werde der Iran die umstrittene Urananreicherung niemals aussetzen. Er ist hinter den Kulissen mutmaßlich der Mann, der die Fäden zieht, um illegal an die Technik zur Urananreicherung zu gelangen, über die der Iran noch nicht verfügt.«

»Das zu ergründen, wäre eine Aufgabe für Sie, Herr Stern«, ließ sich der Kriminalrat vernehmen. »Es wäre gut, wenn Sie überprüfen, was die süddeutsche Metallfirma ...« Er schaute Larsson fragend an.

»Merz & Mogli«, ergänzte Larsson.

»Danke. Merz & Mogli, Herr Stern ... Da gibt es vermutlich einen Zusammenhang. Der Betrieb ist mit der illegalen Ausfuhr von Teilen für Zentrifugen zur Herstellung von angereichertem Uran aktenkundig geworden«, sagte von Droste.

»Was wir suchen, ist die Verbindung zwischen dem Geheimdienst des Iran, VEVAK, zu X. Als X bezeichne ich die Person, die als Verbindungsperson zu den Betrieben existiert, die derartig brisante Produkte liefern konnten. Und im Gemeinschaftsordner Amphitryon finden Sie alle Bilder zu den Schiffen, die wir suchen.« Larsson war zufrieden mit der Einbindung der Fachabteilungen.

Plötzlich war Ruhe eingekehrt. Jeder schien eine Antwort für sich zu suchen.

Von Droste dachte, dass es seine Aufgabe war, die Leute so zu animieren, dass sie bereit waren, selbst über das Augenblickliche hinaus zu denken. Er fragte sich, ob er das geschafft hatte.

9. Kapitel

Mittwoch, 11. Juli 2007

Der erste der Gruppe der Sonderermittler, der auf Charlene Grubers Apparat anrief, war Niclas Schorn von der Abteilung ST22/Ermittlungen/Fahndung/Gefahrenabwehr.

»Ich habe den Eigentümer der *Skagerrak* gefunden. Es ist eine relativ kleine schwedische Reederei namens Eriksson AB. Eines der Gründungsmitglieder und Hauptaktionär ist ein Erik Eriksson mit einundfünfzig Prozent, den Rest teilt sich dessen Ehefrau, die dreißig Prozent hält ... mit, halten Sie sich fest, mit dem schwedische Staat, der neunzehn Prozent der Aktie besitzt.«

»Ups ...«, sagte Charlene Gruber nur.

»Die Schifffahrtsgesellschaft bereedert nur vier Yachten in der Größe von zehn bis zwanzig Metern Länge. Die *Roland*, die *Gotland*, die *Skagerrak* und die *Stockholm*. Zwei liegen im Mittelmeer, zwei in Schweden. Ich habe Bilder von den Schiffen, die lade ich hoch.«

»Eine Rederei mit nur vier Yachten«, wandte Charlene Gruber ein. »Kann das rentabel sein?«

»Da fragen Sie den Falschen. Ich bin Ermittler, kein Ökonom.«

»Jetzt brauchen wir den- oder diejenigen, die die *Skagerrak* gechartert haben«, sagte Charlene Gruber.

»Aber das wird nicht so einfach sein, weil die Reederei nicht verpflichtet ist, uns Auskunft zu geben. Ich könnte eine Anfrage über Interpol stellen.«

»Nein, warten Sie damit noch«, sagte Charlene Gruber. »Ich werde Rücksprache mit dem Kriminalrat halten. Haben Sie etwas über die anderen beiden Schiffe?«

»Noch nicht. Ich bin aber dran, und die Unterlagen lade ich hoch.«

Charlene Gruber dankte, legte auf und machte sich eine Notiz.

Als Larsson ins Zimmer kam, unterrichtete sie ihn über das Telefonat mit Niclas Schorn.

»Fantastisch«, sagte er. »Ich hatte schon gedacht, es gäbe überhaupt keine Bewegung. Du weißt, was das heißt?«

»Du meinst, der schwedische Staat als Miteigentümer der Reederei.«

»Hat ein G'schmäckle. Es bestätigt meine Vermutung, dass die beiden Schiffe sich in Karlshagen getroffen haben, um irgendetwas auszubaldowern. Und ich habe auch schon eine Vermutung, was.«

»Wenn wir beide das Gleiche vermuten, wird es eng«, sagte Charlene Gruber.

Larsson zuckte mit den Schultern. Er brauchte nicht lange, um das angestoßene Gedankenspiel fortzusetzen. »Es gibt eigentlich eine logische Erklärung ...«

»Geld«, konstatierte Charlene Gruber.

»Vielleicht wollten sie ein Kompensationsgeschäft besprechen oder schon abschließen.«

»Es hat nicht etwas mit der Unterlaufung des Schengener Abkommens bezüglich der Einreise von Afrikanern zu tun?«, fragte Charlene Gruber. »Vielleicht ein Deal über den Ankauf von Wohnungen in Schweden?«

Larsson schüttelte den Kopf. »Kann ich mir beim besten Willen nicht vorstellen.«

»Ist das so abwegig? Wo die Kiliwhite Ltd. doch Wohnungen im großen Stil kauft und mit Gewinnmarge wieder verkauft«, gab Charlene Gruber zu bedenken.

»Aber nicht in Schweden.«

»Was bringt dich zu dieser Überlegung, Lasse?«

»Schweden nahm seit Jahren den ersten Platz ein, wenn es darum geht, Ausländer aufzunehmen. Ich glaube nicht, dass sich um den Ankauf von Wohnungen handelt, um dort Landsleute unterzubringen. Das hieße Geld zu binden, wo man es anderweitig viel effizienter einsetzen kann. Gehen wir davon aus, dass diese kleine Reederei ihre Schiffe auch für besondere Termine an die schwedische Regierung vermietet. Und nehmen wir mal an, das war ein Treffen zwischen einem der schwedischen Dienste mit der Kiliwhite Ltd., von der wir wissen, dass Letztere sich bei Merz & Mogli eingekauft hat. Zu welchem Schluss kommst du dann, Charlene?«

»Aber das wäre eine gewagte Hypothese«, konterte sie, ohne das Unfassbare auszusprechen.

»Im vorigen Jahr wurde Wikileaks gegründet«, sagte Larsson. »Diese Whistleblower-Plattform hat sich zur Aufgabe gemacht, die Welt offener und transparenter zu machen. Wenn die Menschen erfahren, dass sie betrogen werden, fordern sie einen politischen Wandel. So jedenfalls beschreibt Julian Assange die Idee hinter der Plattform.«

»Findest du das wirklich gut?«

»Das erste Material mit Öffentlichkeitswirkung veröffentlichte Wikileaks über das Thema Korruption in Milliardenhöhe in der Familie des ehemaligen kenianischen Präsidenten Daniel arap Moi. Es war der Anfang, und es hat weiß Gott Staub aufgewirbelt.« Larsson lächelte sie an. »Fragst du mich als Privatmann oder als Mitarbeiter eines Dienstes?«

»Beides.«

Larssons Gesichtszüge änderten sich. »Als Privatmann finde ich es sehr gut, dass bei all den Lügen, denen wir über lange Strecken ausgeliefert sind, ohne dass wir uns gegen die Folgen wehren können, gewisse Wahrheiten ans Licht kommen, die langfristig selbst die Politik zu einem Umdenken zwingen werden.«

Charlene Gruber legte den Finger auf den Mund und blickte zur Decke, um zu signalisieren, dass sie abgehört werden könnten.

»Als Mitarbeiter des BKA weiß ich, dass es für die westliche Welt eine Katastrophe auch und vor allem in sicherheitstechnischer Hinsicht ist, deren Ausmaß längst noch nicht abzusehen ist.«

»Okay«, sagte Charlene Gruber. »Jetzt kenne ich deine Einstellung zu Whistleblowern.« Sie zwinkerte ihm zu. »Aber was hat das mit der Zusammenkunft der *Skagerrak* mit der *Mercurius* zu tun?«

»Es steht inzwischen fest, dass schwedische Firmen beim Atomprogramm des Iran Hilfestellung gaben.«

»So, steht das fest? Ich halte das derzeit für eine Spekulation«, warf Charlene Gruber ein. »Ich habe nichts davon gelesen.«

»Aus den von Wikileaks verbreiteten Dokumenten geht eindeutig hervor, dass die USA die Aktivitäten der schwedischen Firmen Celencolono und Mehecolono als Verletzung der gegen den Iran verfügten Handelssanktionen betrachten. Die von Wikileaks zitierte Diplomatenpost enthält außerdem vehemente Kritik am Verhalten der schwedischen Regierung, der Passivität und zögerliches Handeln vorgeworfen werden.«

»Ausgerechnet die Schweden?«

»Die sind so islamfreundlich, dass sie sicher bald ein Gesetz verabschieden, das diese Spezies schützt«, sagte Larsson säuerlich lachend.

Larsson und Charlene Gruber unterbrachen ihre Arbeit und gingen zur Kantine. Auf dem Weg bohrte Charlene Gruber noch einmal nach.

»Glaubst du wirklich, dass die Schweden in eine solche Sauerei verwickelt sind?«

»Das Technologie-Unternehmen Celencolono hat beim Bau eines iranischen Leichtwasser-Reaktors zur Stromerzeugung mitgewirkt. Die gelieferte Technik taugt nach Meinung von Experten auch zur Herstellung von Atomwaffen. Die zweite Firma hingegen vermittelte ergänzend den vorliegenden Berichten zufolge den Transfer technischer Komponenten, die für den Bau von Nuklearanlagen benötigt werden. Daran zumindest gibt es keine Zweifel. Es existieren darüber Einschätzungen in unserem Hause.«

Sie waren an der Essensausgabe angekommen. Charlene nahm das Geschnetzelte vom Schwein in Honig-Senf-Sauce mit Reis. Larsson entschied sich für eine Erbsensuppe aus der Gulaschkanone, die er so gern aß, wenn sie gut zubereitet war, mit Bockwurst. Während des Essens sprachen sie kaum miteinander, weil sie sich der wissbegierigen Ohren und der fragenden Blicke um sich herum bewusst waren.

Zurück im Büro, rief Larsson den Kriminalrat über jene Verbindung an, über die er direkt und kurzfristig Anweisungen erhalten oder wichtige Informationen austauschen konnte.

»Wenn ich mal zusammenfassen darf«, sagte Larsson, nachdem er von Droste auf die bisher schleppenden Ermittlungsfortschritte hingewiesen hatte, »wir haben mutmaßliche Zusammenkünfte von schwedischen Regierungsmitgliedern mit den Leuten der Kiliwhite Ltd. kurz vor deren Verschwinden von der Bildfläche. In diesem Fall tippe ich auf einen der schwedischen Geheimdienste. Die Militära Underrättelse och Säkerhetsjänsten, im Kürzel MUST, also der militärische Nachrichtendienst wird wohl kaum für eine Besprechung mit der Kiliwhite Ltd. infrage kommen. Ebenso die Försvarets Radioanstalt, die ja bekanntlich eine von der MUST unabhängige Sondereinheit darstellt, die ihre Kapazitäten auch anderen Diensten zur Verfügung stellt und direkt dem Verteidigungsminister unterstellt ist.«

»Da wäre ich nicht so sicher«, unterbrach von Droste seinen Redeschwall. »Die FRA ist eine große Funkstation mit angeschlossener Analyse- und Auswertungsabteilung, die sowohl militärische als auch zivile Nachrichten mittels funkelektronischer Überwachung sammelt. Sie ist auch zuständig für kryptografische Aufgaben, die unter anderem auch die Dechiffrierung geheimer Nachrichten betrifft, und die Radarüberwachung. Sie könnten ein Telefonat der *Mercurius* abgefangen und analysiert haben.«

Blind haben sie auf ihre Technik vertraut, die schwedischen Militärs. Der gesamte Funkverkehr der Russen im Ostseegebiet ließ sich mit den Radar-, Funk- und Abhöreinrichtungen der FRA schon zu Sowjetzeiten komplett überwachen. Und über die Jahre hatte man die Techniken noch verfeinert. Die Frage war nur, reichten diese Möglichkeiten aus, um nicht in eine kriegerische Auseinandersetzung zu rutschen?, schoss es Larsson durch den Kopf.

»Wenn Sie recht haben, würde die FRA ihre Erkenntnisse der SÄPO weitergegeben haben. Die Säkerhetspolisen ist der zivile Nachrichtendienst Schwedens und untersteht zwar direkt dem Justizminister, ist aber verantwortlich für die innere Sicherheit Schwedens. Und deshalb ist die SÄPO, sofern einer der Dienste infrage kommt, mein Favorit«, konterte er.

Einen Augenblick blieb es still, so dass Larsson schon versucht war, zu fragen, ob der Kriminalrat noch in der Leitung war.

»Wie hieß die Reederei der *Skagerrak*?«, fragte von Droste schließlich.

»Eriksson AB«, sagte Larsson.

»Sie haben ein Foto der *Skagerrak*.«

»Ja. Und drei weitere Schiffe der Reederei. Zwei davon liegen im Mittelmeer.«

»Stellen Sie das zu mir hoch«, sagte von Droste. »Haben Sie sonst noch etwas Wichtiges?«

»Im Augenblick ist das leider alles«, sagte Larsson.

»Ich melde mich, sowie ich etwas in Erfahrung gebracht habe«, sagte der Kriminalrat. Dann klickte es in der Leitung.

Kurz vor Feierabend ließ von Droste Larsson anrufen und fragen, ob er vor dem Feierabend noch zu ihm kommen könne.

»Ich habe mit dem Verfassungsschutz gesprochen«, sagte von Droste, als Larsson in sein Büro getreten war.

Larsson zwang sich ein Lächeln ab.

»Die haben auf höchster Ebene einen direkten Draht zum SÄPO. In Ihren Überlegungen, Herr Larsson, steckt eine überzeugende Logik«, fuhr er fort und blickte Larsson durchdringend an.

Wieder diese Stille, wie bei den Telefonaten, die Larsson hasste. Wahrscheinlich wollte von Droste ihn unsicher machen. Jedenfalls pflegte er stets dann die Unterhaltung durch eine Pause zum Stillstand zu bringen, wenn er seinem Gesprächspartner durch dessen vermeintlichen Fehler angreifbar machen wollte.

»Die Schiffe der Eriksson-Reederei werden tatsächlich von Mitgliedern der Regierung genutzt. Und manchmal auch von den Diensten.«

»Wie im Fall der *Skagerrak* am 25. Juni«, stellte Larsson fest.

»Scheint so.«

»Und sicher wissen Sie auch, worum sich die Gespräche an diesem Abend auf der *Skagerrak* gedreht haben.«

»Würden Sie es glauben, wenn Ihnen ein Fremddienst eine Auskunft darüber geben würde?«, fragte von Droste.

»Das kommt darauf an ... an und für sich ... nein.«

»Sehen Sie, deshalb glaube ich auch nicht, was man mir berichtet hat.«

»In jedem Fall rückt das die *Skagerrak* weiter in den Fokus derer, die am Verschwinden der *Mercurius* beteiligt sind«, sagte Larsson.

»Also gut. Die Schweden haben im Mittelmeer unter anderem die Handelsschiffe der Kiliwhite Ltd. beobachtet. Nachdem ihnen ein Tipp gegeben wurde, überwachten sie den Funkverkehr der *Sun of Kenya*. Es hieß, der dreißig Jahre alte Seelenverkäufer mit Heimathafen Mombasa würde mit einer Ladung Flüchtlinge von Afrika nach Europa unterwegs sein.«

Hinter dieser Nachricht von den Schweden verbergen sich keine Zufälle. Die planen sehr genau und wählen sehr genau aus, auch was sie unter dem Siegel der Verschwiegenheit von Dienst zu Dienst preisgeben, überlegte Larsson und stellte dann fest: »Sie haben natürlich keine Warnung an die Staaten in Europa herausgegeben.«

»Nein.«

»Da frage ich mich doch, warum nicht? Ist die *Sun of Kenya* überhaupt bis Europa gekommen? Oder hat man sie vorher absaufen lassen?«

»Vorsicht, Larsson, die Leute der Kiliwhite Ltd. sind möglicherweise nicht die Bösen«, warnte von Droste. »Angeblich habe man sich deshalb mit den Schweden wegen einer dringenden Angelegenheit in Karlshagen getroffen. Man wollte wohl mit ihnen verhandeln, dass sie nicht alle der nahezu achthundert Menschen auf einen Schlag in Schweden anlanden. Dafür hätte man ihnen ein inoffizielles Angebot gemacht, fünfhundert Afrikaner pro Jahr über diesen Transportweg in Schweden einreisen zu lassen. Mit einer Bedingung: kleinere Tageskontingente.«

»Halten Sie das für wahrscheinlich, Herr Kriminalrat?«, fragte Larsson.

»Eines der Schiffe der Eriksson-Reederei hat wohl einen Funkspruch abgehört, bei dem die *Sun of Kenya* die Anweisung erhielt, an der schwedischen Ostküste entlangzufahren. Auf der Höhe der Schären bei Mollösund sollten dann die ersten Menschen ausgebootet werden. Die restlichen wollte man möglichst nach Norwegen verbringen.«

Larsson lachte auf.

Nichts sprach für das eine oder das andere. Beide Varianten würden ohne die Mitarbeit der jeweiligen Regierungen unmöglich sein. Larsson war sich sicher, dass diese Überlegungen nichts mit der *Sun of Kenya* zu tun hatten. Wer wusste schon, wo dieser alte Kasten jetzt steckte, wenn er überhaupt noch im Rennen war.

»Vergessen Sie nicht, Larsson, Schweden ist ein Einwanderungsland. Viele Menschen befürworten dort die kulturelle Vielfalt. Doch nun wird in Nordschweden eine zunehmend negativere Haltung gegenüber dem Islam spürbar. Das könnte der Grund für die Zurückhaltung sein, ohne auf die Zuwanderung von Muslimen zu verzichten.«

Du kannst mir erzählen, im Himmel ist Jahrmarkt, von Droste. Hier stinkt etwas gewaltig zum Himmel. Larsson schaute den Kriminalrat skeptisch an.

»Was denken Sie, Larsson? Haben Sie eine Hypothese?«, fragte von Droste.

Larsson verzichtete darauf, auf die Anmerkung des Kriminalrats, im Norden Schwedens würde man weniger Toleranz gegen die fortschreitende Islamisierung zeigen, zu antworten.

»Ein Fake ... Ich denke, es ist ein Fake. Die Schweden wollen von etwas ablenken.«

»Dann können Sie mir auch sagen, wovon.«

»Sie haben nach einer Hypothese gefragt, Herr Kriminalrat. Eine Hypothese ist nichts weiter als eine Vermutung.«

»Die Sie aber haben. Sehe ich das richtig?«, sagte von Droste.

»Ja.«

»Doch hören Sie zuvor mal eine Betrachtung, die Sie interessieren dürfte. Sie kennen den Namen Stieg Larsson?«

»Der Thriller-Autor? Verblendung, Verdammnis, Vergebung«, sagte Lasse Larsson.

»Exakt der. Sind Sie mit ihm verwandt?«, fragte von Droste.

»Ganz und gar nicht. Larsson ist in Schweden ein häufiger Name.«

»Der Autor ermittelte jahrelang im Mordfall Olof Palme. Er wollte unbedingt seinen Mörder finden. Der Sozialdemokrat und zweimaliger Ministerpräsident Schwedens war im Februar 1986 erschossen worden, als er mit seiner Frau ein Kino verlassen hatte. Der Täter ist offiziell bis heute unbekannt.«

»Ich weiß«, sagte Lasse Larsson. »Das ist ein Jammer.«

»Stieg Larssons langjährige Nachforschungen zum Fall Olof Palme füllen über fünfzehn Umzugskartons. Das ist fürwahr ein üppiges Archiv. Der Autor selbst ist 2004 an einem Herzinfarkt gestorben, noch bevor seine Millennium-Trilogie auf den Markt kam und zum Welterfolg wurde. Bis zuletzt hatte er an den Recherchen um Palme festgehalten. Das jedenfalls sagt seine Lebensgefährtin Eva Gabrielsson. Vor allem auch, weil hier Larssons große Themen ineinanderflossen: Als Journalist und Aktivist hatte er sich intensiv mit Rechtsextremismus in Schweden beschäftigt. Und in diese Kreise führten ihn auch seine Nachforschungen im Fall Palme«, sagte von Droste.

»Gab es nicht einen rechtsgerichteten Offizier, der Palme nach dem Leben trachtete?«, fragte Lasse Larsson. »Ich glaube, so etwas in den Zeitungen gelesen zu haben.«

»Der Autor verdächtigte einen schwedischen Ex-Offizier namens Bertil Wedin, der während der Apartheid beim südafrikanischen Geheimdienst angeheuert hatte. Wedin galt als eine zentrale Figur in der rechtsextremen Szene Schwedens und war womöglich in Waffengeschäfte zwischen Schweden und Südafrika verwickelt. Ministerpräsident Palme kritisierte jedenfalls das Apartheid-Regime heftig. Die Hinweise auf diesen Bertil Wedin kamen von dem britischen antifaschistischen Magazin Searchlight, für die Stieg Larsson als Autor tätig war und die ihm als Vorbild für sein eigenes Magazin Expo diente. Searchlight wiederum bezog seine Informationen von einem MI6-Agenten, der Wedin aufgespürt hatte. Dieser Agent stufte Wedin als möglichen Verbindungsmann im Mordfall Palme ein.«

»Aber rausgekommen ist dabei nichts?«, stellte Larsson fest.

»Dieser Stieg Larsson war ein revolutionärer Sozialist, ein Aktivist gegen Diskriminierung, Rassismus, Antisemitismus und Faschismus.«

»Da wird er sich viele Freunde gemacht haben«, warf Larsson ein, als der Kriminalrat eine Pause machte.

»Er war ein Journalist, der ein Leben unter dauernder Bedrohung führte. Einen Teil des Jahres 1977 verbrachte Stieg Larsson in Eritrea, wo er Frauen der marxistischen Eritreischen Volksbefreiungsfront die Bedienung von Granatenwerfern zeigte. Aber alles hat ein Ende, wie auch der Tod von Olof Palme bestätigt.«

»Sie sagen das, als wäre es ein Einkauf im Supermarkt«, sagte Larsson, wohl wissend, dass er den Kriminalrat damit attackierte.

»Ungefähr so spektakulär ist auch die Entschuldigung, die es dafür gibt ... Es gibt Kräfte in Schweden, die nicht daran interessiert sind, diesen Mord aufzuklären. Es sind jene, die bedauern, dass Muslime das Land langfristig zu übernehmen scheinen«, sagte von Droste und fuhr fort:

»Hat der alte Hexenmeister
Sich doch einmal wegbegeben!
Und nun sollen seine Geister
Auch nach meinem Willen leben.
Seine Wort und Werke
Merkt ich und den Brauch,
Und mit Geistesstärke
Tu ich Wunder auch.

Walle! Walle
Manche Strecke,
Dass, zum Zwecke,
Wasser fließe
Und mit reichem, vollem Schwalle
Zu dem Bade sich ergieße.«

Goethes Zauberlehrling, dachte Larsson. Droste, dieser alte Fuchs.

»Der Meister des geschriebenen Wortes hat nicht durchscheinen lassen, was die Sozialisten dazu bewog, ausgerechnet Zuwanderer aus muslimischen Ländern zu holen. Aber er hat den Katzenjammer bildlich dargestellt, der jene trifft, die den Geist aus der Flasche gelassen haben und ihn nun nicht wieder einfangen können.«

»Eine Kunst, die nicht jeder Autor beherrscht«, sagte Larsson.

»Wussten Sie, dass es vor sieben Jahren einen britischen Geheimplan gab, der verrät, dass Masseneinwanderung auf eine

Wahnidee europäischer Sozialisten zur Erschaffung eines neuen Menschen zurückgeht?«, fragte von Droste.

»Nein«, erwiderte Larsson. »Aber nahezu nichts im Leben ist so fantastisch, dass es nicht Wirklichkeit sein könnte.«

»Einer der bekanntesten britischen Migrationsforscher, Sir Andrew Green, spricht von politischem Dynamit, das durch die Veröffentlichung dieser geheimen Pläne verbreitet werden würde, und er fügte hinzu, dass die Wahrheit endlich belegt sei, man könne nun nicht länger von einer angeblichen Verschwörungstheorie sprechen. Man sollte sie jetzt publizieren.«

»Hat er sie publiziert?«

»Noch nicht, aber es ist nur eine Frage der Zeit.«

Larsson merkte, dass von Droste abermals eine Denkpause brauchte, und versuchte sie zu nutzen.

»Sie haben nach einer Hypothese im Fall unserer schwedischen Freunde mit der *Skagerrak* gefragt, Herr Kriminalrat.«

»Ich höre.«

»Meine Vermutung ist, dass Schweden im Atomdeal mit Iran die Muslime keinesfalls verärgern will. Geld war schon immer ein Motiv.«

Der Kriminalrat schaute Larsson an und fragte: »Ein Motiv? Ihrer Meinung nach, was für eins?«

»Da gibt es verschiedene Möglichkeiten. Das eine ist Geld, das andere schwedische Waffenlieferungen an den Iran, was letztlich aufs selbe rauskommt.«

»Sie wollen mich aufs Glatteis führen, Larsson. Es ist doch bekannt, dass Schweden involviert war. Schweden forschte während der 1950er und 1960er Jahre an Kernwaffen, um sich gegen eine eventuelle Invasion der Sowjetunion verteidigen zu können.«

»Das Unternehmen Saab legte Pläne für einen nuklearen Überschallbomber vor, den A36. Das zum Bau einer nuklearen Bombe notwendige Know-how war also vorhanden«, sagte Larsson.

Kriminalrat von Droste lächelte. »Und? Haben sie jemals das Projekt gebaut?«

»Natürlich nicht. Nachdem es aber alle wichtigen Kenntnisse erlangt hatte, entschloss sich das Land, keine Kernwaffen zu bauen, und unterzeichnete den Atomwaffensperrvertrag.«

»Na also.«

»Was nicht heißt, dass sie Iran nicht behilflich waren, ihr eigenes A-Programm zu starten.«

»Und?« Von Droste war verblüfft, wie ungezwungen Larsson mit Begriffen umging, die gar nicht in seinen Kompetenzbereich fielen.

»Am globalen Geschäft mit dem Tod wollte auch Schweden teilhaben. Und deshalb bereiste Olof Palme in den Jahren zwischen 1980 und 1982 fünfmal den Iran in seiner Eigenschaft als Leiter einer UN-Mission für die Beendigung des Golfkrieges. Den Golfkrieg konnte er natürlich nicht beenden. Doch er baute sehr enge Beziehungen zu den neuen Machthabern in Teheran auf. Diese persönlichen Beziehungen bildeten die Grundlage für spätere Handelsbeziehungen, speziell diverse Waffenlieferungen Schwedens an den Iran.«

»Das ist eine gute Analyse, Kriminalhauptkommissar, wo haben Sie das her?«

Larsson ging nicht auf die Frage von Drostes ein und fuhr fort: »Möglicherweise starb Palme wegen seiner ungeschickten Verstrickung als Schlichter im Iran-Irak-Krieg. Schließlich verkaufte Schweden gleichzeitig illegal schwedische Waffen an den Iran ... Wenn das kein Mordmotiv ist. Und das gleich für zwei Seiten.«

»Mindestens für drei«, konterte von Droste.

»Es ist bekannt, dass Palme persönlich zwei vorgesehene Lieferungen von Luftabwehrraketen des Typs Robot 70 und von 155-Millimeter-Haubitzen der Firma Bofors an den Iran blockierte, als die Geschäfte ruchbar zu werden drohten. Befahlen die Mullahs seine Ermordung wegen Wortbruchs?«

»Möglich«, sagte der Kriminalrat.

»Oder könnten Geheimdienstler des Irak ihn umgebracht haben?«, gab Larsson zu bedenken.

»Da haben wir die ersten zwei Motive. Doch Sie haben den Mossad vergessen«, sagte der Kriminalrat.

Larsson nickte. »Sie haben völlig recht. Zu dieser Zeit war Schimon Peres Ministerpräsident, ein Mann ...«

»... des Friedens?«, vollendete der Kriminalrat den Satz. »Wollten Sie das sagen?«

»Peres war bereits 1982 ein profilierter Kritiker der israelischen Invasion des Libanons und vertrat die Ansicht, die Palästinenserprobleme seien nur politisch, nicht militärisch zu lösen.«

»Auch eine Taube kann zu einem Falken werden, wenn es um die Existenz des Landes geht«, beharrte von Droste.

Larsson musste einsehen, dass der Kriminalrat mit dieser Feststellung durchaus recht hatte. Peres war beides, ein Mann für den Ausgleich mit den Palästinensern und ein Mann, der hart zuschlagen konnte, wenn es geboten war.

»Wussten Sie, dass Schimon Peres ein Cousin von Lauren Bacall ist?«

Larsson lachte auf. »Was es alles gibt. Dann ist er ja mit Humphrey Bogart verwandt.«

»Wie Sie schon feststellten, nichts im Leben ist so fantastisch, dass es nicht Wirklichkeit sein könnte.«

»Ich würde gern morgen schon ab Mittag freimachen«, sagte Larsson unvermittelt.

»Freitag ab eins, na ja ...«, antwortete der Kriminalrat lachend. »Das ist bei uns nicht so. Sie haben eine Menge Überstunden.«

Larsson nickte.

»Also gut, feiern Sie ein paar Stunden ab.«

10. Kapitel

Sonnabend, 22. Juli 2007

Die *Saßnitz* der Stena Line lief kurz vor siebzehn Uhr in den Hafen von Trelleborg ein. Kaum öffnete sich das große Tor der Roll-on-roll-off-Fähre, verließen die Fahrzeuge eines nach dem anderen das Schiff. Das Poltern verriet den Augenblick, der den Übergang zum Festland akustisch manifestierte und mit einem Ruck auf das Fahrzeug übertragen wurde. Schnell ging es zur Ausfallstraße 108, der sie nordwärts bis nach Alstad folgten. Links auf die 108 abgebogen, hatten sie noch sechzehn Kilometer zu fahren.

In der kleinen Villa Onkel Lennarts in der Meteorgatan in Kristineberg Kungsholmen am Rande von Malmö wurden die Larssons schon erwartet. Lisa, Lennart Fors' Frau, hatte Monika bei ihrem ersten Besuch 2005 gleich ins Herz geschlossen. Schließlich heiratete Monika Landris damals einige Tage zuvor ihren Neffen Lasse Larsson in Mellerud am Vänernsee. Seitdem hieß sie Larsson, wie Lisas Geburtsname ebenfalls lautete. Dazu waren sie auf den Spuren von Larssons Wurzeln gewandelt. Sie hatten auch in einem kleinen Hotel in Håverud, nur sechzehn Kilometer von Mellerud entfernt am Dalsland-Kanal gelegen, übernachtet. Exakt dort waren Lisa und Lasses Vater in ihrer Kindheit aufgewachsen.

»In diesem Hotel«, hatte Lisa stolz gesagt, »habe ich auch meine erste Ausbildung erhalten. Und die Lehrherren waren meine Eltern.«

Die Wurzeln sind den Schweden heilig. Jedenfalls der Generation von Lisa Fors und von ihrem – von den Agenten des MfS der DDR getöteten – Bruder Lars.

»Wie geht es bei der Kripo auf Usedom?«, fragte Lennart Fors.

Noch bevor Larsson antworten konnte, sagte Monika: »Lasse arbeitet nicht mehr auf Usedom. Er ist jetzt beim Bundeskriminalamt in Berlin.«

»Oh, wie interessant«, sagte Lennart Fors knapp.

»Nicht für mich«, sagte Monika. »Ich bekomme ihn kaum noch zu Gesicht.«

Lisa schaute zu, wie Monika Elina fütterte und dann hinlegte. Von der frischen Seeluft war die Kleine müde und schlief sofort ein.

Obwohl Monika und Lasse das reichhaltige Büfett an Bord der *Saßnitz* genossen hatten, kamen sie nicht umhin, Lisas Vorbereitungen an der Abendtafel zu bewundern. Lennart Fors hatte am Vormittag einen frisch gefangenen Dorsch gekauft, der im Rohr gegart wurde und nun auf einer Porzellanplatte auf dem Tisch stand. Lisa servierte kleine Pellkartoffeln dazu, die jeweils halbiert in vier gleich großen Abständen das Gemüse auf den Tellern einrahmten. Das Gemüse nach italienischer Art war am Abend leicht und deshalb sehr bekömmlich.

Kurz nach acht zogen sich die beiden Männer mit der Flasche Balblair 16y Malt Whiskey, die Larsson aus seinem Bestand als Gastgeschenk mitgebracht hatte, in Lennart Fors' Arbeitszimmer zurück.

»Ich habe mich gewundert, dass du bei Lisa angerufen und einen Besuch so dringend gemacht hast«, sagte er. »Jetzt ist mir das klar. Du hast sicher Fragen an einen Fachmann.« Fors versuchte ein schmales Lächeln.

»Nicht jeder hat den Chef eines Geheimdienstes in seiner Verwandtschaft.«

»Das ist wohl so«, sagte Fors, »auch wenn ich pensioniert bin.«

»Ich ermittle in einem Fall, bei dem vier Menschen mit ihrem Boot auf der Ostsee spurlos verschwunden sind«, sagte Larsson. »Ich brauche deinen Rat, Lennart.«

Lennart Fors nahm einen Schluck Whiskey.

»Wenn ich dir irgendwas raten soll, musst du schon ein wenig mehr hören lassen.«

Larsson war sich klar darüber, dass ein Bekanntwerden, dass er Interna des BKA an irgendeiner Stelle ausplauderte, nicht nur seine Entlassung aus dem Dienst bedeutete. Man könnte ihn auch mit Geheimnisverrat drankriegen.

»Es handelt sich um ein Charterboot namens *Mercurius*, das von Ausländern in Deutschland angemietet wurde.«

Lennart Fors nahm sich einen Block vom Schreibtisch, schaute Larsson herausfordernd an und schaltete die Schreibtischlampe an, deren Schirm er so drehte, dass das Licht nur seinen Block beschien. Der Rest des Zimmers blieb im schemenhaften Dunkel.

»Wann ist das Boot verschwunden?«

»Es wird seit dem 26. Juni vermisst.«

»Wer hat das Boot angemietet?«

»Ein Brite aus London.«

»Gibt es einen Namen?«, fragte Fors.

»Limas ... Hector Limas.«

»Es waren vier Menschen?«

»Vier Männer. Limas und drei Männer aus Kenia«, sagte Larsson.

Er sah, wie Lennart Fors sich das notierte.

»Drei Männer aus Kenia. Was wollten die Männer in Deutschland? Haben sie Urlaub gemacht? Ich frage deshalb, weil ich mir nicht denken kann, dass eine solch exklusive Gesellschaft nur zum Spaß unterwegs ist. Jedenfalls nicht, wenn sich das BKA darum kümmert.«

»Die vier waren im Auftrag einer Konkurrenzfirma zu Black Rock und Co. unterwegs, praktisch ein schwarzes afrikanisches Pendant zum weißen Amerika.«

Lennart Fors lachte auf. »Gibt es denn so etwas?«

»Zumindest gibt es einen Versuch«, sagte Larsson.

»Was wollten die vier in Deutschland?«

»Soweit ich recherchiert habe, waren sie da, um sich ein Grundstück auf Rügen anzusehen. Dann sind sie weitergefahren und haben sich mit einer Yacht aus Schweden in Karlshagen auf Usedom getroffen.«

»Mit einer schwedischen Yacht? Freunde wahrscheinlich«, gab Lennart Fors zweifelnd zu bedenken.

»Du wirst die Yacht kennen, wenn ich dir den Namen sage.«

Es legte sich ein sekundenlanges Schweigen über den Raum.

Schließlich sagte Larsson: »*Skagerrak*, Heimathafen Göteborg.«

Lennart Fors stieß einen leisen Pfiff aus.

»Ich wusste, dass du das Schiff kennst«, sagte Larsson.

Lennart Fors nahm sein Glas. Er nickte Larsson zu. »Skål.«

»Skål.«

»Nun haben wir Antworten auf wer, was, wann und warum. Offen bleibt, wie – wie ist das Boot verschwunden und wo – wo genau«, sagte Fors.

»Und mit wem, das wir möglicherweise durch wen ersetzen müssen«, vervollständigte Larsson die Fragen.

»Ich weiß noch nicht, inwieweit ich dir helfen kann. Dir muss klar sein, dass ich eventuell gefragt werde, warum ich mich danach erkundige.«

»Wenn es rauskommt, dass ich mit dir gesprochen habe ...«

»Eines kann ich dir gleich sagen. Die Reederei Eriksson AB wurde eigens dazu gegründet, den Interessen des Staates zu dienen. Also werden die Schiffe dort hauptsächlich für Operationen von den Diensten genutzt.«

»Dann steht für mich fest, dass Limas sich mit einem der schwedischen Dienste getroffen hat.«

»Und?«, fragte Lennart Fors.

»Das wirft eine andere Frage auf.«

»Welche?«

»Die Verbindung Olof Palmes zu windigen Geschäften«, sagte Larsson.

Lennart Fors war von dieser Frage überrascht. Er schaute Larsson eine Weile durchdringend an. »Ich nehme an, du hast rein berufliches Interesse daran?«

»Lennart, bitte. Wegen Pillepalle würde ich das Gespräch nicht auf so eine empfindliche Wunde Schwedens bringen.«

»Du denkst, alle Schweden wären gute Menschen?«

Lisa klopfte und steckte den Kopf herein. »Habt ihr vergessen, dass wir morgen kurz vor sechs aufstehen müssen? Viertel vor acht geht die Fähre.«

»Geht ins Bett«, sagte Lennart Fors. »Wir brauchen noch eine Weile. Kannst du uns noch schnell einen Espresso machen?«

Lisa Fors machte die Tür zu, ohne ein Wort zu sagen.

Dann meinte Fors: »Ich habe erlebt, dass mein Vorgesetzter aus unserer Dienststelle zwei Beamte aus der SÄPO entfernt hat, weil sie den Mord an Olof Palme mit Sekt feierten. Es war kein Einzelfall. Es gibt also die bösen Rechten auch bei uns in Schweden.«

»Es ist wie überall. Die Rechten unterwandern Armee und Polizei. In Deutschland ist das nicht anders. Es will nur keiner wahrhaben«, sagte Larsson. »Wenn ich an die sogenannten Dönermorde denke, die in den letzten sechs Jahren in Deutschland stattgefunden haben, bestätigt das nur diese Einschätzung.«

»Du denkst also, dass eurer Polizei ein schuldhaftes Verhalten nachzuweisen ist«, stellte Fors gelassen fest.

»Ich glaube zutiefst, dass es beim Verfassungsschutz Leute gab, die zumindest absichtlich weggeschaut haben. Jedenfalls an ganz hoher Stelle in Thüringen. Der Verfassungsschutz ist bei uns Ländersache.«

»Keine besonders gelungene Gliederung«, sagte Fors. »Jeder Dienst ist nur so gut wie sein schwächstes Glied.« Er nahm die Whiskeyflasche in die Hand und schaute Larsson fragend an.

Larsson nickte, und Lennart Fors goss beiden je zwei Fingerbreit nach.

»Im vorigen Jahr galten die für die Ermittlungen eingesetzten diversen Sonderkommissionen unter Koordination der sogenannten *Besondere Aufbauorganisation Bosporus* als die größten, die es in Deutschland je gab. Zeitweise waren hundertsechzig Beamte aus mehreren Bundesländern an der Fahndung beteiligt. Insgesamt gab es sieben Sonderkommissionen. 3.500 Spuren, 11.000 Personen und Millionen Datensätze von Handys und Kreditkarten wurden untersucht. Es war eine Mammutaufgabe für die Dienste.«

Fors schob Larsson das Glas hin und hob seins. »Skål, Lasse.«

»Skål, Lennart.«

»Kommen wir zurück zu Olof Palme«, sagte Fors, nachdem er sein Glas abgesetzt hatte. »Palmes Tod hat zu einer Menge Spekulationen Anlass gegeben. Es hieß, die Suche nach dem Täter kam auch deshalb nur äußerst zögerlich in Gang, da sich die Stockholmer Stadtpolizei und SÄPO zunächst lange um die Zuständigkeit stritten. Das erinnert an die Probleme deines Landes.«

»Überall die gleiche Scheiße«, fluchte Larsson.

»Dann wurden nacheinander die RAF unter Bader, Ensslin, Mahler und Meinhof verdächtig.« Fors lachte auf. »Anschließend die kurdische PPK. Alles waren Schüsse in den Ofen.«

Lisa kam mit den beiden Espressi und zog sich mit einem Nachtgruß zurück.

»Eine Spur führte nach Südafrika, eine andere in die USA, weil Palme für Schlagzeilen sorgte und die US-Angriffe auf Nordvietnam mit den NS-Verbrechen verglich. Und so weiter und so weiter.«

»Ungeachtet dessen war Palme doch ein Sozi, vergleichbar mit unserem Willy Brandt«, warf Larsson ein.

Lennart Fors antwortete nicht darauf.

»Erst Ende 1988 konnte man endlich der Öffentlichkeit einen Tatverdächtigen präsentieren, der gut ins Bild zu passen schien. Es handelte sich hierbei um den einschlägig vorbestraften und drogenabhängigen Christer Pettersson. Er war bereits kurz nach dem Attentat vernommen worden. Aber sein Alibi für die Tatnacht hatte sich als falsch erwiesen, und er wurde 1989 für den Mord schuldig gesprochen. Er musste aber in zweiter Instanz freigesprochen werden, nachdem bekannt wurde, dass die Ermittler Lisbet Palme bei der Identifizierung des Mörders einen Tipp gegeben hatten.«

»Schlampige Ermittlungen«, stellte Larsson fest. »Darüber hinaus unzulässige Zeugenbeeinflussung.«

»Pettersson gilt offiziell bis heute als Hauptverdächtiger, doch sein Tod vor zwei Jahren hat jede nachträgliche Verurteilung unmöglich gemacht.«

»Ein Auftragsmord?«, fragte Larsson.

»Vielfach wird auf die merkwürdigen Todesumstände Petterssons verwiesen. Der Mann starb im Karolinska-Krankenhaus in Solna bei Stockholm an schweren Kopfverletzungen, mit denen er zwei Wochen zuvor eingeliefert wurde. Nach offizieller Darstellung erlitt Pettersson diese Verletzungen, als er stark alkoholisiert auf Pflastersteine stürzte. Infolge dessen ergaben sich diverse Komplikationen, die zum Tode des Mannes führten.«

»Ich höre heraus, dass du daran Zweifel hast«, stellte Larsson kurzerhand fest.

»Als ehemaliger Chef der SÄPO-Niederlassung Malmö hatte ich Zugang zu nahezu allen Verschwörungstheorien«, wich Lennart Fors aus. »Die Wahrheit ist, dass bis heute keine totale Aufklärung vorliegt.«

»Ich denke einmal, man wird eine Aufklärung tunlichst verhindern«, stellte Larsson fest.

»Seitdem werden an jedem Todestag Olof Palmes die Redner ihn als großen Menschenfreund und Vollblutpolitiker loben.«

»Der Tod deckt alle Sauereien zu, wenn es im Interesse gewisser Lobbyisten liegt«, sagte Larsson.

»Palme war ein Mann der Widersprüche. Ein Aristokrat, der Sozialist wurde. Ein ehemaliger Offizier, der zum Abrüster wurde. Ein Klassenverräter mit Stolz auf seine bürgerliche Familie. Ein Amerikafreund, der offen die Regierung der USA angriff. Ein Antikommunist, der Fidel Castro umarmte. Er war damit auch ein Sinnbild für die Widersprüche seiner Zeit. Doch die Frage steht noch immer im Raum: Wer war Palme wirklich?«

»Ich bin sicher, dass du darauf eine Antwort hast«, sagte Larsson.

»Sicher ist, die schwedische Regierung vertuscht die Rolle Olof Palmes in einer sehr, sehr großen Schmiergeldaffäre.«

Lennart Fors nahm noch einen kleinen Schluck Whiskey, als müsse er sich Mut antrinken. »Diese Gespräche, Lasse, müssen unbedingt hier im Raum bleiben.«

»Das liegt doch in beiderseitigem Interesse«, konstatierte Larsson.

»Wie ich schon sagte, die schwedische Regierung vertuscht die Rolle Palmes in einer ungeheuren Schmiergeldaffäre um Geschäfte mit Indien. Indiens Rajiv Gandhi und Schwedens Olof Palme waren sicher im Anfang ihrer Beziehung zwei unerschrockene Verbündete im Kampf für Frieden und Moral in den internationalen Beziehungen. So sahen sich die beiden Helden jedenfalls selbst. Gandhi zog 1984 in den Wahlkampf und gewann diesen triumphal. Die nächste Wahl aber verlor er haushoch. Die Hauptursache für seine Niederlage war eine gigantische Korruptionsaffäre im Zusammenhang mit Waffenlieferungen aus Schweden.«

»Geld stinkt nicht«, sagte Larsson.

»Es ging um einen Auftrag an die Bofors für über zwei Milliarden Mark. Es war der größte Auftrag in der Geschichte der schwedischen Waffenhersteller. Für fünf Jahre sicherte das mehr als fünftausend Arbeitsplätze in den Bofors-Werken Karlskoga«, sagte Fors. »Voller Triumph zog der Direktor des Konzerns die indische Flagge am Fahnenmast seines Villengrundstückes hoch. Er betonte in den ersten Kommentaren immer wieder den besonderen Einsatz Palmes, ohne dessen Zutun dieser Deal überhaupt nicht möglich gewesen wäre.«

»Wir reden von Lieferungen in Krisengebiete, Lennart?«

Fors nickte. »Absolut.«

»Wir schaffen die Flasche noch«, sagte Larsson mit Blick auf den Balblair 16y.

»Die schwedischen Gesetze untersagen ausdrücklich Waffenexporte in Spannungs- und Kriegsgebiete. Aber das war nicht der eigentliche Skandal, obwohl natürlich vielen Regierungsmitgliedern bei diesem Deal unwohl war«, sagte Fors. »Der Direktor der Bofors hatte ein sehr korrektes Tagebuch geführt, das alle Schmiergeldzahlungen aufführte. Es war in die Hände der Polizei gefallen, woraufhin schwedische und indische Zeitungen die Verbindungen zwischen dem Schmiergeld und den Empfängern Mitte '87 offenlegten.«

»Ups«, sagte Larsson nur.

»Die schwedische Regierung hüllt sich bis heute in Schweigen. Der Justizkanzler bekam den offiziellen Auftrag, die undichte Stelle ausfindig zu machen, aus welcher der geheime Untersuchungsreport zur Affäre Bofors an die Presse gelangt war.«

»Ich muss kaum raten«, sagte Larsson. »Die Aktion ist ergebnislos im Sande verlaufen. Ist bei Palme Bestechungsgeld gelandet?«

Fors hob die Schultern.

»Von der Stockholmer Regierung ist kaum Aufklärung zu erwarten. Direktor Ardbo von der Bofors hatte in seinem Tagebuch schließlich notiert, dass die schwedische Regierung wahrscheinlich stürzen werde, falls Palmes Rolle ans Licht komme.«

»Nenn mir eine Regierung der Welt, die nicht gegen das Volk regiert. Es gibt keine«, sagte Larsson. »Eine der größten Lumpereien der sogenannten Deutschen Demokratischen Republik ist auch erst nach der Wende ans Licht gekommen.«

»Dort gab es doch alles«, widersprach Lennart Fors. »Die haben doch Kriegsgerät in alle Krisengebiete geliefert, wenn es nur gegen den Klassenfeind ging, und darüber hinaus. Hauptsache Devisen.«

»Es geht um Indien«, sagte Larsson. »Die Kalaschnikow wurde in der DDR ja in Lizenz gefertigt. Es geht um die Weiterentwicklung, die sogenannten Wieger, eines speziellen Kalaschnikow-Typs, der wohl ausschließlich für den Export bestimmt war. Sie rüsteten das Gewehr so aus, dass es mit NATO-Munition, die ja eine andere Abmessung hat, schießen konnte.«

»Dafür gab es bestimmt einen riesigen Markt«, stellte Fors fest.

»Es hätte die DDR aus der pekuniären Scheiße ziehen können.«

Lennart Fors goss beiden noch einen Absacker ein. »Fast zwei Uhr. Wird Zeit, dass wir ins Bett gehen.«

»Denn dieser potenzielle Verkaufsschlager hätte dem Bereich Kommerzielle Koordinierung viele Milliarden in Devisen einbringen können. Zur Wende 1989 existierten bereits Verträge mit verschiedenen Ländern über die Lieferung von mehreren Millionen Stück. Und nun hör genau zu, Lennart, allein Indien hatte eine Bestellung über zehn Millionen Exemplare vormerken lassen.«

»Was für ein Deal!«, entfuhr es Lennart Fors.

»Es kommt aber ganz anders. Durch die Wende wurde dieses gigantische Waffengeschäft verhindert. Die Bundesrepublik Deutschland als Rechtsnachfolgerin der ehemaligen DDR musste Konventionalstrafen an die Länder zahlen, deren Bestellungen storniert wurden.«

11. Kapitel

Mittwoch, 18. Juli 2007

Lasse Larsson traf Lennart Fors um achtzehn Uhr dreißig im Hotel Am Forum Steglitz, einem Drei-Sterne-Haus mit nur achtunddreißig Zimmern. Fors hatte nur fünfunddreißig Minuten zuvor auf den Namen Gustaf Lindh eingecheckt und verfügte selbstverständlich über einen gültigen schwedischen Pass mit diesem Namen; seine Heimatadresse lautete Landshövdigevägen 5a in Åsljungaý. Der Volvo war angemietet. Er unterstrich die Herkunft des Fahrers aus der schwedischen Mittelschicht.

Gustaf Lindh war der Mann ohne auffällige Eigenschaften, eine graue Maus, die im Einerlei des Besucherbreis der Hauptstadt unterging. Dass er sein Zimmer im Voraus mit dem Hinweis bar bezahlte, sehr zeitig abreisen zu müssen, war für ein Hotel nicht unüblich.

»Unnütz, dir zu sagen, dass wir uns nie getroffen haben«, begann Lennart Fors, nachdem er die Zimmertür hinter Larsson geschlossen hatte.

»Ich habe nicht an ein so schnelles Wiedersehen geglaubt«, sagte Larsson.

»Was sicher auch nicht zustande gekommen wäre, hätten wir Schweden nicht ein profundes Interesse daran, dass der Name *Skagerrak* in dieser Verbindung mit dem Verschwinden des Motorseglers nicht in den Zeitungen auftaucht.«

»Was ich mir lebhaft vorstellen kann.«

»Setzen wir uns. Kann ich dir etwas anbieten?«

»Danke, nein.«

»Wir haben nichts mit dem Verschwinden des Motoseglers zu tun. Wie auch? Wir hatten andere Dinge mit der Kiliwhite Ltd. vor.«

Larsson hob die Schultern. »Die Beteiligten schwimmen um die Wette.«

»Wie soll ich das verstehen?«, fragte Fors.

»Wir schwimmen, weil wir zu wenig über den wirklichen Verfolger der *Mercurius* haben. Und ihr, weil ihr nicht wollt, dass letztlich eure illegalen Geschäfte mit atomarem Know-how an die Öffentlichkeit gelangen.«

»Es ist immer ein Unterschied, was man das eigene Volk glauben macht, oder was man im strategischen Interesse durchführt.«

»Politik, Lennart, ist immer ein dreckiges Geschäft.«

»Ich bin befugt, dir einiges mitzuteilen.«

»Befugt? Ich denke, du bist Pensionär?«

»Die Reederei Eriksson AB ist ein Ziehkind des schwedischen Staates«, sagte Lennart Fors, ohne auf Larssons Einwand einzugehen.

»Ich weiß. Mit einundfünfzig Prozent ist Erik Eriksson Hauptaktionär, dreißig Prozent dessen Ehefrau und der Rest der der Aktie ist offiziell im Staatsbesitz.«

»Ist das eure offizielle Version beim BKA?«

Larsson nickte.

»Na ja, so schwer war das ja nicht herauszufinden. Der Bruder Erik Erikssons, Åke, ist ein Hauptabteilungsleiter innerhalb der SÄPO. Er war an Bord der *Skagerrak* in Karlshagen.«

Was steckt hinter dieser Ankündigung?, fragte sich Larsson. Es kann doch nicht sein, dass Lennart nach Berlin reist, um dem BKA über Umwege Interna zu offerieren, die man besser unter dem Deckmantel der Verschwiegenheit halten würde.

»Wir wissen, dass das Treffen zwischen Mélisande und den Leuten der Kiliwhite Ltd. abgehört wurde.«

»Mélisande?«, fragte Larsson.

»Ist der Deckname von Åke Eriksson.«

Larsson stieß einen leisen Pfiff aus. »Die *Skagerrak* ist eine große Yacht«, gab er zu bedenken.

»Vier Mann Stammbesatzung. Zwei Mann Schiffsführung, zwei Spezialisten für die Aufzeichnung aller Gespräche«, sagte Fors.

»Und Mélisande.«

»Mélisande und Tylön«, sagte Fors ruhig.

»Tylön?«

»Ein Landschaftsschutzgebiet für Robben und Seevögel auf einer kleinen Insel vor Sandhamn-Halmstad – ein Leuchtturm, zwei Häuser, ein Haufen Steine, ein steinerner Phallus, der ein heidnisches Symbol der Fruchtbarkeit darstellt.«

»Ein Deckname?«

»Hinter dem sich Gunnar Hallström, einer der stellvertretenden Direktoren der SÄPO, verbirgt.«

»Wow«, entfuhr es Larsson. »So hoch angebunden.«

»Du bist der leitende Beamte bei der Operation Amphitryon, Lasse, deshalb hat man vorgeschlagen, zuerst mit dir zu sprechen.«

»Woher hast du das?«

»Wir haben unsere Quellen. Die Wahrheit aber ist, dass nicht einmal ich das weiß«, sagte Lennart Fors.

»Gut, ihr seid belauscht worden. Von wem?«

»Farschid Mirza.«

»Farschid Mirza? Wer ist das?«

»Farschid Mirza ist Agentenführer in Nordeuropa für das Ministerium für Nachrichtenwesen der Islamischen Republik Iran.«

Die mögliche Verbindung zu Dschiwid Widai, durchfuhr es Larsson.

»VEVAK ist der Geheimdienst der Islamischen Republik Iran«, sagte er.

»Ja.«

»Was ich nicht verstehe, ist, wieso belauschen die euch?«

»Das Treffen mit der Kiliwhite Ltd. hat wegen der Einreise von Afrikanern in Schweden stattgefunden, die ein Bleiberecht brauchen.«

»Warum redest du um den heißen Brei, Lennart, du darfst versichert sein, dass das BKA mit seinen Ermittlungen weiter ist, als du dir vorstellen kannst.«

Als Fors schwieg, legte Larsson nach: »Das Treffen fand sicher nicht auf so hoher Ebene statt, um eine Plauderei über einige Hundert Afrikaner zu führen.«

»Es gibt viele Möglichkeiten, sich über bilaterale Geschäfte zu unterhalten«, sagte Fors.

»Um an Vereinbarung zwischen Freunden vorbei zu operieren?«, konterte Larsson.

Lennart Fors lächelte. »Manchmal.«

»Zum Beispiel mit der DDR. Die von den DDR-Außenhandelsbetrieben und im internationalen Geschäft tätigen Kombinate angebahnten kommerziellen Schwedenkontakte boten in den 80er Jahren dem Ministerium für Staatssicherheit der DDR doch ein breites Betätigungsfeld. Die Firma Wulf Johannsen in Schweden, ist dir sicher ein Begriff, geriet dabei ins Visier des MfS. Wulf Johannsen führte Reparaturen an Schiffen des VEB Deutsche Seereederei Rostock aus, die ihrerseits schwedische Aufträge übernahm und mit ihren Tankern Öl aus dem mit Embargo belegten Libyen nach Schweden lieferte.«

»Solche Kompensationsgeschäfte gibt es doch zwischen nahezu allen Staaten«, sagte Fors ruhig.

»Unter Zeitcharter der Göteborger Firma Stena und der schwedischen Reederei Thun befuhr so«, Larsson machte ein vielsagendes Gesicht und eine rotierende Handbewegung, »etwa ab 1985 der DSR-Tanker *Schwedt* die Route Skandinavien – Tripolis. Die zur Hauptverwaltung Aufklärung – Sektor Wissenschaft und Technik – zählende MfS-Firma Intrac trat dabei als Generalauftragnehmer in Erscheinung. Klingelt da etwas bei dir?«

»Na, und?«

»Schalck-Golodkowski, KOKO.«

»Damit haben wir Schweden gute Erfahrungen gemacht.«

»Die Betonung liegt auf Embargo gegen Libyen. Und Stena, wie Stena Line.«

»Ja, das ist wohl so.«

»Wobei wir wieder bei Olof Palme angelangt sind«, sagte Larsson. »Hast du auch mal daran gedacht, dass die HVA der DDR bei seinem Tod nachgeholfen haben könnten?«

»Warum sollten sie das deiner Meinung nach gemacht haben?«

»Sag du es mir.«

»Ich habe keine Antwort darauf.«

»Denk mal an die Barschel-Affäre«, sagte Larsson. »Seine Todesumstände bezüglich des Motivs gleichen dem Olof Palmes. Beide waren in Waffenschiebereien zum Iran verwickelt. Und beide wurden liquidiert.«

»Du weißt das so genau«, stellte Lennart Fors fest, »als wärst du dabei gewesen.«

»Natürlich ist die Akte gesperrt. Das BKA hat mehrere Versionen.«

»Ich nehme die Version an, die dir bekannt sind.«

Larsson zuckte mit den Schultern. »Barschel war eine gespaltene Persönlichkeit. Ein Mann mit großem Einfluss. Immer zwischen unermesslichem Aufstieg und tiefem Fall angesiedelt.«

»Der Mann mit dem zweifelhaften Ehrenwort«, warf Lennart Fors ein.

»Der wusste, dass das, einmal gegeben, seinen Untergang zumindest bedeuten könnte.«

»Aber wen hat er in Genf getroffen?«, fragte Fors.

»Das ist die Frage und das größte Rätsel im Barschel-Fall. Vielleicht ist Barschel noch einmal aus dem Hotel gegangen. Was würde er machen? Rechts vom Beau Rivage in der Rue Adhémar-Fabri steht das Le Richmond. Einer der Tempel, in denen die Geheimdienste aller Couleur zu finden sind. Links am Quai du Mont-Blanc das Noga-Hilton.«

»Genf ist Agentendrehscheibe«, sagte Fors. »Da trifft man immer auf irgendeinen Kollegen aus Feindeslager.«

»Im Noga-Hilton wohnten zu der Zeit Agenten des Ministeriums für Staatssicherheit der DDR. Im Le Richmond hatte sich der deutsche Geheimagent Werner Mauss mit seiner Ehefrau Ida eingecheckt. Wo Mauss ist, ist Leben ... oder auch der Tod. Ein Zufall war seine Anwesenheit aber bestimmt nicht.«

»Menschen mit engstehenden Augen sind gefährlich«, sagte Fors mit Hinweis auf Mauss' Gesichtsphysiognomie.

»Der Lübecker Oberstaatsanwalt Heinrich Wille wiederum führt im Fall Barschel ein Ermittlungsverfahren durch. Ich tendiere dazu, ihm zu glauben. Seiner Überzeugung nach war es Mord.«

»Wieso glaubt er das?«

»Weil sich am Tage von Barschels Ableben Agenten des BND der Abteilung I, Operative Aufklärung, in dem Hotel Beau Rivage aufhielten.«

»Eine Mordthese allenfalls«, gab Fors zu bedenken.

»Aus Willes Sicht ist es keine These, sondern eine Schlussfolgerung aus den Tatsachen, die durch ihn festgestellt wurden und die teilweise auch schon 1987 konsequent hätten überdacht werden müssen.«

»In der Zeit zwischen 1987 und heute haben sich viele Dinge bei der Ermittlungsarbeit erweitert«, sagte Fors. »Nur für den Fall, dass du schlampige Arbeit der Ermittler anmahnst.«

Larsson schüttelte den Kopf. »Da gibt es drei bedenkliche Dinge. Einmal ist es ein Knopf, der von Barschels Hemd abgerissen ist. Das war nicht irgendein lockerer Knopf, sondern der zweite von oben. Der Knopf muss nicht nur geschlossen, sondern auch sehr fest angenäht gewesen sein, denn er wurde senkrecht von oben nach unten regelrecht aus dem Stoff herausgerissen.«

»Und?«

»Die Bewegung dazu kann Uwe Barschel selbst nicht gemacht haben. Das kann aus Sicht der Ermittler nur geschickte Gewalt sein. Die Täter haben den Knopf auf dem Hotelteppich wohl übersehen.«

»Okay«, sagte Fors. »Ein Knopf ... Auch eine wütende Frau könnte ihn abgerissen haben.«

»Lennart ...«, mahnte Larsson. »Das zweite ist ein kleines Whiskey-Fläschchen aus der Minibar seines Zimmers. Dieses Fläschchen fand man geleert und zugeschraubt im Abfalleimer. Das Fläschchen wurde mit Wasser ausgespült.«

»Das ist allerdings seltsam. Man spült eine Flasche nicht aus, wenn an sie wegwirft. Nicht einmal, wenn sie durch ihre Größe oder Form auffällt.«

»Das ist ein Geschehen, das zumindest im Zusammenhang mit einem Suizid absolut unverständlich erscheint. Als Methode zur Spurenbeseitigung ist es jedoch zwingend notwendig. Wille hat dieses Fläschchen toxikologisch untersuchen lassen. Es konnte Diphenhydramin nachgewiesen werden, eins der vier Medikamente, die zum Tode Barschels geführt haben. Für einen Selbstmörder macht es überhaupt keinen Sinn, ein Medikament in ein so winziges Fläschchen zu füllen, er würde es wahrscheinlich im Glas mit einer Flüssigkeit vermischen. Für einen Mörder hingegen wäre es ein sehr sinnvoll, ein hochwirksames Gift in flüssiger Form in eine stark schmeckende, unverdächtig scheinende Flüssigkeit zu mischen.«

»Das leuchtet ein.«

»Siehst du. Und das dritte Spurenbild sind der Badezimmerläufer und ein Handtuch, das im Vorraum gefunden wurde. Sie haben identische Verschmutzungen. Sie stammen aus gelöster Farbe eines Schuhs von Barschel. Die Untersuchungen des LKA haben ergeben, dass diese Farbe nicht allein mit Wasser zu lösen gewesen wäre. Denn es wurde nicht nur Farbe gelöst, sondern auch die Innenbeschriftung des Schuhs, die mit einem wasserunlöslichen Polyurethanlack speziell geschützt war. Es muss also ein chemisches Lösungsmittel eingesetzt worden sein.«

»Das sind natürlich einige Indizien, die für einen Mord sprechen«, sagte Fors. »Stellt sich die Frage nach einem Motiv.«

»Da gibt es eben durchaus Parallelitäten zu eurem Olof Palme.«

»Inwiefern?«

»Waffenhandel mit dem Iran«, sagte Larsson.

»Du denkst an die Iran-Contra-Affäre?«

»Auch. In den 1980er Jahren machten die USA trotz des Embargos Waffengeschäfte mit dem Iran. Geliefert wurden mehr als 1.500 Panzer- und Luft-Abwehrraketen. Dafür zahlte Teheran vierzehn Millionen Dollar und ließ US-Geiseln frei. Aus den Erlösen des Waffendeals wurden die Contras genannten Gegner der Sandinisten in Nicaragua unterstützt. Offiziell hatte der Kongress ja ein militärisches Eingreifen in Nicaragua strikt untersagt.«

»Es müssen ja einflussreiche Persönlichkeiten gewesen sein, die so etwas organisieren. Vor allem müssen sie ein starkes Motiv haben«, sagte Lennart Fors.

»Wie immer bei derartigen Geheimdienstoperationen. Du weißt es, und ich weiß es. Schließlich gab es die reale Möglichkeit, dass Uwe Barschel Kenntnisse hatte, die anderen gefährlich werden konnten. Er bewegte sich in Bereichen, wo wir nicht sicher sagen können, dass es sich nur um Waffenhandel drehte. Es kann auch der Handel mit Embargogütern anderer Art gewesen sein. Er hat im Zusammenhang mit dem Export von Lkw nach Libyen eine Rolle gespielt, bei den illegalen U-Boot-Blaupausen für Südafrika und möglicherweise bei der Beschaffung von Computern für das Ministerium für Staatssicherheit. Barschel hat kurz vor seinem Tod durchblicken lassen, dass, ließe Bonn ihn fallen, man ihn kennenlernen würde.«

»Das allein sind schon lebensgefährliche Äußerungen«, Fors schaute demonstrativ auf seine Armbanduhr, »die eher auf eine finale Lösung aus Deutschland hinweisen.«

»Zusätzlich hat er gedroht, vor dem Untersuchungsausschuss auszupacken«, fuhr Larsson ungerührt fort. »Außerdem gibt es eine zeitliche Übereinstimmung und die Möglichkeit persönlicher Kontakte mit der Iran-Contra-Affäre. In dieser Dreiecksgeschichte zwischen Iran, Israel und den USA haben alle drei ein Interesse, die wahren Abläufe im Dunkeln zu lassen. Keiner von denen war zimperlich. Das war das, was sich eröffnete.«

»Aber die Stasi ist außen vor«, meinte Fors.

»Dass die Stasi, die zunächst einmal im Visier der Ermittlungen stand, dann eher in den Hintergrund geriet, besagt gar nichts, Lennart. Barschel war oft bei der Stasi in Laage bei Rostock zu Gast, aus der die KOKO Militärgerät in Massen aus großen Hallen und, überaus gut abgeschirmt, in Krisengebiete in alle Welt abwickelte. Und darin war Barschel involviert.«

»Du vergisst die Iraner«, insistierte Fors.

»Die Gründe hatten, Olof Palme umzubringen. Ich habe sie nicht vergessen.«

»Und Israel.«

»Auch das ist kein Geheimnis, Lennart. Und was die USA angeht, gibt es eine Menge Gründe mehr als die, die du genannt hast. Denk an SOSUS. Der Schwede Anders Jallai hat ein ganzes Buch darüber geschrieben.«

»Was spräche denn für die Selbstmordvariante?«, fragte Fors.

»Eigentlich gar nichts.«

»Uwe Barschel ist in einem Schweizer Hotel gestorben. Es war Sache der Schweizer Polizei, die Ermittlungen zu führen.«

»Wenn man sich die Ermittlungsergebnisse unmittelbar nach dem Auffinden der Leiche ansieht, steht fest, dass die Schweizer Polizei nicht nur ungenau gearbeitet hat.«

Lennart Fors hob die Schultern. »Wenn du einmal eine Veränderung brauchst, Lasse: Ich weiß, wo auf dich ein gutdotierter Job wartet.«

Larsson grinste breit. »Schade. Ich denke, dass die Analysten der SÄPO den wahren Mörder an Palme längst ausgemacht haben«, sagte er, ohne auf das Angebot einzugehen.

»Das ist wahrscheinlich. Dennoch, es gibt Dinge, die ich dir nicht sagen könnte, auch wenn ich sie wüsste. Nur eines denke ich zu wissen: Palme oder zumindest seine Partei haben durchaus von den Waffenlieferungen aus Schweden an die Inder profitiert.«

»Da haben wir es.«

»Wollen wir auf den eigentlichen Grund meines Hierseins zurückkommen?«

»Bitte.«

»Ich rede jetzt mit dir, weil die Verbindungen, die ich dir jetzt nennen werde, nicht von uns kommen dürfen.«

»Sondern?«

»Du hast sie durch Kombination herausgefunden«, sagte Fors.

»Da bin ich aber gespannt.«

Fors nahm einen kleinen DIN A5-Ordner zur Hand und schlug ihn auf. »Am 24. Juni hat die FRA folgende SMS aufgefangen und analysiert – *Skage 25/14/15 Gruß MeliSala*. Danach schickte eine Quelle diese Nachricht aus dem Gebiet der westlichen Ostsee an einen uns bekannten Empfänger in Riga. Einen Tag später schickte der Empfänger dieser Nachricht eine SMS an einen Empfänger mit Prepaid-Handy – *Skagerrak Mélisande 25/14/15 Gruß Salamander*. Erst als man der FRA beide SMS verglich, wurde man richtig schlau aus den Nachrichten.«

»Wer war der Empfänger in Riga?«

»Farschid Mirza.«

»Der Nordeuropa-Resident der Republik Iran.«

Fors nickte.

»Salamander?«

»Nein. Das ist der Deckname eines Mitarbeiters von ihm, Klarname ...«, Fors schaute in die Akte, »Irbe Kralikas.«

Larsson wurde blass.

»Ist dir nicht gut, Lasse?«

»Ich habe den Namen schon einmal gehört. Weißt du mehr über den Mann?«

»Er ist für Mirza tätig.«

»Als was?«

Als Fors schwieg, legte Larsson nach: »Als was, Lennart?«

»Als rechte Hand.«

»Als rechte Hand, die für Mirza die *nassen Sachen* erledigt?«

»Ja.«

Larsson stieß die Luft aus.

»Monika kennt ihn von früher. Er war in Riga bei der Kriminalpolizei.«

»Das steht hier nicht, und ich kann es nicht bestätigen«, sagte Lennart Fors emotionslos.

Larsson nahm sein Smartphone und rief das Bild des Motorrads auf, das er vor seinem Haus in Loddin fotografiert hatte.

»Das ist das Kennzeichen seiner Maschine. Er war am 6. Juli bei uns.«

»Was hast du mit ihm gesprochen?«

»Nichts.«

Larsson erzählte, wie er nach Hause kam und den Mann auf seiner Terrasse vorgefunden hatte.

»Wenn ich dir einen Rat geben darf, Lasse, schreib Salamander zur Fahndung aus.«

Larsson dachte einige Sekunden nach. »Und wie begründe ich das in meiner Firma, wenn ihr nicht in Erscheinung treten wollt?«

»Dir wird schon etwas einfallen. Wie wär's mit dem überraschenden Besuch Irbe Kralikas', in deinem Haus und dein Zweifel an seiner Mitgliedschaft bei der Kriminalpolizei in Riga. Wir haben ein Problem mit unserer Sicherheit bei der SÄPO«, sagte Lennart Fors. »Beide Boote wurden angekündigt. Woher hatte Mirza die Daten?«

»Bei der *Mercurius* weiß ich, wie man an die Daten gekommen ist«, sagte Larsson. Mit einigen Worten berichtete er, wie der Geschäftsführer der Charterfirma in Großenbrode Auskunft an den Anrufer erteilt hatte. Und er erwähnte auch den grauen Kutter, der den Motorsegler verfolgt hatte.

»Der Kutter gehört ebenfalls zum VEVAK. Er ist mit moderner Elektronik ausgerüstet und sammelt Daten für den iranischen Geheimdienst«, sagte Fors. »Wir versuchen, den Kutter soweit wir es können im Auge zu behalten. Er trägt den Namen *Cinereo Lupus*.«

»Grauer Wolf.«

»Du kannst eine Anfrage bei der SÄPO stellen lassen, ob das Schiff bekannt ist«, sagte Fors. »Dann hast du eine Erklärung für deinen Erfolg.«

Tut er das, weil er Familie ist?, fragte sich Larsson. Bestimmt nicht.

»Aber wer«, gab er zu bedenken, »hat den Namen Mélisande an Mirza gegeben? Und wenn der seinen Decknamen weiß, wird er sicher auch wissen, wer dahinter steckt.«

»Exakt. Unsere Abwehr arbeitet mit Hochdruck daran.«

Lennart Fors gab Larsson den kleinen Ordner und wies ihn darauf hin, dass die Telefonnummer Salamanders nur zeitweise zu orten sei, nämlich dann, wenn er das Gerät eingeschaltet und die SIM-Karte eingelegt hatte. Das war täglich zu bestimmten Zeiten am Morgen und am Abend jeweils für exakt vier Minuten der Fall. Darüber hinaus sei das Gerät nur dann eingeschaltet, wen er etwas simsen würde. Dann fingerte Lennart Fors eine kleine SIM-Karte zutage.

»Solltest du mit mir simsen wollen, tausche die SIM-Karte deines Handys gegen diese aus. Wir haben dann eine Spezialverschlüsselung, die nicht jeder knacken kann. Und Lasse ... wir haben uns nie gesehen, und nie, hörst du, nie in dieser Angelegenheit miteinander gesprochen. Ist das klar?«

Nachdem sie sich kurz vor zehn getrennt hatten, fuhr Larsson zurück ins Büro des BKA nach Treptow. Dort veranlasste er, dass die Fahndung nach dem Fahrer des lettischen Motorrads anlief.

Lennart Fors hingegen achtete genau darauf, nichts liegen zu lassen, legte die Karte zum Öffnen der Tür auf den Tisch und zog die Tür hinter sich ins Schloss.

Dann stieg er in den Volvo, den er unweit des Hotels in der Büsingstraße geparkt hatte, und fuhr in Richtung Norden auf die Autobahn.

12. Kapitel

Donnerstag, 19. Juli 2007

Als Charlene Gruber pünktlich um acht am Morgen des 19. Juli zum Dienst erschien, war Larsson bereits da.

»Bist du aus dem Bett gefallen?«

Larsson zeigte auf das Piktogramm. »Ich habe einen Motorradfahrer zu dem Bild hinzugefügt«, sagte er. »Nach ihm läuft bereits die Fahndung.«

»Wie das?«

»Der Mann heißt Irbe Kralikas und arbeitet angeblich bei der Kriminalpolizei in Riga.«

»Woher weißt du das?«

»Er tauchte vor einigen Tagen bei meiner Frau in Loddin auf. Als ich von Karlshagen zurückkam, stand sein Motorrad vor der Garageneinfahrt.«

Larsson zeigte ihr das Foto des Motorrads.

»Gratuliere«, sagte Charlene Gruber spitz.

»Da gibt es nichts zu gratulieren. Er kennt meine Frau aus einer ganz anderen Zeit, behauptete, auf der Durchreise zu sein und Monika über ihre Mutter gefunden zu haben.«

»Und?«

»Bei mir leuchteten sämtliche Warnlampen.«

»Weil du Konkurrenz fürchtetest, mein Freund«, stellte sie mit einem maliziösen Lächeln fest. »Du eitler Gockel.«

»Was dir sicher willkommen wäre«, konterte Larsson und zwinkerte.

»Du hast ihm das mit der Durchreise nicht abgenommen?«

»Ich ließ Monika bei ihrer Mutter anfragen, ob er sich wirklich nach ihr erkundigt hatte und so zu unserer Adresse gekommen war. Negativ.«

»Das ist eigenartig.«

»Warum?«

»Vielleicht telefonieren die beiden ja miteinander.«

»Glaube ich nicht.« Larsson hatte die Telefonnummer von Kralikas, die er von Lennart Fors bekommen hatte, auf einen Zettel geschrieben. Er schob ihn über den Tisch.

»Seine Telefonnummer?«

»Ja.«

»Hat er sie dir gegeben?«

»Nein, Monika«, log Larsson.

»Siehst du. Ich habe es dir gleich gesagt, er will sie vernaschen.«

»Ich habe es geprüft. Das Telefon ist nur zweimal am Tag eingeschaltet. Nur am Morgen und in den frühen Abendstunden für jeweils maximal vier Minuten.«

»Damit will er wohl vermeiden, geortet zu werden.«

»Und wenn er clever ist, benutzt er ein altes Handy, das nicht in der Lage ist, selbständig die Positionsdaten preiszugeben. Also sieh bitte zu, dass wir eine Ortung vorsorglich über den ganzen Tag bekommen. Ich will wissen, wo sich dieser Kralikas aufhält.«

»Ist gut«, sagte Charlene Gruber.

»Und ich brauche eine Blitzauskunft, ob er in Riga bei der Kripo ist.«

»Es könnte sein, dass dich der Kriminalrat fragt, was das zu bedeuten hat. Ich hoffe, du hast eine plausible Antwort parat.«

Sie sahen einander stumm, fast feindselig an.

»Warum erzählst du mir nicht, was das tatsächlich für eine Geschichte ist? Traust du mir nicht?«

»Traust du mir denn?«, fragte Larsson. »Vor allem sollten wir jetzt private Emotionen herausnehmen, denn wir können nur eine erfolgreiche Arbeit machen, wenn wir an einem Strang ziehen.«

Charlene Gruber telefonierte wegen der Handyüberwachung und füllte dann ein Formular aus, das sie nachreichen musste.

Larsson rief den Kriminalrat an.

»Als wir zusammen das Piktogramm angesehen haben, Herr Kriminalrat, haben Sie ein Motorrad gesehen und mich danach gefragt.«

»Ich erinnere mich.«

»Ich habe eine Handyortung veranlasst und benötige dringend eine Auskunft, ob der Mann, der vorgibt, bei der Kriminalpolizei in Riga beschäftigt zu sein, tatsächlich die Wahrheit gesagt hat.«

»Ist das fallrelevant?«

»Wahrscheinlich.«

»Wahrscheinlich?«

»Mit Bestimmtheit kann ich das erst sagen, wenn ich weiß, ob der Mann derzeit bei der Kripo in Riga arbeitet oder nicht.«

Es blieb einige Sekunden still.

»Bisher sind Sie sehr gut vorangekommen, Larsson. In Ordnung.«

»Wir hatten uns die Punkte notiert, die wir abarbeiten müssen«, sagte Larsson zu Charlene Gruber, als das Telefonat mit Kriminalrat von Droste beendet war. »Fangen wir mal an mit dem, was wir gesichert haben.«

»Der Geschäftsführer Heinloth von der Charterfirma hat den Übernahmetag der *Mercurius* durch die Kiliwhite Ltd. an einen Anrufer verraten.«

»Der einen nordischen Akzent hatte«, ergänzte Larsson. »Also können wir den Punkt eins streichen.«

»Punkt zwei ... negativ.«

»Da hätte es doch Rückmeldungen von Lloyd's Register of Shipping geben müssen«, sagte Larsson. »Oder? Wer schläft denn da?«

»Ich kümmere mich darum«, sagte Charlene Gruber.

»Schau erst einmal ins Amphitryon«, sagte Larsson im Hinblick auf den gemeinsamen Ordner, der alle am Fall beteiligten Ressorts und dort wiederum nur ausgesuchten Personen zugänglich gemacht wurde. »Vielleicht gibt's da etwas, das wir übersehen haben.«

Charlene Gruber notierte sich das.

»Und was ist mit den anderen beiden Schiffen?«, fragte Larsson.

»Punkt drei unserer Liste. Die *Skagerrak* ist bereits gefunden worden. Da fehlen noch der Motorsegler und der graue Kutter.«

»Fass nach, Charlene, ob die Kollegen etwas dazu gefunden haben. Und was ist mit deinem Jacques? Hat der sich gemeldet?«

»Nein. Aber ich denke, es hat sich auch mit Einbindung der ST23 erledigt.«

»Hast recht. Punkt vier?«

»Wir verfügen nun über eine komplette Liste der bekannten deutschen Firmen, die über Russland Teile für das Atomprogramm des Irans geliefert haben. Merz & Mogli gehörten auch dazu«, sagte Charlene Gruber. »Deshalb wird der Laden wohl jetzt verkauft.«

»Wobei wir wieder bei Punkt fünf wären. Wer ist der Verbindungsmann von diesem Dschiwid Widai zum Einkauf von Teilen für diese speziellen Zentrifugen?«

»Da werden wir kaum eine direkte Verbindung finden. Und wenn wir sie finden, werden wir sie nicht beweisen können«, sagte Charlene.

Larsson lächelte. »Nur wer gegen den Strom schwimmt, gelangt auch zur Quelle, Charlene. Du machst eine dringende Anfrage bei SÄPO in Stockholm, ob das Schiff mit den stilisierten Streifen bekannt ist. Bitte mit Bild. Und ich starte eine Blitzanfrage an die Kripo in Riga bezüglich Irbe Kralikas.«

Während Charlene Gruber mit Raoul Stern, dem Referatsleiter der Abteilung ST23, telefonierte, wandte sich Larsson seinem Piktogramm zu.

13. Kapitel

Donnerstag, 19. Juli 2007

Der Söldner Gaston Lloyd, alias Yehudi Abramowitsch, lag auf dem Bett seines Doppelzimmers im Hotel Utkiek in Greifswald-Wiek und las die deutsche Ausgabe von Fontanes »Frau Jenny Treibel«.

Er hatte mit Absicht dieses kleine Zwölf-Zimmer-Hotel ausgesucht; das Zimmer mit Blick auf den Fluss Ryck und den Greifswalder Bodden gaben den Ausschlag für seine Entscheidung.

Yehudi Abramowitsch liebte das Wasser. Nicht zuletzt deshalb hatte er es auch in Israel immer verstanden, sich eine Wohnung am Meer zu beschaffen, zuerst im dritten Stockwerk eines viergeschossigen Hauses in Haifa. Aus seinen Fenstern sah er nicht nur hinaus auf das Meer. Einen kleinen Teil des langen Sandstrandes konnte er ebenfalls überblicken und die dort flanierenden Mädchen taxieren. Auch die den Strand säumenden Palmen, die den Rasen belebten und durch ihre Palmwedel gespenstische Schatten auf den Grasteppich und einen Teil des Gehweges warfen, entgingen seinen Blicken nicht.

Als er beim Auslandsnachrichtendienst Mossad anfing, bot ihm die Verwaltung eine der begehrten Hochhauswohnungen in Tel Aviv an. Obwohl ihn der Ausblick aus dem achten Stockwerk sehr lockte, hatte er sich für eine andere Variante entschieden.

Yehudi Abramowitsch zog in das ehemalige Dorf Sarona, das die Schwaben vor über hundert Jahren gründeten, und das nun einen Stadtteil von Tel Aviv bildete. Juni 1861 versammelten sich die Vertreter der deutschen Synoden der Jerusalemfreunde, und es wurde der Beschluss gefasst, geschlossen aus der Kirche auszutreten. Gleichzeitig wurde der Deutsche Tempel als eigenständige religiöse Bewegung gegründet, da keine der bestehenden Kirchen die Herstellung des Menschen zum Tempel Gottes und die Herstellung des Heiligtums für alle Völker zu Jerusalem, so die Gründungserklärung, anstrebe.

Seine Eltern, die aus dem Land der Dichter und Denker über den Umweg Neuseeland in Israel eingewandert waren und sich in Haifa niedergelassen hatten, sprachen immer Deutsch mit dem kleinen Yehudi. Und auch die Sarona-Bewohner blieben durch eine Sonderregelung deutsche Staatsangehörige. Also gingen die Kinder auf deutsche Schulen. Einige von ihnen konnten Arabisch, Englisch und Französisch. Doch untereinander sprachen sie stets Deutsch.

Wenngleich Abramowitschs Eltern nicht mehr lebten und er den israelischen Pass besaß, fand er hier eine Reihe von Menschen, die der deutschen Sprache treu blieben, die in Israel durch den Holocaust jedoch weitgehend tabu war. Nur die meisten Jeckes, die Deutschen, konnten sich nicht von dieser kulturreichen Sprache trennen.

Nun lag Yehudi Abramowitsch auf seinem Bett und las – *Die Treibel'sche Villa lag auf einem großen Grundstücke, das, in bedeutender Tiefe, von der Köpnickerstraße bis an die Spree reichte. Früher hatten hier in unmittelbarer Nähe des Flusses nur Fabrikgebäude gestanden, in denen alljährlich ungezählte Zentner von Blutlaugensalz und später, als sich die Fabrik erweiterte, kaum geringere Quantitäten von Berliner Blau hergestellt worden waren. Als aber nach dem siebziger Kriege die Milliarden ins Land kamen und die Gründeranschauungen selbst die nüchternsten Köpfe zu beherrschen anfingen, fand auch Commerzienrat Treibel sein bis dahin in der Alten Jakobstraße gelegenes Wohnhaus, trotzdem es von Gontard ...*

Da er mitten in der Nacht angefangen hatte, das Buch zu lesen, war Abramowitsch nach dem Jogging am Morgen, den anschließenden fünfzig Liegestützen und der Dusche so müde, dass er einschlief.

Er schlief unruhig, träumte von einem Gewitter, dessen mächtiger Donner ihn ängstigte.

Er schreckte hoch, als es klopfte. Sein Herz raste wie bei einem Feuersturm im Zweiten Libanonkrieg, der nur 33 Tage gedauert hatte und zwischen der Hisbollah und Israel stattfand. Er begann am 12. Juli und endete vorläufig mit einem durch die UNO erwirkten Waffenstillstand am 14. August vorigen Jahres. Die Berichterstattung israelischer Medien über den Krieg wurde durch Keshev, das Zentrum zum Schutz der Demokratie in Israel, überwacht. Er sah es als seine Aufgabe nach der Ermordung des israelischen Premierministers Jitzchak Rabin, die demokratischen Grundwerte Israels zu schützen und zu fördern, mit dem Ziel, den medialen Umgang zu sensibilisieren und wiederkehrenden Mustern wie Vorurteilen, Aufhetzung und Delegitimierung der Konfliktparteien Einhalt zu gebieten. Dem Bericht zufolge sei sowohl die mangelnde Unterstützung nahe der Grenze lebender Israelis als auch das Leid der libanesischen Zivilbevölkerung medial kaum thematisiert beziehungsweise inhaltlich vom Kriegseinsatz abgekoppelt worden. Ein kritischerer Umgang mit den militärischen Auseinandersetzungen habe sich laut Keshev erst gegen Ende des Krieges etabliert, als sich eine mögliche Niederlage der israelischen Armee abzeichnete.

Diese Kritik beschränkte sich jedoch im Großteil auf Schuldzuweisungen für den Misserfolg. So sei häufig berichtet worden, die Politik Shimon Peres' und Ehud Olmerts behindere die Kampfeinsätze israelischer Truppen und erlaube ihnen nicht, zu gewinnen.

Yehudi Abramowitsch hatte in den letzten Tagen bei der Festnahme zweier Hisbollah-Kämpfer einen Streifschuss abbekommen. Daraufhin hatte er sich vom Mossad getrennt und begonnen, als Agent freiberuflich für unterschiedliche Auftraggeber zu arbeiten.

Als es das zweite Mal leise klopfte, wusste er, dass einer seiner Auftraggeber vor der Tür stand. Es war das vereinbarte Klopfzeichen, das auf die Person hinwies, die er erwartete.

Abramowitsch hatte sich in seinem Laken verheddert. Schließlich gelang es ihm, sich aus seinem Bett zu schälen. An der Tür angekommen, klopfte er leise die gleichen Zeichen in umgekehrter Reihenfolge.

»Salamander«, sagte der Mann vor der Tür.

Abramowitsch schloss auf.

»Mehr als drei Wochen habe ich auf dich warten müssen«, sagte er vorwurfsvoll. »Ich wusste nicht, dass du zu Fuß herkommst.«

»Mein Weg führte mich zwischenzeitlich in die Schweiz«, antwortete Salamander. »Dreimal darfst du raten, warum.«

Yehudi Abramowitsch schloss die Tür.

»Setz dich. Kann ich dir etwas anbieten?«

»Was hast du denn?«

Abramowitsch deutete auf die kleine Hausbar. »Alles, was dort drinnen ist.«

»Wasser?«

Abramowitsch lachte gequält. »Auch Wasser. Mit oder ohne Kohlensäure?«

»Mit«, beschied Salamander kurz.

Abramowitsch holte für seinen Gast eine Flasche Tafelwasser aus dem Kühlschrank, nahm ein Glas vom Tablett, das umgestülpt auf dem Kühlschrank stand, und stellte beides vor Salamander auf den Couchtisch.

»Hast du das Geld?«, erkundigte er sich.

»Nein, aber die bestätigte Überweisung für das von dir genannte Nummernkonto in der Schweiz.«

»Auch gut.«

»Ich könnte bei einer Verkehrskontrolle auffallen. Was sollte ich dann zu meiner Entlastung sagen, wenn die Bullen einen Beutel mit Geld finden?«

»Kein Problem. Du zeigst mir die Überweisung. Ich gebe dir die Aufzeichnung der Gespräche, die auf dem schwedischen Schiff stattfanden.«

»Fahr deinen Laptop hoch«, sagte Salamander.

»Bist du sicher, dass wir hier einen Netzzugang haben?«

»Ich bin sicher, dass du nicht in ein Hotel gegangen wärst, das diesen Service nicht bietet.«

Yehudi Abramowitsch grinste und fuhr seinen Laptop hoch.

»Bitte«, sagte er mit einer Handbewegung. Dann ging er zum Fenster und schaute über den Greifswalder Bodden. Noch ein, zwei Aufträge, dachte er, dann werde ich mich zur Ruhe setzen, eine Tagesbar in Tel Aviv eröffnen und ein anderes Leben führen.

Salamander setzte sich an den Laptop und rief einen Link auf, der eine Schweizer Kennung hatte.

»Schau es dir an«, sagte Salamander nach einer Weile.

Abramowitsch löste seinen Blick vom Wasser.

»Was ist das?«, fragte er. Er schaute auf eine Reihe von Zahlen und Buchstaben.

»Kopiere es in ein Word-Programm. Dann kappst du die Verbindung zum Netz.«

Abramowitsch tat, wie ihm geheißen. »Und jetzt?«

Salamander gab ihm einen kleinen weißen Stick, der auf der Längsseite die vier Ringe der Autounion und auf der kurzen Seite die Aufschrift »Audi A3« zeigte.

So sehr Abramowitsch sich auch mühte, er konnte nur die Werbung aufrufen – Fahrzeuge in verschiedenen Farben und Ausstattungsmerkmalen – sowie mehrere Seiten, die schriftlich die Vorzüge dieser Wagen anpriesen.

Salamander stand auf und beobachtete amüsiert, wie sich der Mann vor ihm vergeblich mühte, einen Sinn aus den Wortspielen und Zahlen herauszulesen.

»Seite drei ... Das Foto ist wo aufgenommen?«

»Zürich. Bahnhofstraße ...«

»Der Paradeplatz, über den freilich die Bahnhofstraße führt.«

»Also gut, der Paradeplatz. Ich sehe eine Haltestelle der Straßenbahn.«

»Und das Gebäude im Hintergrund?«

Abramowitsch hob die Schultern.

»Links am Dach.«

»Das Schild der Credit Suisse.«

»Was mich irritiert, ist der Wagen in der Fußgängerzone«, stellte Abramowitsch fest und grinste herausfordernd. »Darauf war ich konzentriert.«

»Merke dir die Bank. Nun Seite vier.«

»Eine Zahlenreihe über Leistungen in PS und KW.«

»Jeweils die Hälfte der ersten Zahl, also PS, und von der zweiten Zahl des nächsten Fahrzeuges die zweite Hälfte der zweiten Zahl, also KW.«

»Aber hallo«, sagte Abramowitsch. »Das sind ja die Zahlen meines Nummernkontos.«

»Das wo ist?«

»Credit Suisse.«

»Und warum hast du die Bank nicht gleich erkannt?«

»Habe ich doch, aber durch den Wagen in der Fußgängerzone ...«

»Schon gut«, unterbrach ihn Salamander.

Einige Minuten später war die Dechiffrierung perfekt. Abramowitsch konnte sich überzeugen, dass die vereinbarte Summe seinem Konto gutgeschrieben wurde. Er musste nur noch einen Zahlencode eingeben, den Salamander ihm nannte. Dann konnte er den Eingang der Summe überwachen.

Er entnahm der kleinen Hausbar zwei Piccoli.

»Warte noch einen Augenblick damit, Yehudi«, sagte Salamander. »Ich möchte erst hören, was die Freunde der Kiliwhite Ltd. mit den Schweden zu besprechen hatten.«

Abramowitsch nahm eine Speicherkarte aus einem Briefumschlag und schob sie in den Leseschlitz des Laptops. Es rauschte leicht. Doch dann brach das Rauschen ab, und es begann eine rege Unterhaltung.

»Wie viele Leute sind bei Ihnen an Bord?«

»Vier. Und bei Ihnen?«

»Zwei, die mit Ihnen verhandeln, und vier Männer, die das Schiff versorgen. Einer davon ist der Kapitän, ein zweiter ist der Maschinenwart.«

»Wo wollen wir miteinander reden?«

»Bei Ihnen ist es ja ein wenig klein.«

Kurz vor achtzehn Uhr verließen die drei Männer die Kajüte ihres Motorseglers.

Auf der *Skagerrak*, die beträchtlich größer und hochbordiger war, stand einer der Männer der Besatzung, den sie zuvor noch nicht gesehen hatten. Er ließ ein Fallreep herunter, das bis auf die *Mercurius* reichte.

»Kommen Sie«, rief er.

Yakubu Uhuru, der Stationsleiter der Kiliwhite Ltd., erklomm als Erster die Außenbordtreppe.

»Hej«, sagte der Schwede. »Hej. Välkommen i Sverige.«

Vor dem Schweden tauchte das Gesicht von Limas auf.

»Hej välkommen.« Der Schwede lächelte dem Ankömmling freundlich zu.

Limas lächelte zurück.

Als Letzter kam der Massai, der den langen Schweden noch einmal um gut einen halben Kopf überragte. Der Schwede war sprachlos. Taabu Zahran blieb auch still.

Im Hintergrund öffnete sich die Tür zum Salon. Mélisande erschien.

»Willkommen an Bord«, sagte er. »Lassen Sie uns in den Salon gehen.« Durch eine kleine Schleuse, an deren Wand Schwimmwesten angebracht waren, kamen sie in einen stilvoll eingerichteten Salon, der zusammen mit der Messe das mittlere Deck des Schiffes beanspruchte.

Mélisande bot den drei Männern Platz an. »Möchten Sie etwas trinken?«

»Uns wäre es recht, wenn wir gleich zu unseren Verhandlungen kommen würden«, sagte Taabu Zahran.

»Sind Sie der Wortführer?«

»Wir sind zu dritt«, sagte der Massai. »Jeder von uns spricht für sich, gemeinsam sprechen wir immer im Auftrag der Kiliwhite Ltd..«

»Den Erstkontakt zu uns haben Sie über Mr. Limas gemacht«, sagte Yakubu Uhuru ruhig. »Anschließend haben Sie mit mir gesprochen.«

»Dann sind Sie Mr. Uhuru«, sagte Mélisande und schaute den Londoner Stationsleiter der Kiliwhite Ltd. an.

»Jeder von uns hat seine Aufgabe. Mr. Zahran ist der bestimmte Verhandlungsführer. Er kommt direkt von unserem Mutter-Konzern in Nairobi.«

»Mr. Zahran, ich freue mich.« Mélisande nickte dem Massai zu.

Der Schwede, der ihnen an Bord geholfen hatte, kam in den Salon. Er trug jetzt über seinen Hosen eine Dinner-Jacke mit einem Emblem, das die blaue Fahne mit dem gelben Kreuz darstellte. Rechts über dem Kreuz waren drei goldene Kronen abgebildet.

»In fünfzehn Minuten können wir speisen«, sagte er.

»Danke.«

»Das ist Sören, der uns bedienen wird.« Mélisande zeigte auf einen Mann, der soeben den Raum betreten hatte.

»Was ist das für ein Emblem an der Jacke?«, fragte Yakubu Uhuru.

»Meinen Sie das Drei-Kronen-Wappen?«

»Die Kronen über dem Kreuz.«

»Es ist seit dem 14. Jahrhundert unser Landeswappen, das drei Kronen auf blauem Grund aufweist. Deshalb Tre Kronor«, sagte Mélisande. »Mitte des 14. Jahrhunderts siegelte als Erster Schwedens König Albrecht mit drei Kronen. Bis 1973 trugen alle Schwedenkönige seit Gustav I. Wasa den Titel ›König der Schweden, Goten und Vandalen‹.«

»Es sieht beeindruckend aus«, stellte Limas fest.

»Der jetzige Monarch Carl XVI. Gustaf wählte bei seiner Thronbesteigung den Titel ›König von Schweden‹. Heraldiker vermuten in den drei Kronen ein Symbol für die Königreiche der Schweden, Goten und Wenden.«

»Interessant.«

»Darf ich vorstellen«, sagte Mélisande, als ein weiterer Mann den Salon betrat. »Sven Tylön. Er ist der Verhandlungsführer auf schwedischer Seite.«

Tylön kam an den Tisch. Die Besucher waren aufgestanden, und er begrüßte jeden mit Handschlag. »Es tut mir leid. Ich hatte noch ein dringendes Telefonat.«

»Nur fürs Protokoll«, sagte Mélisande. »Wollen wir vor dem Essen die Themen festlegen?«

»In Ordnung«, sagte Taabu Zahran.

»Einwanderung Ihrer Landsleute in Schweden über die Kiliwhite Ltd., einverstanden?«, fragte Tylön.

»Das ist unser Hauptanliegen«, stellte Uhuru fest. »Wir wollen unseren Landsleuten, die nach Europa wollen, die Steine aus dem Weg räumen, die sie in den nassen Tod treiben.«

»Das verstehen wir Schweden mehr als jeder andere Staat«, sagte Tylön. »Deshalb sind wir auch für eine offene, multikulturelle Gesellschaft.«

»Aber glauben Sie, dass ganz Afrika nach Europa kommen kann?«, fragte Mélisande in die Runde.

Sören meldete sich zu Wort. »Es ist angerichtet.«

»Lassen Sie uns erst einmal etwas essen, dann verhandelt es sich viel besser«, sagte Tylön und stand auf.

Die Männer folgten ihm in die angrenzende Messe. Auf einem Tisch aus Teakholz, der auf zwei verchromten Rundsäulen um edlen Holzfußboden verankert war und vor einer lederbezogenen, weißen Sitzgarnitur stand, hatte man fünf Plätze aufwendig eingedeckt.

»Wir möchten Ihnen etwas typisch Schwedisches anbieten«, sagte Tylön. »Unser Koch hat uns hausgebeizten Lachs als Vorspeise zubereitet. Als Hauptgang gibt es einen Elchbraten mit Pfifferlingen.«

Sören kam, legte vor, goss jedem ein Glas Chablis ein. Man nahm an, er ginge wieder zur Pantry, um den Hauptgang vorzubereiten, doch er ging in einen kleinen Raum, in dem die Gespräche aufgezeichnet wurden.

»Meine Herren, wir möchten nicht versäumen, Sie auf schwedischem Boden willkommen zu heißen«, hob Tylön an. »Stoßen wir an auf eine fruchtbare Zusammenarbeit für die Kiliwhite Ltd. und den schwedischen Staat.«

Sie hoben die Gläser. »Skål«, sagten Tylön und Mélisande.

»Cheers«, antwortete Hector Limas. Die beiden Kenianer sahen die Schweden ebenfalls an und sagten: »Cheers.«

Yakubu Uhuru ergänzte: »Auf eine gute Zusammenarbeit, Mr. Tylön.«

Der Massai hingegen sah Uhuru mit einem undefinierbaren Blick an.

Limas wusste zu genau, was Taabu Zahran in diesem Augenblick dachte.

Auch Uhuru, der Chef der Europaniederlassung der Kiliwhite Ltd., kannte Zahrans Blick und dessen Einfluss bei Juma Chandu zu genau, um nicht gewarnt zu sein.

Sie setzten sich und machten sich über den Lachs her.

»Jeder neunte Mensch auf der Welt leidet Hunger«, sagte der Massai. »Da haben wir richtig Glück, dass es uns so gut geht. Dabei könnte die Erde die jetzige Bevölkerung gut ernähren.«

Tylön sah Mélisande an, der dann auf diese Feststellung Zahrans antwortete: »Dass es dennoch große Armut und steigende Ungleichheit gibt, ist wahrlich eine Schande.«

»Halten Sie die Globalisierung für einen Segen, Mr. Zahran?«, fragte Tylön.

»Wir brauchten uns nicht über die Möglichkeiten zu unterhalten, ob wir unsere Landsleute in Europa unterbringen können, um ihnen ein menschenwürdiges Leben zu ermöglichen, wenn es die Kolonialisierung nicht gegeben hätte, die unsere Länder brutal ausgebeutet hat und es noch immer tut.« Taabu Zahran sah den Mann, der mit seiner randlosen Brille wie ein Intellektueller wirkte, durchdringend an.

Tylön bewunderte insgeheim die Redegewandtheit von Zahran. »Also müssen wir die Welt gemeinsam ändern«, sagte er versöhnlich.

»Wir leben in einer kannibalischen Weltordnung«, antwortete Taabu Zahran ruhig. »Sie zeichnet sich durch zwei Dinge aus. Erstens durch eine unglaubliche Monopolisierung von politischer, ökonomischer und ideologischer Macht in den Händen weniger Oligarchen. Niemand kann die derzeit kontrollieren. Und zweitens durch die daraus resultierende ungeheuerliche Ungleichheit unter den Menschen.«

Sören tauchte wieder auf. Tylön nickte ihm zu, und er trug die leere Platte ab. Dann kam er zurück, um die Beistellteller für die Vorspeise abzuräumen.

»Die großen Konzerne aus Amerika und auch einige europäische haben eine Macht, wie sie kein König, kein Kaiser und auch kein katholischer Papst je hatte«, sagte Zahran. »Weder Nationalstaaten noch internationale Institutionen können sie kontrollieren. Sie sind brutal aktiv und äußerst erfolgreich in ihren Hegemoniebestrebungen. Und unsere Menschen verhungern wegen dieser Gier.«

Nachdem die Gäste dankend abgelehnt hatten, schenkte Mélisande Tylön und sich noch Chablis nach.

»Das reichste Prozent der Weltbevölkerung wird einem Oxfam-Bericht zufolge bald mehr als die Hälfte des weltweiten Vermögens besitzen«, fuhr Taabu Zahran ungerührt fort.

»Schweden steht dagegen«, sagte Mélisande.

»Die britische Aktivistengruppe des Oxforder Komitees zur Linderung von Hungersnot warnt vor der schockierend schnell wachsenden sozialen Ungleichheit. Nur wir in Afrika brauchen diesen Bericht nicht. Wir sehen ... täglich ... den nackten Hungertod.«

»Und deshalb werden wir helfen, wo wir können«, ließ sich Tylön vernehmen.

Sören kam und trug zusammen mit einem weiteren Mann den Hauptgang auf.

»Voilà, unser Elch mit Pfifferlingen«, sagte Tylön, als die beiden Männer gegangen waren. »Guten Appetit.«

Für kurze Zeit waren die Männer mit dem Elch und ihren eigenen Gedanken beschäftigt.

»Eines Ihrer Schiffe, die *Sun of Kenya*, ist mit rund achthundert Menschen im Anmarsch auf Schweden«, sagte Mélisande schließlich.

»Ja«, sagte Taabu Zahran. »Und zwei weitere Schiffe werden zur Stunde ebenfalls unterwegs sein.«

»Die *Hope of Island*, Heimathafen George Town«, ergänzte Tylön im Plauderton, als sei dies nichts Besonderes, »und die *Africa Queen*, Heimathafen Mombasa.«

»Exakt.«

»Ich habe ein paar Bilder der Verladung von Irakis auf die *Africa Queen* im Hafen von Latakia in Syrien«, stellte Tylön ruhig fest.

»Die eineinhalb Millionen Iraker, die bereits in Syrien sind, sitzen fest. Ihre Lage ist aussichtslos. Sie wird sich mittelfristig nicht ändern. Eine Rückkehr in den von Gewalt zerrütteten Irak scheint bis auf Weiteres unmöglich, sich in Syrien ein würdiges Dasein aufzubauen ist angesichts der dort herrschenden hohen Arbeitslosigkeit ebenfalls unmöglich. Und die Hoffnung, von Damaskus aus in die USA, nach Kanada, Australien oder Europa weiterzureisen, erweist sich als naives Wunschdenken. Laut UNHCR ist kaum ein westliches Land bereit, Iraker aufzunehmen. Aber sie sind auf Hilfe von außen angewiesen. Wir versuchen das zumindest«, antwortete Taabu Zahran.

»Lassen Sie uns das nach dem Essen bei einem Kaffee besprechen. Mir fällt bestimmt etwas dazu ein.«

Kurz nachdem sie mit dem Elch auf ihren Tellern fertig geworden waren, gingen sie zu der Garnitur im Hauptraum zurück.

»Bis vor fünfundzwanzig Jahren war die Zahl der Asylbewerber in Schweden niedrig und lag bei rund fünftausend pro Jahr. Das war für Schweden leicht zu verkraften,« sagte Tylön. »Doch Mitte der 80er stieg die Zahl der Anträge und erreichte im Jahr 1992 einen Spitzenwert von rund 84.000 Asylsuchenden. Sie kamen vor allem infolge des Krieges im ehemaligen Jugoslawien.«

»Schweden ist ein großzügiges Land, was die Einwanderung betrifft«, stellte Hector Limas fest.

Sören kam mit einem Tablett doppelter Espressi.

Tylön dankte und entließ ihn mit einer Handbewegung.

»Die Großzügigkeit hat ihren Preis«, sagte Mélisande. »Unsere Regierung entwickelte erstmals ein System zur Verteilung der Asylbewerber innerhalb des Landes. Zunächst wurden die Flüchtlinge in rund sechzig der insgesamt 284 Gemeinden untergebracht, später sollten sich fast alle Kommunen an der Flüchtlingsaufnahme beteiligen. In einigen Gemeinden reagierte die örtliche Bevölkerung sehr negativ. Noch heute ist die Gemeinde Sjöbo im Süden des Landes in ganz Schweden bekannt.«

»Lassen Sie mich raten«, sagte der Massai ruhig. »Es gab einen Aufstand.«

»Aufstand ist zu hoch gegriffen«, mischte sich Tylön ein.

»Aber?«

»In Sjöbo wurde vor zwanzig Jahren ein lokales Referendum abgehalten, bei der die Einwohner mit großer Mehrheit die Weigerung des Gemeinderates unterstützten, sich an der nationalen Flüchtlingsaufnahme zu beteiligen. In der Folge gelang der populistischen, rechtsgerichteten Partei Neue Demokratie der Einzug in den schwedischen Reichstag. Es kam zu Anschlägen rechtsextremer Gruppen auf Asylbewerberheime und Moscheen.«

»Davon hört man bei uns nichts«, sagte Yakubu Uhuru.

»Unsere Regierung reagierte mit dem Versuch, die Einreise von Asylbewerbern zu erschweren, unter anderem durch eine Ausweitung der Visum-Pflicht.« Tylön lächelte doppeldeutig.

»Zusätzlich wurden aber auch Aufklärungskampagnen durchgeführt, um Rassismus und Fremdenfeindlichkeit einzudämmen. Nach 1992 sanken die Zahlen neu ankommender Asylbewerber stark«, sagte Mélisande.

Taabu Zahran bemerkte, dass sich die beiden Schweden geschickt die Bälle zuspielten. Ihn konnte das nicht beeindrucken.

»Seit dem Vorjahr ist Schweden jedoch erneut ein wichtiges Zielland von Asylbewerbern. Migrationsverket rechnet in diesem Jahr mit rund 36.000 Asylerstanträgen. Das ist mehr als in jedem anderen EU-Staat«, sagte Tylön. »Mehr als in der EU und Amerika zusammen.«

Mélisande ergänzte: »Die Behörden bewilligten rund zweiundsiebzig Prozent von ihnen eine Aufenthaltserlaubnis als Flüchtlinge.«

»Und dennoch haben Sie achtundzwanzig Prozent der Menschen zurückgeschickt«, stellte Taabu Zahran nüchtern fest.

»Ja.«

»Was genau wollen Sie von uns?«, fragte der Massai.

»Ihnen ein Geschäft vorschlagen«, sagte Tylön.

»Das wie lautet?«

»Sie können in den nächsten zehn Jahren jeweils pro Jahr zweitausend afrikanische Menschen nach Schweden bringen. Und wir schicken keinen zurück.«

Der Massai war gewarnt.

»Ein großzügiges Angebot, das wie beantwortet werden muss?«

»Sie verfügen über eine Beteiligung von einundfünfzig Prozent an der süddeutschen Metallfabrik Merz & Mogli«, stellte Mélisande fest.

»Und?«

»Da werden Teile produziert, die wir erwerben möchten«, sagte Tylön.

»Das sind Teile, die schwer auszuführen sind. Die Deutschen erteilen kaum Ausfuhrgenehmigungen«, warf Limas ein.

»Deshalb beteiligt sich die Kiliwhite Ltd. ja auch an dem Geschäft«, stellte Mélisande süffisant fest.

»Mein Kollege will damit sagen, dass wir Schweden überhaupt keine Probleme haben, eine Ausfuhrgenehmigung zu bekommen«, griff Tylön wieder ein. »Übrigens, die *Sun of Kenya* muss gar nicht die Westküste hochfahren, um einen Teil der Ladung zu löschen. Auch den weiteren Weg nach Norwegen kann sie sich sparen. Wir haben alles vorbereitet, um alle Personen in das Auffanglager in Malmö zu übernehmen«, sagte Tylön. »Und die Iraker auf der *Africa Queen*, derzeit noch im Hafen von Latakia, können wir im Lager Södertälje unterbringen. Da finden sie schon einen Haufen Landsleute. Allerdings ...«

»Allerdings?«, fragte Taabu Zahran.

»Wir sind an der Lizenz interessiert, um die Teile selbst herzustellen.«

Der Massai hatte mit einem Mal ein eisiges Gesicht. »Dazu braucht man die Baupläne. Darüber kann ich nicht entscheiden.«

»Für die Pläne allerdings würden wir einen sehr, sehr hohen Betrag an die Kiliwhite Ltd. fließen lassen, der dann zur weiteren Rettung Ihrer Landsleute Verwendung finden könnte. Mit Geld, das muss ich Ihnen nicht erklären, kann man sehr vieles möglich machen.«

»Ich habe genug gehört«, sagte Salamander.

Abramowitsch fuhr den Laptop herunter, zog den Stick heraus, steckte ihn wieder in den Briefumschlag und gab ihn seinem Besucher.

»Nun kannst du einen ausgeben, Yehudi«, sagte Salamander und kniff kumpelhaft ein Auge zu.

»Gleich. Ich muss kurz ins Bad.«

»Ich fang schon mal an.«

Während Yehudi Abramowitsch dem Bad zusteuerte, nahm Salamander die beiden Piccoli aus der Zimmerbar, öffnete sie und goss die Gläser jeweils halb voll ein. Dann nahm er ein kleines Fläschchen aus der Hosentasche und leerte es in eines der Gläser. Als im Bad die Spülung ging, hatte er sein Werk vollbracht.

»Hast du schon einen Anschlussauftrag?«, fragte er, als Abramowitsch wieder im Raum war.

»Warum? Hast du etwas für mich?«

»Eventuell.«

»Was?«

»Die Überwachung einer Flugbase in Tschechien.«

»Tschechien ... Ich will ehrlich zu dir sein, Salamander. Tschechien ist nicht so mein Ding.«

»Was ist mit deinem Angebot, weltweit zu operieren?«

»Was meine Arbeit betrifft, gibt es einen Satz: In my end is my beginning.«

»Heißt was?«

»Berufswechsel.«

Sie prosteten sich zu und tranken. Augenblicklich merkte Abramowitsch, wie sich alles um ihn zu drehen begann. Das Letzte, was er mitbekam, war das maliziöse Lächeln, mit dem Salamander ihn ansah.

»In your end, my friend, is certainly not a new beginning but the end of all time.«

Mit dem typischen Harley-Sound, den Yehudi Abramowitsch vor einer guten Stunde noch im Unterbewusstsein als Gewitter wahrgenommen hatte, entfernte sich Salamander auf seiner Maschine vom Hotel Utkiek.

»Es gibt einen Brief mit einem Vermerk ›dringend‹ für den Gast Gaston Lloyd im Verteiler«, sagte die Empfangschefin des Hotels Utkiek. »Der Schlüssel ist nicht hier, also ist der Gast in seinem Zimmer, Susanne. Bitte bring den Brief hoch.«

Die im zweiten Lehrjahr befindliche Susanne Stecher nahm den Brief und ging zum Zimmer. Sie klopfte. Als keine Antwort kam, drückte sie die Klinke herunter und schob die Tür auf. Sie sah Lloyd in eigenartiger Pose im Sessel. Dann begriff sie, dass etwas nicht stimmte. Sie rannte zum Empfang zurück und berichtete aufgeregt ihrer Chefin, wie sie den Gast vorgefunden hatte. Gemeinsam gingen sie noch einmal zum Zimmer von Gaston Lloyd.

Kurze Zeit später kam der Notarztwagen. Dr. Grundlinger, ein erfahrener Mediziner, schaute sich Abramowitsch an und stellte dessen Tod fest. Nachdem er Holzer-Blasen an den Knieinnenseiten, den Fußknöcheln und den Hand- und Fußrücken diagnostiziert hatte, wählte er die Telefonnummer des Instituts für Rechtsmedizin und ließ sich mit Frau Prof. Dr. Beckert verbinden. Er schilderte den Fund der Holzer-Blasen an der Leiche, die auf eine Vergiftung durch ein Barbiturat hinwiesen, und legte den Eintritt des Todes auf etwa drei Stunden vor seinem Eintreffen, also gegen zehn Uhr fest.

Als sich die Rechtsmedizinerin die Leiche genau ansah, war sie überzeugt davon, dass der Mann keines natürlichen Todes gestorben war. Umgehend verständigte sie die Kriminalpolizei.

14. Kapitel

Donnerstag, 19. Juli 2007

Zwei Stunden, nachdem Charlene Gruber mit Raoul Stern vom ST23 telefoniert hatte, passierten innerhalb einer Viertelstunde zwei Dinge, die Bewegung in die Ermittlungen brachten: Die über das taktische Lagezentrum des BKA gestellte Anfrage bei der Kriminalpolizei in Riga hatte mitgeteilt, dass Irbe Kralikas seit Mai Mitte 2003 nicht mehr der lettischen Kriminalpolizei angehörte. Er habe die Dienststelle verlassen, weil eine Aufstiegsmöglichkeit wegen einer Verfehlung nicht mehr gegeben war. Über einen Verbleib des Mannes könne man sich nicht äußern.

»Siehst du, Charlene, mein Gefühl hat sich bestätigt. Kralikas ist ein Lügner. Und da frage ich mich natürlich, warum. Und ich frage mich natürlich auch, was wollte er bei mir zu Hause? Ich habe auch schon eine Antwort.«

»Du bist wohl nie um eine Antwort verlegen.«

»Ein Großteil der lettischen Gesetzeshüter verdiente zwischen 200 und 300 Lats, also 281 bis 421 Euro im Monat; ihre direkten Vorgesetzten etwa 300 bis 500 Lats. Mit solchen Summen lässt sich auch in Lettland eine Familie nur schwer über die Runden bringen. Zwar sind die Wohnkosten in Riga noch weitaus geringer als in Köln oder München, doch die Preise für Lebensmittel, Kleidung und sonstige Alltagsware haben längst westliches Niveau erreicht. Deshalb jobbt ein Teil der Bediensteten in der Freizeit. Polizisten arbeiten als Wachleute bei privaten Sicherheitsdiensten, manchmal arbeiten sie rund um die Uhr. Und manche arbeiten in Gefilden, wo das ganz große Geld lockt.«

»Das ganz große Geld? Also Unterwelt.«

»Zum Beispiel.«

»Und die Antwort zum zweiten Teil deiner Frage?«

Larsson hob die Schultern. »Die habe ich noch nicht parat.«

Nur eine knappe Stunde später kam eine Mitteilung, dass man eine männliche Leiche in einem Greifswalder Hotel aufgefunden habe. Die Papiere wiesen ihn als den britischen Staatsbürger Gaston Lloyd aus. Sofort machte man sich vom Erkennungsdienst darüber her, seine Identität zu überprüfen. Schließlich fand man sie. Es war der israelische Staatsbürger Yehudi Abramowitsch. Das Bild war relativ aktuell. Es stammte aus einer Observation nach seinem offiziellen Ausscheiden aus dem aktiven Dienst beim israelischen Auslandsnachrichtendienst Mossad; die Observation hatte der britische MI6 durchgeführt.

Diese Feststellungen waren automatisch auf dem Ordner Amphitryon gelandet.

Kurz drauf rief Raoul Stern an und teilte Charlene Gruber mit, dass es zwei kurze Kontakte zu Kralikas' Telefon gegeben hatte. Am Morgen für wenige Minuten aus der Region Greifswald und eben jetzt aus der Nähe von Neubrandenburg. Als Charlene Gruber aufgelegt hatte, fragte Larsson: »Was gibt's?«

»Ruf Amphitryon auf«, sagte sie, »dann findest du die Antwort. Heute Morgen hat es einen Telefonkontakt zu Irbe Kralikas gegeben, doch war der zu kurz, um eine genaue Ortsbestimmung durchzuführen. Man vermutete ihn irgendwo in der Region Greifswald. Und in Greifswald hat es einen Toten gegeben.«

»Fuck! Warum erfahre ich das erst jetzt?« Larsson war außer sich. »Vielleicht ist er in Loddin.«

Charlene Gruber ließ sich von seinem Ausbruch nicht beirren. »Kaum. Er ist irgendwo zwischen Neubrandenburg und Greifswald.«

Larsson hatte den Ordner Amphitryon geöffnet. Er schaute sich die Beschreibung zu Gaston Llod alias Yehudi Abramowitsch an.

»Ein Mossad-Agent, den man aus dem Dienst entlassen hat und der auf eigene Faust arbeitet, ist immer gefährlich und gleichzeitig gefährdet«, sagte er zu Charlene.

»Du glaubst an einen Zusammenhang zwischen diesem ...«

»Lloyd.«

»Lloyd und Irbe Kralikas?«

»Absolut.«

»Kommissar Zufall?«

»Wenn eine Tür nur nach innen aufgeht, kannst du lange drücken, sie wird nicht aufgehen«, sagte Larsson. »Aber wir haben auch von außen gezogen.« Er kniff ein Auge zu, und Charlene dachte, dass er die Versuche meinte, die sie unternommen hatten, um an die gesperrten Dateien heranzukommen.

Larsson wiederum war froh über seinen Einfall, Lennart Fors in seine Untersuchung eingebunden zu haben. Genau besehen könnte es ihn auch jetzt noch den Job kosten. Aber er würde sich hüten, etwas preiszugeben, das sich ihm außerhalb der offiziellen Anfragen eröffnet hatte.

»Du lässt über das Lagezentrum rund um Neubrandenburg und Greifswald einen Ring ziehen«, sagte Larsson. »Sofort. Falls er mit seiner auffälligen Maschine gesichtet wird, soll man ihn festnehmen. Und gib die Zulassungsnummer des Krads gleich mit durch.«

Charlene Gruber erledigte unmittelbar den Auftrag, während Larsson mit der Einsatzzentrale in Anklam telefonierte.

Larsson erreichte Ottmar Selge, den Polizeihauptkommissar, mit dem zusammen er schon einige Schlachten geschlagen hatte. In wenigen Sätzen erläuterte er ihm das Problem, wobei er auf die besondere Situation der gefährdeten Sicherheit seiner Familie hinwies.

»Du weißt schon, Lasse«, wandte Selge ein, »dass ich für eine solche Operation die Zustimmung des Chefs brauche.«

»Ja.«

»Wir brauchen eine BKA-Anweisung.«

»Ich sorge dafür, dass du sie in kurzer Zeit erhalten wirst. Aber du könntest wenigstens schon eine Streife bei mir in Loddin nachsehen lassen.«

»Darauf kannst du dich verlassen, Lasse«, sagte Selge.

»Ich habe die Abteilungen ST22 und ST23 eingebunden«, sagte Charlene, als Larsson den Hörer aufgelegt hatte. »Niemand soll uns hinterher für eine Unkorrektheit drankriegen können.«

»Gut so. Lass uns mal nachdenken, wie sich der Kerl mit seiner Harley nach Lettland absetzen könnte«, sagte Larsson.

Am Nachmittag erreichte sie eine weitere Meldung. Die SÄPO in Stockholm hatte geantwortet, dass es sich bei dem grauen Kutter mit dem Farbstreifen am Bug um ein in Liepaja Pilseta, Lettland, registrierten Kutter handelte, der ganz offensichtlich zur nachrichtendienstlichen Überwachung eingesetzt wurde und den Namen *Cinereo Lupus* – Grauer Wolf – trug.

Larsson lächelte in sich hinein. Lennart Fors hatte Wort gehalten. Larsson rätselte, welche Stellung Lennart wohl beim schwedischen Inlandgeheimdienst bekleidete. Schließlich riet er ihm zu einer Anfrage bezüglich des grauen Kutters zur SÄPO und stellte ihm eine schnelle Antwort auf diese Anfrage in Aussicht. Die war nun postwendend gekommen. Als hätte man die Anfrage bereits erwartet.

Larsson trug eine bequeme blaue Hose, ein rotkariertes Hemd und einen gelben Pullover, ähnlich dem, den Leonhard Bernstein bei seiner Probe zu Beethovens Piano Concerto No.1 in C Major in Wien getragen hatte. In dieser Erinnerung hatte er den Pullover in doppelter Ausfertigung bei Brummer in Berlin erstanden. Diese Konstellation in Zusammenhang mit der schnellen Entwicklung des Falles ließ ihn daran glauben, dass heute sein Glückstag war.

»Nehmen wir mal an, Irbe Kralikas hat etwas mit dem Toten in Greifswald zu tun.«

»Davon gehst du aus?«

»Absolut.«

»Ich nehme an, dein Bauchgefühl«, sagte Charlene Gruber.

Larsson lachte auf. »Was sonst?«

»Inzwischen kenne ich dich etwas besser. Zuerst hatte ich angenommen, du bluffst, wenn du etwas so direkt zur Diskussion stellst, obwohl nichts sicher ist.«

»Sicher, Charlene, ist nur, dass nichts sicher ist. Ermittlungen führen nie dahin, wo man sie erwartet. Sie machen immer von einem Eigenleben Gebrauch.«

»So ist es auch dieses Mal.«

»Exakt«, sagte Larsson. »Nehmen wir also an, dass dieser Irbe Kralikas sich in die Heimat absetzen wird.«

»Warum ist er dann erst nach Greifswald und wieder zurück nach Neubrandenburg gefahren? Der schnellste Weg wäre doch der direkt am Wasser entlang«, gab Charlene Gruber zu bedenken.

»Da können wir nur spekulieren.«

»Wenn er direkt von Greifswald nach Hause gefahren wäre ...«

»Ist er zum Glück nicht.«

»Weil er in Loddin Pause gemacht haben könnte?«, fragte Charlene Gruber.

Larsson spürte, wie er ärgerlich wurde. »Ist er aber nicht«, sagte er nachdrücklich. »Vor meiner Tür steht ein Funkwagen.«

»Die alten Seilschaften haben funktioniert«, fuhr Charlene Gruber unbeirrt fort, »aber wenn, dann wäre er von Greifswald über Danzig, Elblag und durch die Ermland-Masuren nach Suwalken gefahren. Grenzübertritt nach Litauen, weiter über Kaunas nach Memel, über die A11, Grenzübertritt nach Lettland und weiter nach Liepaja Pilseta gefahren. Das sind rund 1.240 Kilometer.«

»Hast du das nachgesehen?«

»Google Earth.«

»Mindestens eine Dreitagesreise bei dieser Streckenführung«, sagte Larsson. »Und da müsste er sich gewaltig ranhalten.«

»Dem gegenüber steht die zweite und schneller befahrbare Route Greifswald – Stettin – Gorzow – Posen – Warschau, dann weiter nach Kaunas und Memel – Grenzübertritt auf der A11 – Lieja pas sind 1.360 Kilometer und ist in etwa sechzehn Stunden zu machen.«

»Ich weiß nicht. Klingt beides nicht berauschend«, sagte Larsson. »Denn er müsste damit rechnen, dass wir ihm auf die Schliche gekommen sind und die Strecken überwachen lassen.«

15. Kapitel

Donnerstag, 19. Juli 2007

Unvermittelt hatte Regenwetter eingesetzt. Vorausgegangen war ein Sommergewitter mit einem kurzen heftigen Wind und bizarrem Schlagregen, der einem die Sicht nahm und alle, die es nicht zu einem Unterstand schafften, bis auf die Haut durchnässte. Grellen Blitzen war ohrenbetäubender Donner gefolgt. Zwischen Zinnowitz und Bannemin erschlug einer dieser Blitze vier Kühe und drei Kälber einer Mutterkuhherde, die unter einer spärlichen Baumgruppe Zuflucht gesucht hatten.

Polizeihauptkommissar Ottmar Selge von der Einsatzleitung in Anklam hatte eine Operation geplant, die einen großen Teil der Streifenwagen sowie der mit Zivilfahndern besetzten Einsatzwagen der Polizeiflotte band und so für andere Einsätze unmöglich machte. Auch er hatte die Vermutung, der Gesuchte könnte möglicherweise über eine Nebenstrecke Polen erreichen und sich so der Verhaftung entziehen.

Und just in dem Augenblick, als das Unwetter, das in Richtung Osten abzog, seine Fluten über Ost-Usedom peitschend zur Erde sandte, mühte sich ein einsamer Motorradfahrer auf einer schweren Maschine durch den Wald auf der B110, die von Zirchow zur polnischen Grenze nach Swinemünde führte. Wegen des Schlagregens hielt er im einzigen Tunnel auf dieser Strecke, der über die Straße führte, an. An der Wand des Tunnels prangte ein riesiger schwarz-weißer Pfeil, dessen Spitze auf ein nahezu ebenso großes Hakenkreuz zeigte.

Hinter dem Tunnel machte die Straße eine scharfe Rechtskurve. Geradeaus führte ein breiter Weg in den Wald hinein, der durch zwei rot-weiß gestrichene Halbschranken geschlossen war. Seitlich der Schranken hatte offenbar ein Personenwagen Schutz vor dem Wetter gesucht. Der Motorradfahrer nahm seinen Helm ab und versuchte das Visier trockenzuwischen.

Plötzlich setzte sich der Pkw in Bewegung und blieb unvermittelt vor dem Mann im Tunnel stehen. Der Beifahrer sprang heraus und kam mit gezogener Pistole auf ihn zu.

»Polizei. Hände auf den Lenker ... Hände auf den Lenker ... Ich will sie sehen!«, schrie er.

Der Helm des Mannes fiel zu Boden. Artig legte er seine Hände mit den Handflächen nach oben auf den Lenker.

Inzwischen war der Fahrer des Wagens ausgestiegen. »Polizei«, sagte er ruhig. »Ihre Papiere, bitte. Ausweis und Fahrzeugschein.« Und er legte nach, als der Motorradfahrer seine Hand in die Innentasche seiner Ledermontur steckte. »Aber ganz langsam. Ich will sehen, was Sie in der Hand haben. Und keine Tricks.«

»Andere Sorgen habt ihr wohl nicht«, sagte der Motorradfahrer.

»Es ist eine in Polen zugelassene Maschine«, sagte der zuerst ausgestiegene Polizeimeister Jonas Huth.

»Mach eine Halterabfrage.«

»Und es ist keine Harley.«

Inzwischen hatte der Motorradfahrer seine Papiere in der Hand und reichte sie Polizeiobermeister Henryk Deijk. Die beiden waren ein Teil der über die Insel verteilten Bundespolizisten.

Es dauerte vier lange Minuten, denn hörten sie aus dem Lautsprecher des neutralen Funkwagens. »Halter ist ein Dariusz Janowiak aus Ładzin.«

»Was für eine Maschine?«, fragte Polizeimeister Huth.

»Die Halternummer passt zu einer Ducati, Typ 999 mit 100 KW.«

»Danke. Verbinde mich bitte mit dem Kollegen Ottmar Selge.«

Huth berichtete kurz von dem Zwischenfall und erfuhr, dass sie weiter vor Ort zu bleiben hätten.

Dariusz Janowiak hingegen wartete den Regenguss ab und setzte sich dann für die letzten fünfunddreißig Kilometer nach Ładzin in Richtung polnische Grenze in Bewegung.

Irbe Kralikas drosselte die Harley Davidson und regelte die Geschwindigkeit von sechzig Kilometern pro Stunde, mit der er seit mehr als einer Stunde von Greifswald über die L35 cruiste, auf knappe fünfzig herunter. Rechtseitig passierte er eine kleine Einfamilienhaussiedlung. Sie lag in einer grünen Oase eingebettet. Wenige Meter weiter, ein zweites Objekt, ein Einfamilienhaus, das zu den ersten Häusern durch einen rund einhundert Meter breiten Grasstreifen unterbrochen war. Linksseitig kam das Autohaus Wahl mit seiner Palette Toyotas in sein Blickfeld. Kurz darauf der Obi-Baumarkt, der reichlich frequentiert war. Ihm entgegen kamen Fahrzeuge, die den Blinker setzten und kurz vor seinem Erreichen der Einfahrthöhe stoppten, um einen Radfahrer nicht zu schneiden. Einige Fahrzeuge standen bereit, auf die Straße in Richtung Innenstadt zu fahren. Auch sie mussten warten, bis die stadtauswärts rollenden Fahrzeuge vorbei waren, dann setzten auch sie sich in Bewegung.

Unmittelbar hinter der Harley dümpelten nun zwei Pkw; einer davon eine Zivilstreife der Bundespolizei, die auf der Einfallstraße L35 eingesetzt war, um Irbe Kralikas abzufangen, so er diese Straße bevorzugen würde. Doch das war durchaus nicht sicher. Viele Wege führen nach Rom, ebenso viele nach Neubrandenburg. Aber Kralikas hatte den direkten Weg von Greifswald nach Neubrandenburg gewählt. Derartig unvorsichtig war er nur, wenn er sich absolut sicher fühlte. Und das war jetzt der Fall.

Als Irbe Kralikas auf den Friedrich-Engels-Ring einbog und kurz nach ihm der graue Mittelklassewagen der Zivilstreife, wurde dieser von einem zweiten Wagen der Polizei abgelöst. Diesmal war es ein Wagen mit einem MEK, dem mit Abstand zwischen zwei anderen Fahrzeugen ein zweiter Wagen mit

MEK-Beamten folgte. Drei dieser Personenwagen bogen in die Rostocker Straße ab. Sie befuhren diese breite Ausfallstraße bis zur Abbiegung Neuendorfer Straße, in die die MEK-Fahrzeuge ebenfalls links abbogen. Wenige Meter weiter ging es wieder links in die Seestraße. Linker Hand lag das Zentrum für Lebensmitteltechnologie, rechts die Kirche Jesu Christi der Heiligen der Letzten Tage.

Als Kralikas in die Zanderstraße abbog, fuhr der erste Wagen geradeaus. Der zweite wiederum folgte dem Letten. Vorbei ging es an der Aalstraße, die in einem Rundbogen zweimal die Zanderstraße berührte. Bei der zweiten Mündung der Aalstraße bog das MEK-Fahrzeug ab und fuhr schnell zur ersten Einmündung zurück, um wieder die gleiche Strecke der Zanderstraße zurückzufahren, dem Verfolgten hinterher.

Inzwischen kam der zweite Wagen am Ende der Seestraße an, die in die Ölmühlenstraße mündete. Er bog links ab, wohl wissend, dass die Harley unmöglich schon hier sein konnte. Über Funk verständigten sich die Beamten und stimmten ihren Einsatz ab. Als sich beide Wagen an der Einmündung Zanderstraße in die Ölmühlenstraße trafen, wussten sie, dass Irbe Kralikas entweder zum Forellenzuchthof Uhthoff wollte, wo ein Restaurant betrieben wurde, oder zum Landhotel Broda, einem Drei-Sterne-Hotel, das direkt gegenüber vom Hauptgebäude der Forellenzucht lag.

Polizeihauptmeister Jörg Schönenborn, der den Einsatz leitete, forderte über die Zentrale in Neubrandenburg ein SEK an. Erst dann fuhren die beiden Wagen mit Abstand auf die Zielstelle zu. Sie parkten vor dem Forellenhof.

16. Kapitel

Freitag, 20. Juli 2007

In der Nacht war Irbe Kralikas mit einem Hubschrauber der Bundespolizei-Fliegerstaffel in Blumberg von Neubrandenburg abgeholt und beim BKA in Berlin eingeflogen worden.

Der Schlaf wird mir guttun, sagte er sich. Ich muss meine Gedanken sammeln. Sie werden mich verhören. Was wissen sie? Irgendwie sind sie auf meine Spur gekommen. Doch wie? War ich doch vorsichtig gewesen, so wie ich es in Damâvand in der Agentenschule für das Vezarat-e Ettela'at Jomhuri-ye Eslami-ye im Iran gelernt habe. War ich in den letzten fünf Jahren nicht erfolgreich? Galt ich nicht als Spitzenkraft bei der Beseitigung der für die Revolution gefährlichen Gegner? Sie wollten einen Mann, der in Europa sitzt und von seinem Wohnort in wenigen Stunden zu einem Einsatz in jeden Teil Europas gelangen kann. Ich bin dieser Mann.

Irbe Kralikas ließ die Menschen an sich vorbeiziehen, die er vom Leben zum Tode befördert hatte. Der Erste war ein nach Lettland geflohener Physikprofessor namens Mahyar Angha, ein Regimegegner aus Teheran. Er hatte ihn nicht einmal gekannt. Nur den Einsatzort. Später sah er den Mann im Bericht der Kriminalpolizei auf seiner Dienststelle.

Andere folgten in Frankreich, Belgien und Deutschland.

Was kann, nein, was muss ich aussagen, um meinen Kopf aus der Schlinge zu ziehen? Was? Was passiert mit mir, wenn die Deutschen mich an die VRVAK weiterreichen? Seine Gedanken rasten hin und her.

Die Nacht ließ ihn für einige Stunden in einen unruhigen Schlaf fallen. Er war mehrfach hochgeschreckt. Man hatte ihn erst geweckt, als man das Frühstück brachte. Jetzt wartete er in einem Vernehmungsraum. Im Nebenraum, hinter einer einseitig undurchsichtige Scheibe, saßen weitere Beamte, um etwaige

Aussagen, die schnell zu überprüfen oder korrigieren waren, zu bearbeiten.

Auch Niclas Schorn vom ST22/Ermittlungen, Fahndung, Gefahrenabwehr, und Raoul Stern vom Referat ST23, der Zentralstelle für Spionage inklusive proliferationsrelvante Aspekte, zu dem auch Staatsterrorismus, die nachrichtendienstlich staatlich gesteuerte Cybercrime und die ABC Kriminalistik zählten, waren vor Ort und würden jeden Satz des Verhörs analysieren.

Die Krone aber war Kriminalrat von Droste, der innerlich frohlockte. Obwohl er mit einem Foto des Motorseglers *Mercurius*, das er von dem Mitarbeiter der CIA in Wiesbaden bekommen hatte und das ein Ergebnis einer Auswertung eines US-Satellitenfotos über der westlichen Ostsee war, erste Fahndungserfolge erzielen konnte, waren diese doch im Wesentlichen Lasse Larsson zu verdanken. Von Droste wusste das richtig einzuordnen. Er würde versuchen, den Mann beim BKA zu halten.

»So sieht man sich wieder, Herr Kralikas«, sagte Larsson, nachdem er die allgemeine Feststellung der Personalien und der Zeit beendet hatte. Obwohl es ihm schwerfiel, ruhig zu bleiben, verfiel er in einen Plauderton.

»Wie sind Sie eigentlich auf mich gekommen, Hauptkommissar Larsson?«, fragte Kralikas. Er gab den gleichen Plauderton mit einem verschmitzten Lächeln zurück, als säßen sie bei einem Aperitif an einer Hotelbar.

»Sie hätten einen Bogen um mein Zuhause machen sollen.«

»Das sehe ich auch so.«

»Allein Ihre Erklärung zum Auffinden meiner Frau war schon der erste Fehler.«

»Sie haben das nachgeprüft. Ich kann das absolut nachvollziehen. Ja, ja, die Eifersucht.«

»Sie waren sicher noch nicht einmal von der Insel runter, da hatte ich schon die Bestätigung, dass Sie nicht bei meiner Schwiegermutter angerufen haben.«

Irbe Kralikas grinste breit. »Und nun wollen Sie wissen, wie ich zu der Adresse gekommen bin. Richtig?«

Larsson nickte.

»Die Kripo in Riga ist eine sprudelnde Quelle, wenn ich Informationen brauche«, sagte Kralikas.

»Das war sie auch für uns.« Larsson dachte daran, wie wenig Polizeibeamte in Lettland verdienten. »Unter anderem deshalb haben Sie ja wohl auch Ihren Arbeitsplatz bei der Kriminalpolizei quittiert.«

»Unter anderem. Das trifft es genau.«

»Was wollten Sie, als Sie in mein Haus kamen? Monika besuchen wird es wohl nicht gewesen sein.«

Kralikas überlegte einen Augenblick. »Klammern wir mal die Frage aus.«

»Ist sie Ihnen zu persönlich?«

»Nur im Augenblick.«

»Was haben Sie auf Usedom gemacht?«

»Sie haben mich das schon einmal gefragt. Wie ich schon sagte: Ich war auf der Durchreise.«

»Und Sie sagten, dass Sie in die Schweiz reisen wollten. Nach Zürich.«

»Ich sagte nicht Zürich, sondern Appenzell.«

»Ach richtig, Appenzell.«

»Aber wenn es Sie beruhigt, ich bin durch Zürich gefahren, habe am Zürichsee Kaffee getrunken, über den See geschaut und gedacht, hier könntest du dich auch niederlassen.«

Larsson lachte auf. »Da wird Ihr Einkommen aber nicht reichen, um in diesem Haibecken mitzuschwimmen, ohne gefressen zu werden.«

»Sie müssen es ja wissen«, sagte Kralikas und kniff ein Auge zu.

»Über Ihr Schweizer Engagement können wir später reden. Kommen wir zurück auf Greifswald.«

»Eine schöne Stadt. Der imposante Markt, im Hintergrund der Dom. Schön, sehr schön.«

»Und der Tote im Hotel Utkiek, wirklich eine außergewöhnliche Einlage.«

»Was für ein Toter? Ich habe keinen Toten in Greifswald gesehen. Und das Hotel kenne ich auch nicht. Wie hieß es?«

»Utkiek ... Derzeit sind unsere Kollegen dabei, im Hotel nachzuforschen, ob jemand Sie dort gesehen hat. Sie zeigen Ihr Konterfei herum.«

Kralikas lachte auf. »Viel Erfolg.«

»Wenn Ihnen irgendjemand im Hotel begegnet ist, dann wird er sich an Ihr Gesicht schon erinnern.«

»Ich wünsche Ihnen Glück, Hauptkommissar.«

»Immerhin haben wir den Beweis, dass Sie in der Nähe waren«, sagte Larsson. »Ihr Handy hat sich eingeloggt. Wir konnten diesen Kontakt sichern.«

»Ist es verboten, mit einem Motorrad durch Greifswald zu fahren?«

»Wenn zwei Agenten sich an einem Ort treffen und einer als Leiche zurückbleibt, sträuben sich mir die Nackenhaare«, sagte Larsson. »Ich beschuldige Sie der nachrichtendienstlichen Tätigkeit für eine fremde Macht auf deutschem Boden und des Mordes an einem britischen Staatsbürger namens Gaston Lloyd.«

»Agenten?« Irbe Kralikas gab sich Mühe, unbefangen zu klingen, machte ein selbstbewusstes, aber fragendes Gesicht und hob die Schultern. »Wer ist Gaston Lloyd?«

»Hören wir mal auf, Versteck zu spielen«, sagte Larsson. »Sie kennen beide Namen des Mannes. Gaston Lloyd alias Yehudi Abramowitsch, ehemaliger Mossad-Agent. Ein Freelancer.«

»Abramowitsch?«

»Der Mann, der nach Ihrem Besuch tot in seinem Hotel zurückblieb. Die Leiche ist bereits in der Rechtsmedizin in Greifswald.«

»Was geht mich das an?«

»Abramowitsch wurde mit einem schnell abbaubaren Gift namens Pentobarbital-Natrium ins Jenseits befördert. Unsere Spezialisten nehmen gerade Ihre Sachen auseinander.«

»Pento...«

»Natürlich wissen Sie nicht, was das ist.«

Kralikas hob die Schultern.

»Kurz vor Mittag des 25. Juni erhielt Abramowitsch ... pardon ... Lloyd eine SMS: *Skage 25/14/15 Gruß MeliSala.*«

»Sie verrennen sich da in etwas, Larsson. Ich kann damit nichts anfangen.«

»Ebenfalls an diesem Tag hat die FRA in Schweden folgende SMS abgefangen und analysiert: *Mercuriushügel 25/17/18 Sala*. Danach schickte eine Quelle diese Nachricht aus dem Gebiet der westlichen Ostsee an einen uns bekannten Empfänger in Riga. Aber sie ging auch an Abramowitsch. Sie ist auf seinem Handy eingegangen, das wir bei einer gründlichen Untersuchung des Zimmers im Utkiek gefunden haben.« Als Irbe Kralikas schwieg, fuhr Larsson fort: »*Skage 25/14/15 Gruß MeliSala* heißt nichts anderes als: Die *Skagerrak* läuft am 25. zwischen 14 und 15 Uhr ein. Kommen wir zur Unterschrift MeliSala ... Meli heißt Mélisande. Mélisande wiederum ist der Deckname des SÄPO-Agenten Åke Eriksson und gehört folglich zum ersten Wort, also *Skagerrak*. Sala ist die Abkürzung von Salamander. Und Salamander ist niemand anderes als Irbe Kralikas.

Die SMS von Ihnen war in erster Linie an Yehudi Abramowitsch gerichtet, ging aber auch an die Adresse in Riga. Die zweite, *Mercuriushügel 25/17/18*, kündigte die *Mercurius* für den gleichen Tag zwischen 17 und 18 Uhr an. Was mich wundert, ist die lasche Verschlüsselung. Habt ihr denn bei der VEVAK gar nichts gelernt?«

»Sie haben mich gefragt, was ich in Ihrem Haus wollte«, sagte Kralikas.

»Ich wette, unsere KTU wird auf Ihrem Handy feststellen, dass diese Mails von Ihnen abgeschickt wurden, Kralikas«, sagte Larsson, ohne auf die Kralikas' Feststellung einzugehen.

»Ich wollte Sie sehen, Hauptkommissar«, fuhr der Lette unbeirrt fort.

Larssons Neugier war geweckt. »Weshalb?«

»Ich wollte sehen, wie dicht Sie unserer Operation kommen könnten. Ich sollte das einschätzen.«

»Und?«

»Ich gebe zu, ich habe Sie unterschätzt, denn ...«

Als Kralikas plötzlich schwieg, fasste Larsson nach: »Denn?«

»Ich habe mir nicht vorstellen können, dass Sie auch nur die leiseste Ahnung von den beiden Yachten hatten, die kurze Zeit Bord an Bord in Karlshagen lagen. Ihre eben gemachte Vorhaltung zeigt mir, dass ich falsch lag.«

»Was hat das mit Ihrem Besuch bei mir im Haus zu tun?«

»Hätte ich gewusst, dass Sie die Verbindung zu den beiden Schiffen in der Hand halten, hätte ich Sie auf der Stelle töten müssen. Und Monika ebenfalls.«

Larsson brauchte einige Sekunden, um die Nachricht zu verdauen. So nahe waren er und seine Familie dem Tod gewesen.

»Ich überlege mir, ob wir einen Deal aushandeln können. Denn sonst sage ich gar nichts mehr.«

»Sie verkennen Ihre Lage, Kralikas«, mischte sich Charlene Gruber ein. »Wir haben mehrere Möglichkeiten, Sie ins Jenseits zu befördern, ohne uns die Finger schmutzig zu machen. Eine davon wäre VEVAK. Wir könnten Sie nach einigen Tagen aussetzen und über diplomatische Kanäle unter dem Siegel der Verschwiegenheit verbreiten, Sie hätten das einem Deal zu verdanken, weil Sie die VEVAK mit allen Verbindungen ans Messer geliefert haben.«

In Irbe Kralikas begann es zu arbeiten. »Ja, das könnten Sie.«

Von einem einzigen Missgeschick in Frankreich abgesehen, bei dem eines seiner Opfer überlebt hatte, ein führendes Mitglied der Opposition gegen die Islamische Republik, waren Kralikas' Missionen eine ununterbrochene Erfolgsgeschichte. Im Laufe der Jahre wurde er, entgegen der gängigen Linie des VEVAK, der bei der Tötung unbequemer Exil-Iraner mehr auf

Teamarbeit setzte, zum erfolgreichen Einzelgänger. Kommen, töten, verschwinden. Das Vezarat-e Ettela'at Jomhuri-ye Eslami-ye Iran – das Ministerium für Nachrichtenwesen der Islamischen Republik Iran – hatte ihm angeboten, seine Erfahrungen in der Schule des Geheimdienstes in dem Haus in Damâvand weiterzugeben. Doch er hatte abgelehnt. Er war ein Mann der Tat, nicht des streng kontrollierten Lehrbetriebs einer Agentenschule. Er war zum Geist der Dienste europäischer Länder geworden, hatte zu einer bisher erfolglosen Jagd auf diesen Geist inspiriert. Einige Agenten im Nachwuchskader des VEVAK hatten versucht, ihn nachzuahmen, waren aber gescheitert.

Kralikas war klug genug, um einzuschätzen, wann dieser Geist so ins Licht eines seiner Gegenspieler getreten war, dass er allein nicht imstande sein würde, dieses Licht abzuschütteln.

»Ich brauche einen Anwalt«, sagte er. »Ich kenne einen Spitzenmann in New York.«

»Einen Anwalt?« Larsson lachte auf. »Aus New York. Einer, der für die CIA arbeitet, nehme ich an.«

»Jeder Häftling hat das Recht auf einen Anwalt.«

»Jeder Häftling, der gegen ein Gesetz verstoßen hat und von der Polizei gefangen gesetzt wird«, konterte Charlene Gruber.

»Sie sind ein mordender Agent, unterliegen also nicht der normalen Gesetzmäßigkeit. Denn eigentlich gibt es Sie gar nicht. Oder?«, fragte Larsson.

Irbe Kralikas unterdrückte einen Fluch.

»Was wollen Sie?«

»Alles, was Sie wissen. Vielleicht kann ich dann etwas in Richtung USA für Sie tun.«

»Dann bin ich ein toter Mann.«

Larsson zuckte mit den Schultern. »Sie können Ihre Lage verbessern oder eben nicht. Wollen Sie einen Tag darüber nachdenken?«

»Wozu?«

Larsson wertete die Frage Kralikas' als Zustimmung einer Zusammenarbeit.

»Was sagt Ihnen der Name *Cinereo Lupus*?«

»Das ist ein Kutter, der zur Auffindung von Sound Surveillance Systemen genutzt wird.«

»Zur Auffindung von was?«

»Hydrophone. Eine SOSUS-Station besteht aus mehreren auf dem Meeresgrund angebrachten Hydrophonen. Diese sind mittels Unterwasserkabel mit einer Station an Land verbunden, wo die eingehenden Daten analysiert werden. Die Bojen sind vornehmlich auf Kontinentalhängen oder Unterwasserbergen installiert, damit sie möglichst ungestört auf große Reichweite lauschen können. Dies in Kombination mit der extremen Empfindlichkeit der Sensoren erlaubt SOSUS, akustische Leistungen von weniger als einem Watt über mehrere hundert Kilometer Entfernung zu entdecken.«

»Von wem wird der Kutter benutzt?«

»Es ist ein lettischer Kutter, der im Auftrag arbeitet«, sagte Kralikas.

Larsson schwieg.

»Das Sound Surveillance Systemen, im Kürzel SOSUS, ist ein amerikanisches Geräuschüberwachungssystem, das in den 1950ern in den Ozeanen installiert wurde, um sowjetische U-Boot-Bewegungen überwachen zu können«, sagte Kralikas. »›Jagd auf Roter Oktober‹, ist das ein Begriff?«

Larsson nickte.

»Tom Claency erwähnte SOSUS im Buch, und auch im Film kam es vor. Man konnte sogar mittels der unterschiedlichen Schraubengeräusche jedes Geräusch dem jeweiligen Boot zuordnen.«

»Das verstehe ich nicht. Die Hydrophone wurden in den Ozeanen installiert, und ein kleiner grauer Kutter aus Lettland soll die Dinger aufspüren?«, fragte Larsson. »Und was ich noch weniger verstehe, ist: In den 50er Jahren wurden die Dinger installiert? Das ist doch längst überholt.«

»Zum einen ... die Hydrophone wurden nicht nur in der GUIK-Lücke verankert und ausgewertet, sondern später auch an strategisch wichtigen Punkten in der Ostsee platziert. Zum anderen sind die Systeme soweit modifiziert worden, dass sie heute ihre Aufzeichnungen auch ohne eine Unterwasserkabelverbindung übermitteln können. Zu unterschiedlichen Tagen und Zeiten. Oder bei Tonkontakt. Dafür sorgen Signals-Sensoren.«

»GUIK-Lücke?«, fragte Larsson.

»Als GIUK-Lücke wird in der militärischen Marinesprache, vor allem der NATO, eine gedachte Linie zwischen Grönland, Island und dem Nordende des Vereinigten Königreichs bezeichnet. Sie befindet sich am Übergang zwischen dem europäischen Nordmeer, der Grönlandsee und dem nördlichen Atlantischen Ozean. Aber auch die Seegebiete der östlichen Nordsee, der Ostseezugänge mit Skagerrak, Kattegat, Belten und Sund – und natürlich in der Ostsee«, antwortete Kralikas.

»In der östlichen Ostsee?«, fragte Larsson.

»Östergarns Holme Leuchtturm«, sagte Kralikas. Als er wieder das fragende Gesicht Larsson sah, legt er nach: »Das ist ein kleines Eiland vor Gotland. Die dortigen Hydrophone deckten die achtzig Seemeilenstrecke bis Windau und Liepaja perfekt ab. Und auch die schwedischen U-Boot-Stützpunkte in Muskö sicherte man damit hermetisch. Die schwedische Abwehr wusste, dass sowjetische U-Boote immer wieder versuchten, in schwedisches Hoheitsgebiet vorzudringen. Im Oktober 1981 lief in den Schären vor Karlskrona ein sowjetisches Atom-U-Boot auf Grund. Der Vorfall schürte in Schweden die Angst vor einer möglichen sowjetischen Invasion. Doch die UdSSR hielt stets an ihrer Darstellung fest, bei dem Vorfall habe es sich lediglich um einen Navigationsfehler gehandelt. Was die U137 wirklich in schwedische Gewässer getrieben hat, ist bis heute unklar. Gerade deswegen ist der Vorfall ein Sinnbild für die Rolle Schwedens während des Kalten Krieges. Deshalb wurde 1985 in Schweden die Erweiterung dieser SOSUS-Linie beschlossen, um die Bewegungen sowjetischer U-Boote total überwachen zu können.«

»Moment«, sagte Larsson. »Sie sagten doch, dass es ein US-amerikanisches System sei.«

Irbe Kralikas lachte auf. »Ist es auch, Larsson. Olof Palme verweigerte den Amerikanern eine solche Outsourcing-Anlage. Er fürchtete einen kommenden Armageddon in der skandinavischen Region. Die SOSUS-Anlage war eine große Provokation gegen die Sowjetunion. Es hätte Konsequenzen für Schweden und für Palme zur Folge gehabt. Erst sechs Monate nach seinem Tod wurden diese Anlagen für Schweden offiziell beschlossen und installiert.«

Die Gedanken rasten durch Larssons Kopf: Da haben wir eine weitere, vielschichtige Möglichkeit, wie Olof Palme zu Tode gekommen sein kann. Und jede klingt wahrscheinlich. Die Russen, die Amerikaner ... ja, die Amerikaner rücken immer weiter in meinen Fokus. Was haben die sich dabei gedacht, als sie das BKA nach Überwachung der *Mercurius* suchten. Es ging weniger um die *Mercurius* als um die *Cinereo Lupus*. Was aber hatte ein ehemaliger Mossad-Agent damit zu tun? Was, wenn Abramowitsch gar nicht aus dem Mossad ausgetreten war? Wenn man das alles getürkt hatte, um den VEVAK und auch die schwedischen Einlassungen, die außerhalb des geltenden Rechts standen, aber gegen israelische Interessen zu handeln bereit waren, besser zu kontrollieren? Sie zu durchschauen, zu durchkreuzen. Jede dieser Betrachtungen hatte Sinn. Jede für sich. Das ist die lausige Wahrheit. Und sicher gab es noch eine Reihe von anderen Möglichkeiten, ebenso tragfähige.

»Kommen wir auf den Kutter zurück«, sagte Larsson dann. »*Cinereo Lupus* ... Wer ist der Eigentümer des grauen Wolfes?«

»Valdis Brigmanis, ein lettischer Fischer.«

»Lettland ist ein armes Land. Woher hat ein einfacher Fischer Geld, sich ein so großes Schiff zu leisten?«

»Ich kenne ihn schon einige Jahre«, sagte Kralikas. »Er hat den Kasten als Schrott gekauft und nach und nach aufgemöbelt.«

»Aber er fischt nicht mehr damit, oder?«, fragte Larsson.

Irbe Kralikas hob die Schultern.

»Es liegen Bilder von dem Schiff vor. Es ist in einem tadellosen Zustand und wurde so umgebaut, dass es sich gar nicht mehr zum Fischen eignet«, wandte Charlene Gruber ein.

»Wie ich schon sagte, Brigmanis erledigt Auftragsarbeiten mit dem Kutter.«

»Von wem wird der Kutter gebucht?«, fragte Larsson.

Kralikas machte ein fragendes Gesicht. »Von dem und von dem, mal dies und mal das.«

»Lassen Sie das Versteckspiel, Kralikas. Wir wissen auch, dass *Cinero Lupus* für militärische Zwecke eingesetzt war.«

»Wie gesagt, ich könnte Ihnen eine Menge Fakten an die Hand geben, wenn wir einen Deal vereinbaren würden.«

»Es wird keinen Deal geben, es sei denn, Sie kooperieren uneingeschränkt. Dann werden wir uns möglicherweise dafür einsetzen, dass Sie Asyl in den Vereinigten Staaten bekommen.«

»Brigmanis ist mit seinem Schiff relativ unauffällig. Deshalb kann er auch als Freizeitschiffer in Gewässer vordringen, in denen Militärfahrzeuge unangenehm auffallen würden.«

»Zum Beispiel?«

»Finnland, Schweden, Norwegen, Dänemark und die baltischen Staaten.«

»Um was zu tun?«

»Hydrophone aufspüren, die Unterwasserfahrzeuge praktisch sichtbar machen, und diese Hydrophone beseitigen.«

»Und der Auftraggeber?«, fragte Larsson.

Als Kralikas nicht antwortete, stellte Larsson fest: »Russland.«

»Vor 1991 wäre der Auftraggeber die Sowjetunion gewesen. Doch die *Cinereo Lupus* ist erst seit 2004 unterwegs«, sagte Kralikas.

»Die Wirtschaft in Lettland, die auf den sowjetischen Binnenmarkt ausgerichtet war, ist am Ende der Sowjetzeit doch zusammengebrochen«, gab Larsson zu bedenken. »Heute ist Lettland im Ausland vor allem für seine Produkte aus Leinen, Wolle und die Holzverarbeitung bekannt.«

»Doch ebenso für Maschinenbau und die Metallindustrie«, widersprach Kralikas. »Deshalb residierte Farschid Mirza in Riga. Er hat auch die fehlenden Teile für die Deutz-Maschine des Kutters von Valdis Brigmanis besorgt.«

»Also Russland«, stellte Larsson endgültig fest.

»Davon gehe ich aus.«

»Wieso? Haben Sie keinen direkten Zugang zu den Unterlagen der Auftraggeber?«

Irbe Kralikas schüttelte den Kopf.

»Wie? Ich kann nichts hören«, sagte Larsson.

»Nein, keine Zugang zu irgendwelchen Unterlagen.«

»Wie kamen Sie dann an die Aufträge?«

»Soweit ich weiß, kamen die über das Generalkonsulat der Islamischen Republik Iran in Frankfurt am Main.«

Larsson war interessiert. »Haben Sie einen Namen für mich?«

»In Frankfurt?«

»Ja.«

»Eine Vermutung ... Dr. Shabistari.«

»Dr. Shabistari klingt eher real als eine laue Vermutung.«

Die Männer hinter der Scheibe begannen zu rotieren. Wenige Minuten später stießen sie auf die Antwort. Obwohl das Generalkonsulat Frankfurt für die Bundesländer Hamburg, Bremen, Niedersachsen und Schleswig-Holstein sowie die Regierungsbezirke Detmold und Münster in Nordrhein-Westfalen zuständig ist, war Dr. Darab Shabistari Abteilungsleiter des VEVAK für ganz Europa. Bei ihm liefen alle Fäden zusammen, bevor Teheran unterrichtet wurde. Deshalb war Shabistari auch im Fokus des Referats ST23, der Zentralstelle für Spionage inklusive proliferationsrelevante Aspekte. Über den Iraner gab es eine dicke Akte beim BKA.

»Ich habe einmal gehört, wie der Name Dr. Shabistari während eines Telefonats erwähnt wurde.«

»Von wem?«, fragte Larsson.

»Farschid Mirza.«

Farschid Mirza war Agentenführer in Nord-Europa für das Ministerium für Nachrichtenwesen der Islamischen Republik Iran, hatte Lennart Fors ihm gesagt. War das die Verbindung zu Dschiwid Widai?

»Farschid Mirza?«, fragte Larsson. »Sie waren bei einem seiner Telefonate anwesend.« Es war eine Feststellung, keine Frage.

»Einmal.«

»Wo fand das Telefonat statt?«

Kralikas nannte die Adresse der bekannten Werksvertretung Metroloģijas birojs, die international im Maschinengroßhandel tätig war.

»In Riga?«

»Ja, in der Krisjanis Valdemâra.«

»Das wissen Sie so genau?«

»Ich war verabredet, mich vor dem Gebäude der Metroloģijas birojs mit Mirza zu treffen. Ich stieg in seinen Wagen, als kurze Zeit darauf sein Handy läutete.«

Larsson dachte einige Momente nach.

»Was mir nicht einleuchten will, ist, warum traf sich Mirza ausgerechnet an diesem Ort mit Ihnen, Kralikas?«

»Wir hatten uns am Vorabend im Burga kennengelernt.«

»Ein Restaurant?«, fragte Charlene Gruber.

»Ja, eine Bar, unweit des Fährterminals, von dem die Verbindungen nach Stockholm und Travemünde laufen. Es liegt in der Nähe der Metroloģijas, etwa nur drei Kilometer entfernt.«

»Können Sie sich erinnern, wann das war?« Larsson sah ihn durchdringend an.

»Natürlich, im Sommer 2003.«

»Ihr erstes Treffen?«, fragte Charlene Gruber.

»Das sagte ich bereits.«

»Wie hat Mirza dieses Treffen arrangiert?«

»Ich war ziemlich angegangen und hatte auch reichlich getrunken, weil ich Ärger im Job hatte. Er fragte mich, ob ich Interesse an einer kleinen Nebentätigkeit hätte. Die würde monatlich eine ganze Menge Geld abwerfen.«

»Und?«

»Nichts und. In der prekären Situation, in der sich ein Staatsdiener in Lettland befindet, hat er immer Interesse an einem Job, der etwas abwirft.«

»Er muss Ihnen doch ein Angebot gemacht haben?«, fragte Charlene Gruber. »War es ein kleines Angebot oder ...?«

»Eher ein größeres. Es wäre möglich, mein Gehalt bei der Kripo zu verdoppeln. Vielleicht sei sogar mehr drin.«

Larsson stieß einen Pfiff aus. »Nun ist mir klar, dass Sie an einer schnellen Zusammenkunft interessiert sein mussten. Was verlangte Farschid Mirza von Ihnen, um was zu zahlen?«

»Ich sollte eine Aufstellung von Leuten machen, die in den letzten zwei Jahren aus dem Iran nach Lettland gekommen waren.«

»Mit welchem Hintergrund?«, fragte Larsson.

»Das wusste ich anfangs nicht, konnte es mir aber denken. Sie suchten nach jenen Menschen, die in Opposition zur Lehre des Imam Khomeini standen.«

»Haben Sie solche Menschen gefunden?«

»Ja.«

»Wie viele?«

»Etwa ein halbes Dutzend.«

»Können Sie sich an Namen erinnern?«

Kralikas dachte einige Augenblicke nach.

»Mahyar Angha, Schahbaz Mosahab, Momeni – Darius Momeni«, sagte er. »Doch dann verließen sie ihn.« Irbe Kralikas kniff ein Auge zu und lächelte, als hätte er einen Kommentar zum Geschmack eines italienischen Speiseeises abgegeben.

Im Nebenraum wurden die Namen notiert. Sofort begann eine fieberhafte Suche. Schon liefen die Namen durch das Inpool-System des BKA, brachten da aber keine Ergebnisse. In Deutschland waren diese Personen also niemals auffällig geworden. Auch die deutsche Datenbank des Ausländerzentralregisters – AZR –, in der etwa zwanzig Millionen personenbezogene Datensätze zu Ausländern gespeichert sind, gab nichts her. Parallel wurde auf das Europäische Informationssystem – EIS – bei Europol zugegriffen. Treffer. Alle drei Personen wurden in Lettland per Kopfschuss liquidiert. Als man gezielt weiter nach Namen iranischer Mordopfer suchte, spuckte der Computer zwei weitere aus.

Raoul Stern vom Referat ST23 schrieb die Namen auf einen Zettel und setzte dahinter »Mordopfer«.

»Wir sollten das dem Vernehmer an die Hand geben«, sagte er und schaute von Droste erwartungsvoll an.

»Ja, natürlich.« Der Kriminalrat blickte auf den Zettel, faltete ihn zusammen und winkte dem Beamten an der Tür. »Bringen Sie das in den Verhörraum.«

»Sie gaben also die Namen an Farschid Mirza weiter«, sagte Larsson zu Kralikas.

»Ja. Er zahlte prompt.«

»Gut?«

»Absolut.« Kralikas beschrieb, wie er bereits eine Woche nach der Übergabe der Liste nicht nur das Geld bekommen hatte, das Mirza ihm versprochen hatte, vielmehr hatte er auch eine Einladung bekommen, einen kostenlosen Urlaub am Kaspischen Meer zu verbringen. Taschengeld und Flug inklusive.

Als es klopfte, schaute Larsson auf. Der Beamte kam herein und gab ihm den Zettel von Raoul Stern.

»Das war natürlich ein Angebot, das Sie nicht ablehnen konnten.«

Kralikas nickte zustimmend.

»Was ist mit dem Männern passiert, deren Namen Sie genannt haben?«

Kralikas hob die Schultern. »Mir ist nur bekannt, dass sie umgebracht wurden. Schließlich arbeitete ich ja bei der Rigaer Kriminalpolizei.«

»Jamal Esmaili und Arian Bilzerian«, las Larsson von dem Zettel ab.

»Ja, auch die.«

»Sie wissen natürlich, wer sie umgebracht hat, Kralikas?«

»Vielleicht.«

»Wer?«

»Erst der Deal. Dann liefere ich auch.«

»Kommen wir zurück auf das Angebot, Urlaub am Kaspischen Meer zu machen.«

»Gerne. Das habe ich in guter Erinnerung.«

»Ist Mirza mit Ihnen in den Iran geflogen?«

»Ja.«

»Was er mit Ihnen zu besprechen hatte, hätte er doch hier tun können.«

»Hätte er.«

»Aber?«

»Er wollte mir etwas Gutes tun.«

Larsson lachte auf. »Etwas Gutes. Er wollte Sie mit dem Chef des VEVAK zusammenbringen.«

»Ali Younesi? Nein, so interessant war ich nun auch wieder nicht. Es war zwar nicht der Chef des Dienstes, aber eine hoch angesehene Persönlichkeit, genauer gesagt zwei.«

»Sie kennen tatsächlich den Namen des VEVAK-Chefs?«

»Ja. Ali Younesi. Doch ich bin ihm nie begegnet.«

Diese Feststellung enttäuschte Larsson. Er ließ es sich aber nicht anmerken.

»Zurück zu Ihrem Besuch im Iran. Gibt es da Namen?«

Irbe Kralikas nickte. »Darab Shabistari.«

»Beachtlich«, stellte Larsson fest. »Das war der Mann vom Telefonat, das Sie im Auto Mirzas mitbekommen haben.«

Kralikas nickte. »Und Daneyal Khoshhali.«

»Wissen Sie, was er für ein Amt beim VEVAK innehatte?«

»Nicht genau. Er traf einen Tag vor unserer Rückreise nach Teheran in Châlûs ein. Er war zuerst ein stiller Beobachter.«

»Das verstehe ich nicht ganz. Er ist gekommen und hat nicht mit Ihnen gesprochen?«

»Doch, aber äußerst wenig. Erst als sich Mirza mit Shabistari für ein Vieraugengespräch in den Nebenraum zurückzog, sprach er einige Sätze mit mir.«

»Worüber sprach er mit Ihnen?«

»Er fragte mich nach meiner Tätigkeit bei der Kripo aus. Er interessierte sich dafür, ob ich im lettischen Heer gedient habe. Wir scherzten ein wenig über das Militär im Allgemeinen. Als ich ihm erzählte, dass ich zu den drei besten Schützen meines Jahrgangs zählte, fragte er, mit was für Waffen ich dort geschossen habe.«

»Und?«

»Ich war Sniper in der lettischen Armee. Das war nach dem Mai 1990 eine nicht unbedeutende Position. Schließlich waren wir bedroht von der untergehenden Sowjetmacht.«

»Ein Krieg zwischen der Sowjetunion und Lettland ... Krieg, den es nie gegeben hat«, sagte Larsson.

»Die Geschichte der Sowjetunion, Larsson, beginnt mit der Oktoberrevolution der Bolschewiki im Jahr 1917 in Russland unter Führung von Lenin und endet erst mit der Alma-Ata-Deklaration im Dezember 1991 während der Amtszeit Gorbatschows. Diese neunzehn Monate von 1990 bis 1991 waren wir im gefühlten Kriegszustand. Ohne Gorbatschow wäre es auch zu einer Auseinandersetzung gekommen.«

»Scharfschütze«, stellte Larsson lakonisch fest.

»Snaiperskaja wintowka Dragunowa – das Dragunow-Scharfschützengewehr.« Kralikas nickte. »Ich hätte ein zweiter Chris Kyle werden können.«

»Sagt mir nichts.«

»Er war ein US-amerikanischer Scharfschütze. Mit über hundertsechzig bestätigten Abschüssen ist er laut US-Verteidigungsministerium der Scharfschütze mit den meisten Tötungen in der Geschichte des US-Militärs.«

»Das ist wahrlich ein Vorbild«, sagte Larsson spöttisch.

»Das war aber das, was diesen Khoshhali am meisten interessierte.«

Larsson ging darüber hinweg, doch sein Gefühl sagte ihm, dass die Männer hinter der Scheibe bereits in zwei Richtungen recherchierten. Einmal, ob Irbe Kralikas tatsächlich in der lettischen Armee eine große Nummer als Scharfschütze war. Wichtiger als das war jedoch, was dieser Daneyal Khoshhali beim VEVAK darstellte.

»Am Tage darauf verließen wir mit dem Pkw Châlûs in Richtung Teheran. Ich dachte, wir flögen am Nachmittag wieder nach Hause, aber ...«

Larsson sah Kralikas fragend an.

»Wir fuhren durch Teheran hindurch und waren gut zwei Stunden später, ab Teheran gerechnet, im Gebäude der Islamischen Azad-Universität in Damâvand.«

»Überraschend?«

»Absolut.«

»Hatte man dafür eine Erklärung?«

»Na ja, zuerst beschrieb man die Wichtigkeit dieser Uni mit den rund zwölftausend Studenten in vierundfünfzig Hauptstudienfächern Bachelor- und Master-Studiengängen. Sie sei nach der Revolution nunmehr ein sehr bedeutender Zweig der technischen und naturwissenschaftlichen Ausbildung im Iran. Doch dann fixierte sich alles auf einen einzigen Studiengang – Öffentlichkeitsarbeit.«

»Öffentlichkeitsarbeit?« Larsson grinste breit.

»Wir wurden bereits erwartet. Ein Mann fragte ohne weitere Umstände, ob ich einen Fischer kennen würde, der mit seinem Boot für die iranische Republik arbeiten könne. Natürlich gegen gutes Honorar.«

»Hat er sich Ihnen vorgestellt?«

»Ja.«

»Und?«, fragte Larsson.

»Ich habe seinen Namen vergessen. Er war um die dreißig Jahre alt, relativ mager und trug eine Brille mit starken Gläsern.«

Larsson insistierte nicht weiter, sondern fragte: »Sie kannten einen solchen Mann. Lassen Sie mich raten: Valdis Brigmanis.«

»Ja, er war ein Mann mit einem Schrottkahn am Baltischen Meer in Liepaja, der finanziell auf keinen grünen Zweig kam. Seine Frau hatte ihn verlassen, weil er sich weigerte, das Schiff zu verschrotten. Er war mehr mit dem Kahn verheiratet als mit ihr. Aber ich bat mir Bedenkzeit aus, einen solchen Mann zu finden.«

»Warum?«

»Weil ich meinen Marktwert steigern wollte. Mir war klar, was das bedeutete.«

»Sie witterten einen Geheimdienst hinter der Aktion?«

»Hätten Sie das nicht auch?«

Larsson zuckte mit den Schultern, sagte aber nichts.

»Ich wusste es vom ersten Augenblick an. Es waren zwei Dinge, die mich mitmachen ließen, Neugier und ... das Geld natürlich. Und am Tag darauf unterschrieb ich bei ihnen einen Vertrag zur Mitarbeit.«

»Das war alles?«, fragte Larsson. »Der VEVAK suchte also einen Fischer, der ihr sein Boot zur Verfügung stellen würde?«

»Nicht ganz. Dieser Fischer müsste auch äußerst zuverlässig sein. Deshalb dachten sie an eine erweiterte Honigfalle.«

»Was ist denn das? Ein flotter Dreier?«

»Nein. Sie würden die Möglichkeit haben, eine der hübschen Frauen, die das Land böte, als Ehefrau für Brigmanis anzubieten.«

»Eine neue, islamische Variante«, stellte Larsson fest.

»Ich hatte den Mann an der Hand, und damit war ich absolut im Geschäft. Doch gab es bei der Chose einen Haken.«

»Welchen?«

»Man würde einen beträchtlichen Betrag jährlich investieren, sowohl in das Schiff als auch in den Lebensunterhalt des Paares. Dazu müssten die beiden aber nach islamischem Recht getraut werden, wobei eine Zeitehe, wie es im schiitischen Recht möglich ist, nicht infrage käme.«

»Eine Zeitehe? Wie praktisch«, sagte Larsson. »Es ist ja fast wie bei uns.«

»Eine Zeitehe gehört nach dem Schiismus eindeutig zur islamischen Lehre. Schiitische Überlieferer beziehen sich dabei auf einen Koranvers, durch den die Zeitehe erlaubt sei. Da heißt es sinngemäß: ›Und verboten sind euch die ehrbaren Ehefrauen, außer was ihr selbst an Ehefrauen als Sklavinnen besitzt. Dies ist euch von Allah vorgeschrieben. Was darüber hinausgeht, ist euch erlaubt, nämlich dass ihr euch als ehrbare Ehemänner, nicht um Unzucht zu treiben, mit eurem Vermögen sonstige Frauen zu verschaffen sucht. Wenn ihr dann welche von ihnen im ehelichen Verkehr genossen habt – fa-mâ istamta'tum bi-hi min-hunna –, dann gebt ihnen ihren Lohn als Pflichtteil! Es liegt aber für euch keine Sünde darin, wenn ihr, nachdem der Pflichtteil festgelegt ist, darüber hinausgehend ein gegenseitiges Übereinkommen trefft. Gott weiß Bescheid und ist weise.‹«

»Legale Prostitution«, stellte Larsson fest.

»Ja. In unserem Fall aber ist das ganz anders. Ich musste Valdis Brigmanis erst einmal klarmachen, dass er zum Schiismus übertreten müsse. Erst dann könne er eine der Frauen heiraten, die man vorschlug.«

»Was ihm schwergefallen sein dürfte«, wandte Larsson ein.

»Ganz und gar nicht. Seine Frau hatte ihn ja verlassen. Niemand wollte einen relativ verwahrlosten Kerl, der nach jeder Muschi griff, die sich ihm bot. Also besuchte ich ihn mit den Fotos, die mir mitgegeben wurden, auf seinem nach Diesel stinkenden Kutter. Brigmanis dachte zwar in erster Linie an sein Schiff. Als er aber die drei Fotos junger Frauen sah, kam er schnell zu einem Entschluss. Er sagte, dass es eine Chance wäre, die nie wiederkommen würde. Ich konnte ihn in dieser Einschätzung nur bestätigen.«

»Und so wurde er verpflichtet«, sagte Charlene Gruber.

»Haben Sie das übernommen, Kralikas?«, fragte Larsson.

»Nein. Das war Mirzas Sache.«

»Sie wurden sich schnell einig?«, bohrte Larsson.

»Sonst hätte ich von Mirza sicher etwas Gegenteiliges an den Kopf geworfen bekommen. Schließlich hatte ich ihm Brigmanis empfohlen. Im Frühjahr 2004 flog Valdis Brigmanis nach Teheran.«

17. Kapitel

Teheran 2004

Der April kam mit seinen einundzwanzig Grad nahezu an die Höchstwerte der monatlichen Durchschnittstemperatur heran.

Daneyal Khoshhali saß auf einer Bank des Shahr-Parks im Herzen der Stadt im Schatten einer alten Orient-Buche. Seine Augen suchten die Zugangswege ab. Aber die Menschen, die sein Blick erfasste, beeindruckten ihn wenig. Er schaute zur Uhr. Wenn sie pünktlich wäre, müsste sie jeden Augenblick zu ihm stoßen.

Als er Shirin das letzte Mal vor drei Monaten gesehen hatte, trug sie ein rotkariertes Kopftuch und lachte ihn schelmisch an. Er war beeindruckt von ihrem Wesen und ihrer Anmut, ihrer Wissbegier und ihrem Kunstsinn. Mit anderen Touristen waren sie in den Golestan-Palast geströmt, um die umwerfende Schönheit des Gebäudes mit seinen vielfarbigen gefliesten Ornamenten und Bildern der Herrscher der Safawiden-Dynastie zu bewundern, die in die Rundbögen und Decken eingearbeitet waren. Der Palast wurde zum Sitz der Kadscharen, später der Pahlaviden, während deren Ära 1925–1979 der Golestan-Palast schließlich nur noch für offizielle Empfänge genutzt wurde, weil sich hier der Pfauenthron befindet. Längst waren die Herrscher in andere Paläste umgezogen. Doch seit dem Ende des 18. Jahrhunderts, bis zur Errichtung der Islamischen Republik, war er offizieller Sitz des persischen Monarchen.

Wieder schaute er, nunmehr ungeduldig, zur Uhr. Sein Blick streifte jemanden, der auf die Bank zukam. Eine alte Frau, dachte er, als er die leicht gebückte Person in ihrem schwarzen Tschador sah, die mit einer Handbewegung eine Einladung zum Sitzen von ihm erwartete. Noch bevor er etwas sagen konnte, wurde er angesprochen.

»Ihr wartet nicht auf eine alte, sondern eurem Blick nach, Herr, auf eine junge Frau.«

Khoshhali fühlte Zorn aufsteigen. Was erlaubte sich diese Alte? Nur weil sie in einem Tschador daherkommt, der ihr Gesicht verhüllt, hat sie noch lange nicht das Recht, sich so aufdringlich aufzuführen.

»Ihr seid wütend auf eine alte Frau?«

»Ich sollte dich einsperren lassen«, sagte Khoshhali. »Die Wächter der Revolution würden das allzu gern übernehmen.«

Unter dem Tschador drang ein Kichern hervor, das kaum einer Alten zuzuschreiben war.

»Wer bist du?«, fragte Khoshhali verunsichert.

»Vielleicht ... der Tod.«

»Jetzt reicht es mir, ich frage nur noch einmal: Wer bist du?«

»Mit wem seid Ihr verabredet, Herr?«

Khoshhali stand auf. Ihm war das Theater mit der Alten zu viel.

»Setzt Euch wieder hin, Herr. Könnte es sein, dass Ihr auf Shirin Soheyla Soltany wartet?«

»Was hast du mit ihr zu tun? Schickt sie dich?«

»Ich ... bin ... Shirin Soheyla Soltany.«

Gerade als Khoshhali eine Kanonade böser Worte loslassen wollte, lüftete sie den Schleier des Tschadors ein wenig.

Er setzte sich zum zweiten Mal hin, während sie das Gesicht wieder weitgehend verdeckte.

»Du bist ja noch besser, als ich dachte, Shirin«, sagte er konsterniert. »Hast ja allerhand gelernt in Damâvand.«

Im Norden der rund siebzig Kilometer entfernt liegenden Stadt Damâvand lag ein relativ einsames Haus, umgeben von einer Balustrade eines kleinwüchsigen Gehölzes, wegen seiner Unzugänglichkeit, das wegen seiner außergewöhnlichen Lage am Elburs-Gebirge in der Provinz Mâzandarân als Agentenschule für das Vezarat-e Ettela'at Jomhuri-ye Eslami-ye Iran, das Ministerium für Nachrichtenwesen der Islamischen Republik Iran, diente. Dort hatte er die junge Frau vor vierzehn Monaten hingeschickt.

Doch nun hatte sich die Strategie Daneyal Khoshhalis, Shirin Soheyla Soltany zu einer Agentin zu machen, doppelt ausgezahlt. Obwohl er Menschen sehr gut einschätzen konnte, hatte er sie anfangs nicht erkannt. Der Tschador war eine gut gewählte Tarnung, die Stimme und Gesten aber so perfekt einer tüdeligen Alten angepasst, dass er sich, bis zu ihrer freiwilligen Enttarnung, bravourös getäuscht sah.

»Und wie steht es mit deinem Lettisch?«, fragte er.

»Kâ tas bûtu, Kungs? Nu, es domâju.«

»Oh, das heißt was?«, fragte Daneyal Khoshhali.

»Wie soll es damit stehen, Herr? Gut, nehme ich an!«, konterte Shirin Soheyla Soltany

Jetzt lachte Khoshhali. »Dann werde ich dir heute deinen zukünftigen Ehemann vorstellen. Wenn du bereit bist, wirst du in Zukunft in Lettland leben, mit einem Kapitän verheiratet sein und auf deinen Einsatz warten.«

»Es bûðu gatavs, Sir – ich werde bereit sein, Sir.«

»Das gefällt mir, Shirin«, sagte Khoshhali.

»Mir auch, Daneyal«, frohlockte Shirin Soheyla Soltany und nannte ihn beim Vornamen in Gedanken an eine freiere Welt, die sie kennenlernen und gleichermaßen bekämpfen wollte. Sie lächelte ihn an.

Khoshhali telefonierte kurz übers Handy mit seinem wartenden Fahrer. Als sie am Ausgang des Shahr-Paks ankamen, hielt der sandfarbene Toyota gerade an.

»Ich habe noch eine Bitte«, sagte Shirin Soheyla Soltany. Sie schaute Daneyal Khoshhali erwartungsvoll an.

»Welche?«

»Wir sind nur kaum dreihundert Meter vom großen Basar entfernt ... Wir könnten sogar flink zu Fuß hingehen, die Khayyaam hinunter.«

»Du weißt, dass das nicht geht.«

»Eine Ausrede«, sagte Shirin mit wenig Respekt.

Khoshhali hatte es gemerkt. »Man könnte uns zusammen sehen. Dann wärst du verbrannt. Und alle Mühe war umsonst.«

Khoshhali sah, wie sie schmollte. Dazu hatte sie geschickt das Tuch aus ihrem Gesicht zur Seite rutschen lassen.

»Ich könnte dich nicht einmal zum Grabmal des unsterblichen Imams Khomeini bringen. Außerdem haben wir eine dreieinhalbstündige Autofahrt vor uns.«

»Etwas, das mich an meine Heimat erinnert, ich werde sicher so schnell nicht wieder in meinem geliebten Teheran sein können.«

»Es liegt zwar auch nicht gerade auf unserer Route, aber ich wäre bereit, mit dir einmal um das Azadi-Monument zu fahren«, schlug er versöhnlich vor.

Shirin Soheyla Soltany war sich darüber klar, dass es wohl das einzige Zugeständnis Khoshhalis bleiben würde. Deshalb willigte sie ein.

Im dichten Verkehr drängte sich der Wagen die Straße Engelab-e Islami entlang, versuchte das Tempo in der Straße Azadi zu drosseln, ohne die nachfolgenden Fahrzeuge zu behindern, umrundete im Kreisverkehr das Azadi-Monument, um sich dann schnell auf den Weg zurück nach Osten zu machen.

Shirin saß schweigend da und schaute auf das Monument, das zwar noch in der Zeit des letzten persischen Schahs, Mohammad Reza Pahlavi, 1971 anlässlich der der 2.500-Jahrfeier des iranischen Kaiserreichs errichtet wurde, das sich aber mit dem Motto *Azadi* – Freiheit – ausschließlich auf die Souveränität des Staates und seine Unabhängigkeit von der Einflussnahme fremder Mächte bezieht. Diese Deutung konnten Khomeyni und seine späteren Nachfolger durchaus mit dem Schah-Regime teilen, ohne Schaden zu nehmen.

Als sie das Monument das letzte Mal mit ihren Eltern gesehen hatte, war es in der Dunkelheit der Nacht. Das imposante Bauwerk war in farbiger Abstimmung in Lilatönen angestrahlt. Diesen Anblick würde sie für den Rest ihres Lebens nicht mehr vergessen.

Khoshhali schaute Shirin von der Seite an. Obwohl er gemerkt hatte, dass sie mit den Tränen kämpfte, gestattete er ihr den stillen Abschied.

Die Straße schlängelte sich durch die dicht besiedelte Stadt nach Osten. Am Stadtausgang wandte sich die Straße nach Norden. Mit jedem Kilometer verlor die Umgebung das satte Grün.

Das Braun der verdorrten Steine schien Shirin höhnisch anzugrinsen. Sie fühlte, wie die drohenden Felsen des Gebirges auf ihre Seele einwirkten. Es war das Gegenteil von dem, was sie aus den Überlieferungen des Elburs-Gebirges kannte, denn es spielte in ihrem Leben immer auch als – nicht immer exakt lokalisierter – Ort der iranischen Mythologie eine Rolle und wurde in der persischen Literatur besungen. Es findet mehrfach in Firdausis Schâhnâme Erwähnung, unter anderem als Platz, wo der Zaubervogel Simurgh sein Nest hatte und Zal aufzog.

Schon grüßte der schneebedeckte Gipfel des 5.600 Meter hohen Vulkans Damâvand, des höchsten Berges des gesamten Nahen Ostens, zu den Menschen in dem Toyota herüber. Damâvand, der frostige Berg. Shirin seufzte. Obwohl die Autobahn von Teheran nach Chalus zu den schönsten Straßen des Landes zählt, empfand sie diesen Anblick erstmals als Last. Wehmütig dachte sie an die Zeit, als sie noch frohen Mutes in die Welt der Berge eingetaucht war.

Gegen Abend kamen sie am Kaspischen Meer in der Nähe von Chalus an. Das kleine Hotel diente der Führung des Ministeriums für Nachrichtenwesen der Islamischen Republik Iran zur Unterbringung verdienter Aktivisten des VEVAK. Der Geheimdienst war immer bestrebt, seine Kundschafter einige Tage in diesem Haus zur letzten Abnahme vor ihrer Ausreise in Feindesland und die Installation als Schläfer zu betreuen. Diese Betreuung bestand vor allem in der Überprüfung der Gesinnung der künftigen Spione. Die Frage, ob man sich auf die Agenten verlassen könnte, wären sie erst im Ausland, war zwar nie endgültig zu klären, dennoch wollte man das Risiko eines Debakels so gering wie möglich halten. Die Türken überschwemmten mit ihren Sunniten Europa. Die Schia Irans jedoch wollte nicht zusehen, wie sie kampflos den Einfluss auf Europa vergab, denn noch war der Krieg zwischen Irak und Iran nicht vergessen.

Im September 1980 befahl Saddam Hussein der irakischen Armee, den Iran mit neun von insgesamt zwölf Divisionen auf einer sechshundert Kilometer breiten Front anzugreifen. Dies bildete den Beginn. Die Truppen marschierten nahezu widerstandslos in den Iran ein. Zu der Zeit gab es noch keine intakte Armee, die Widerstand hätte leisten können. Der Einmarsch erfolgte derart reibungslos, dass manche irakischen Kommandeure eine Falle oder gar einen üblen Hinterhalt vermuteten.

Darüber hinaus fand kurz nach dem Beginn des ersten Golfkrieges ein israelischer Luftangriff mit zwei F-16-Kampfflugzeugen auf den im Bau befindlichen irakischen Atomreaktor in Osirak statt, bei dem ein französischer Techniker getötet wurde. Israel begründete diesen Militärschlag gegen den Irak damit, dass es sich um eine vorbeugende Maßnahme gegen das irakische Atomwaffenprogramm gehandelt habe. Israel hatte den Reaktor im Verdacht, weniger der zivilen Stromgewinnung als vielmehr dem Bau einer irakischen Nuklearwaffe zu dienen.

Shirin kannte diese Befindlichkeiten sehr genau. Die vierzehnmonatige Trainingszeit in der Agentenschule in Damâvand beinhaltete auch alle theoretischen Gedankengänge der Schüler, sie im Sinne der iranischen Mullahs zu übernehmen.

Doch bestand bei Shirin Soheyla Soltany keine Gefahr eines Verrats. Sie sah mit Misstrauen die schleichende Entwicklung eines Teils der Gesellschaft hin zu einer Abkehr der Lehren des Imams Khomeini. Sie war kein Kind der Spaßgesellschaft, wollte das auch nicht werden. Deshalb war sie auch zum bedingungslosen Dienen bereit.

Nach dem Einchecken in dem kleinen Hotel und einem kurzen Abendessen bezog sie alleine ein Zimmer mit Aussicht aufs Meer. Am kommenden Tag, so hatte Khoshhali ihr gesagt, würde sie den Mann kennenlernen, den der Dienst für sie ausgesucht hatte. Müde von den Aufregungen des Tages und der anstrengenden Fahrt schlief sie ein.

Als sie den Frühstücksraum betrat, erwarteten sie drei Männer, der Agentenführer Daneyal Khoshhali und zwei weitere Männer, die sie nicht kannte. Die Männer unterbrachen unvermittelt ihre Unterhaltung. Sie hatten eine große Kanne schwarzen Tee vor sich stehen, einen Berg Fladenbrot, weißen Käse, Tomaten, Gurken und Karottenmarmelade. Eine Schale mit Zuckerstücken für den Tee stand auf dem Tisch, von dem sich die Männer schon reichlich bedient hatten.

Obwohl sie ihre Haare mit dem obligaten Kopftuch und ihre Arme mit weiten Ärmeln bedeckt hatte, sah sie wundervoll aus.

»Das ist Shirin Soheyla Soltany, von der ich dir erzählt habe, Valdis«, sagte Khoshhali. »Setz dich, Shirin.« Er deutete auf den Stuhl, der neben ihm frei war, so dass sie dem Fremden gegenüber sitzen musste.

»Und das, Shirin, ist Valdis Brigmanis. Ihr werdet am Nachmittag zusammen am Strand spazieren gehen, um euch kennenzulernen.«

Der dunkelhaarige Mann gefiel Shirin auf Anhieb. Sie spürte instinktiv, dass auch sie sein Interesse erregt hatte.

Sie begannen zu frühstücken. Shirin dachte daran, dass sie nun wohl sehr bald den Namen Brigmane, die weibliche Form von Brigmanis, tragen würde. Nahezu alle Frauen in der westlichen Welt nahmen die Namen ihrer Männer an. Das hatte sie in der Agentenschule in Damâvand gelernt. Und Shirin würde sie wohl auch nicht mehr heißen. Ob ihr wohl der neue Namen gefallen würde? Inese Brigmane.

»Wenn die Chemie zwischen euch stimmt, wovon ich ausgehe, fliegt ihr in den nächsten Tagen nach Deutschland. Dort werdet ihr offiziell getraut und bekommt Papiere, die euch als Mann und Frau ausweisen. Doch bevor ihr fliegt, wirst du dir deine neue Identität einprägen, die du selbst dann kennen musst, wenn du nachts aus dem Schlaf gerissen wirst.«

Während sie frühstückten, schaute Shirin hin und wieder ihrem neuen Mann ins Gesicht. Gut sieht er aus, der Kapitän, dachte sie.

Dr. Darab Shabistari saß still daneben und beobachtete. Hin und wieder zeigte er ein kleines Lächeln in Richtung Valdis Brigmanis, um diesen in seiner Haltung, zum Schiismus überzutreten, zu bestärken.

»Valdis ist eine Empfehlung von ganz oben. Er ist ein guter Seemann«, sagte später Khoshhali zu Shirin Soheyla Soltany, als sie noch einmal allein waren.

»Ein Kapitän?«

»Und Schiffseigner.«

»Er sieht gut aus, und ich werde ihn heiraten. Aber wozu braucht die Revolution einen Seemann?«

»Für allgemeine Aufklärungsarbeiten im Ostseeraum.«

Vier Tage nachdem sie das erste Mal zusammengetroffen waren, wurden sie nach Teheran zum Flughafen gebracht. Die Maschine der türkischen Airline Pegasus war pünktlich gestartet und nach einer knapp sechsstündigen Flugzeit in Frankfurt gelandet. Nach dem Auschecken wurden sie am Ausgang angesprochen.

»Herr Brigmanis? Valdis Brigmanis?«

Valdis und Shirin blieben stehen.

»Ja.«

»Wie war der Flug?«, fragte der Mann, dessen randlose Brille seinem tadellos rasierten Gesicht eine Note kühler Intelligenz gab.

»In Ordnung«, sagte Valdis.

»Mein Name ist Devin Rozan, zweiter Sekretär am Generalkonsulat der Islamischen Republik Iran hier in Frankfurt«, sagte der Mann. Er gab Valdis Brigmanis die Hand. »Sie kennen Dr. Darab Shabistari. Er erwartet Sie schon in Ihrem Hotel.«

Vor dem Flughafen stand ein Van mit getönten Scheiben. Als sie eingestiegen waren, setzte sich der Wagen sofort in Bewegung.

»Ich habe hier einen Briefumschlag, den ich Ihnen mitgebracht habe«, sagte Rozan mit dem Anflug eines Lächelns. »Die Tinte ist noch nicht mal ganz trocken.«

»Die Papiere?«, fragte Valdis Brigmanis

Rozan nickte. »Sie müssen die Übernahme im Hotel quittieren, alle beide.«

Obwohl sich der Verkehr um den Flughafen als katastrophal herausstellte, waren sie keine zwanzig Minuten gefahren. Der Wagen hielt vor dem Hotel-Restaurant-Café Wessinger in Neu-Isenburg.

»Wir haben für Sie eine kleine Hochzeitssuite reserviert. Sie sind Gast des Konsulats«, sagte Rozan. »Zum Flughafen nehmen Sie sich morgen ein Taxi.«

Sie gingen durch den Eingang. Rozan schien hier gut bekannt zu sein, denn er winkte nur flüchtig zur Information, an dem eine junge, schwarzhaarige Frau stand, die freundlich zurücklächelte.

Am Ende des kleinen Flurs blieb Rozan vor einer Tür stehen und klopfte zweimal eine Kombination von unterschiedlichen Klopflängen. Wenig später ging die Tür auf.

Dr. Shabistari strahlte Zuversicht aus. »Willkommen in Frankfurt am Main«, sagte er. »Mein Kollege Rozan hat den Papierkram.« Er nickte Rozan zu, und der fingerte aus dem Umschlag eine Reihe von Papieren. »Sie haben heute Vormittag in Oberursel im Taunus geheiratet.«

»Aber da waren wir doch noch in der Luft«, wandte Valdis Brigmanis ein.

Shabistari mischte sich ein. »Sie wohnen seit gestern in diesem Hotel, Valdis ...« Er kniff ein Auge zu. »Rozan wird Ihnen gleich Unterlagen geben, die Sie heute auswendig lernen.«

Rozan legte drei Fotos vor. Eins zeigte ein Fachwerkhaus. »In diesem Haus haben Sie geheiratet. Es liegt in einer kleinen

Seitenstraße neben dem Marktplatz.« Das zweite Bild zeigte eine ältere Frau. »Frau Müller vom Dezernat III der Stadtverwaltung hat Sie getraut. Merken Sie sich den Namen und das Gesicht. Man kann nie wissen, ob man das noch einmal braucht.« Das dritte Bild schließlich zeigte den Raum, in dem sie geheiratet haben sollen.

»Ich habe hier die Quittungen«, sagte Rozan, »Sechzig Euro, wenn ausländisches Recht zu beachten ist. Neunzig Euro für die Vornahme der Eheschließung außerhalb der Amtsräume und außerhalb der allgemeinen Öffnungszeiten. Zehn Euro für eine Eheurkunde und eine weitere von abermals zehn Euro für eine Bescheinigung über die Namensführung. Die letzten beiden brauchen Sie, um die nötigen Ausweispapiere in Riga ausgestellt zu bekommen. Als gemeinsamen Familiennamen tragen Sie jetzt den Namen Brigmanis für Sie«, er schaute Valdis Brigmanis kurz an, »und die weibliche Form von Brigmanis für Sie, Shirin Soheyla Soltany. Übrigens, den Vornamen legen Sie ab. Von nun an heißen Sie Inese Brigmane. Prägen Sie sich das ein. All das finden Sie in den eigens für Sie abgestimmten Legenden.«

Beide unterschrieben die Reihe von Quittungen, wobei Devin Rozan genau darauf achtete, dass Shirin Soheyla Soltany sowohl mit ihrem Geburtsnamen als auch mit dem neuen Namen Inese Brigmane unterschrieb. »Ich komme gegen 22 Uhr, um Ihre Legenden abzufragen, und nehme die Papiere dann wieder mit.«

»Gehen Sie schon, Rozan«, sagte Dr. Darab Shabistari, »warten Sie unten.« Er wartete, bis der Mitarbeiter des Generalkonsulats der Islamischen Republik Iran die Tür hinter sich geschlossen hatte.

»Es ist nicht üblich, aber ich möchte Ihnen eine kleine Überbrückung für die ersten vier Wochen mitgeben. Das läuft außerhalb Ihres Monatssalärs. Ich erwarte, dass Ihr Kutter jetzt schnellstens einsatzbereit ist. Wir haben Aufgaben für Sie«, sagte er zu Valdis Brigmanis. Dann schaute er Shirin Soheyla

Soltany an und sagte auf Persisch: »Und Sie bürgen mir mit Ihrem Leben dafür, dass er macht, was Sie sagen.«

Er übergab Valdis Brigmanis einen Briefumschlag mit achthundert Euro und überließ dann die beiden sich selbst.

18. Kapitel

Freitag, 20. Juli 2007

Vor der Cafeteria traf Larsson zufällig auf von Droste. Als der Kriminalrat ihn sah, winkte er ihn beiseite.

»Ich hatte gerade einen Anruf«, sagte er. »Man wusste von der Aktion in Neubrandenburg.«

Larsson wusste, dass von Droste die CIA meinte.

»Kralikas spricht bereits. Wir haben eine ganze Menge Fakten aufgenommen, die unser Wissen in vielen Bereichen ergänzt. Aber ich brauche noch mindestens einen Tag, um alles aus ihm herauszuholen.«

»Man drängt darauf, ihn abzuholen. Heute.«

»Sie wissen, Herr Kriminalrat, dass genau diese Burschen verhindern wollen, dass wir erfahren, was derzeit nur dieser Kralikas uns berichten kann. Und glauben Sie nicht, dass diese Institution uns von dem unterrichten wird, was sie aus dem Mann herausholt. Aber es ist Ihre Entscheidung.«

»Ich werde tun, was ich kann. Aber nutzen Sie die Zeit, die uns verbleibt.«

Larsson ging zum Verhörraum zurück. Kralikas war zum Essen unterwegs. Er fragte telefonisch nach, wie lange das noch dauern würde. Doch bevor er eine Antwort hatte, wurde die Tür aufgestoßen und Kralikas hereingebracht. Dicht hinter ihnen kam Charlene Gruber.

»Endlich sind wir vollzählig und können weitermachen«, sagte Larsson. Er diktierte den neuerlichen Anfang des Verhörs mit Zeitangabe in das Aufnahmegerät.

»Die ganze Hochzeit Oberursel war also getürkt. Ist das zutreffend?«

»Exakt«, sagte Kralikas.

»Ist die Umschreibung der Papiere für das Ehepaar Valdis Brigmanis und Inese Brigmane ohne Probleme vonstattengegangen?«

Kralikas grinste frech. »Wenn man in Lettland mit ein wenig Geld nachhilft, wird nicht danach gefragt, woher ein Mensch kommt und wohin er geht. Es hat nicht einmal eine Befragung dazu gegeben. Ich selbst sorgte dafür, dass die Zeremonie etwa so unkompliziert ablief wie die in Deutschland. «

»Schildern Sie, wie der Kutter zum Einsatz kam.«

»Wir hatten das so arrangiert, dass Valdis und Inese nach ihrer Ankunft in Riga am späten Abend weiterfliegen konnten. Zwei Tage später stach die *Cinereo Lupus* von ihrem Heimathafen Liepaja das erste Mal nach ihrer Renovierung mit neuer Mannschaft in See.«

»Mit was für einem Auftrag?«, fragte Charlene Gruber.

»Um die SOSUS-Hydrophone zwischen der Insel Bornholm und dem schwedischen Simrishamn ausfindig und sie in einem zweiten Anlauf unschädlich zu machen.«

»Wie viele Personen waren an Bord der *Cinereo Lupus*?«, fragte Larsson.

»Vier. Valdis Brigmanis, also der Kapitän, und seine Frau, ein Ingenieur namens Aivars Naujoks, der die Maschine in Ordnung hielt und für die gesamte Technik zuständig war, sowie der Schiffsjunge Janis Tarassow, ein vierschrötiger, kräftiger Kerl, gebürtiger Russe, der hartes Zupacken von Kindesbeinen an gewöhnt war.«

»Aber ein Schiffsjunge«, wandte Charlene Gruber ein, »der leistet doch nicht so viel wie eine vollwertige Kraft.«

»Es war Brigmanis' Wunsch. Er meinte, er brauche einen kräftigen jungen Mann, der noch nicht verdorben, aber bereit sei, ein ordentlicher Seemann zu werden. Brigmanis gilt als guter Ausbilder. Einziger Grund zur Besorgnis war lange Zeit der Zustand seines Schiffes. Doch das ist vorbei. Bei der letzten Überprüfung seitens der Schifffahrtsbehörde hat er ein ausschließliches Lob erhalten. Von außen eher unscheinbar, ist es nunmehr eine zuverlässige Perle.«

»Und seine Frau, ich meine, die neue Frau von Brigmanis?«, fragte Charlene Gruber.

»Ich konnte nicht bemerken, dass etwas nicht funktioniert. Valdis trinkt nicht mehr, seit er zum Islam übergetreten ist. Seine Frau hat scheinbar einen guten Einfluss auf ihn.«

»Scheinbar?«, fragte Charlene Gruber.

»Es ist wie immer mit besonderen Frauen«, sagte Kralikas. »Haben sie einen Mann erst fest im Griff, regelt sich alles von selbst.«

»Was ist mit diesem Naujoks?«, ließ Larsson sich vernehmen.

»Was soll mit ihm sein?«

»Wie lange arbeitet der schon bei Brigmanis?«

»Seit ungefähr drei Jahren, plus minus.« Er hob die Schulter. »Soviel ich weiß, ist das auch ein Moslem«, sagte Kralikas nachdenklich.

»Dann war er nicht bei der ersten Fahrt dabei?«

»Das sieht so aus.«

Charlene Gruber wollte gerade einen Satz anfangen, da unterbrach sie Kralikas mit einer Handbewegung.

»Mir fällt ein, er war bei der Handelsmarine. Wegen seines Gesundheitszustands, er hatte Krebs, wurde er dort ausgemustert. Er war im Krankenhaus in Deutschland, hat dort eine Chemotherapie bekommen und galt als geheilt. Wie er zu Valdis Brigmanis kam? Ich kann es nur vermuten. Vielleicht, nein, bestimmt sogar durch Farschid Mirzas Vermittlung.«

»Das sind drei von vier Besatzungsmitgliedern, die dem Islam angehören. Bleibt die Frage, was mit dem jüngsten ist«, sagte Charlene Gruber.

Larsson wurde klar, dass man im Augenblick auf der Stelle trat, wenn er keine neuen Aspekte in die Vernehmung bringen würde.

»Woher hatten Sie eigentlich die Informationen über Mélisande?«, fragte Larsson unvermittelt.

Kralikas grinste ihn wieder unverschämt an. »Das wüssten Sie wohl gern.«

»Es ist pure Neugier.« Larsson bemühte sich, ein ebenso provozierend grienendes Gesicht zu zeigen wie sein Gegenüber.

»Wir verfügen über eine Verbindung zur SÄPO, die Farschid Mirza aktiviert hatte.«

»So einfach geht das?«, fragte Charlene Gruber.

Kralikas verfiel in lautes Gelächter. »Hast du einen Mann erst bei den Eiern, werden Herz und Verstand bald folgen«, sagte er anzüglich.

»Mit einem Wort, Farschid Mirza hat einen Romeo auf eine Schwedin angesetzt, die angeworben wurde, um ihren Mann auszuhorchen und die Erkenntnis weiterzuleiten«, sagte Larsson zu Charlene Gruber.

»Das ist nur die halbe Wahrheit«, warf Kralikas ein. »Der Romeo war Mirza selbst. Die Frau ist im Stab der SÄPO tätig, der das Treffen zwischen Åke Eriksson, Deckname Mélisande, von der SÄPO in Schweden, Gunnar Hallström, Deckname Tylön, dem Chef der SÄPO, und einem Motorsegler namens *Mercurius* vorbereitete.«

Larsson bemühte sich, ruhig zu bleiben.

»Da kann man Mirza nur gratulieren. Nicht jeder hat einen solch hochwertigen Kontakt anzubieten.«

»Ich richte es ihm aus, wenn ich ihm noch einmal in diesem Leben sehen sollte.«

»Wenn Sie weiter so mit mir reden, Kralikas, wird diese Gefahr kaum bestehen.« Larsson kniff ein Auge zu und lächelte Kralikas freundlich an, um etwas Vertrauen aufzubauen. »Haben Sie einen Namen für mich?«

»Sie wollen es doch nicht etwa auch bei ihr versuchen?«

Larsson zuckte mit den Schultern. »Sollte ich das?«

»Der Kontakt bezüglich Mélisande lief am 25. Juni über mich«, sagte Kralikas. »Zu dem Zeitpunkt befand ich mich in Schweden. Ich gab die Nachricht dann sofort weiter.«

Das war eine neue Information, die Larsson begierig in sich aufsog.

»Sie waren in Schweden?«

»Mit der Nachtfähre von Ventspils nach Nynashamn. Eine Zehnstundenfahrt mit der *STENA-Flavia*, in der ich mich in eine Kabine zurückzog und mal richtig ausschlafen konnte.«

»Was haben Sie in Schweden gemacht?«

»Was wohl? Ich habe die Dame in einem Restaurant getroffen, in dem sie mit mehreren anderen Personen zum Essen war.«

Larsson bewunderte insgeheim Kralikas' Dreistigkeit. Hatten ihn doch die Schweden längst auf ihrem Schirm.

»Wo?«

»Mitten in Stockholm, bei Wedholms Fisk im Nybrokajen, direkt am Hafen. Toller Blick, wundervolles Essen. Frikassee von Steinbutt, Seezunge, Hummer und Jakobsmuscheln. Ich wette, es läuft Ihnen schon das Wasser im Mund zusammen, Larsson.«

Die Wette hättest du wohl gewonnen, dachte Larsson und sagte: »Das klingt gut. Die Frau war nicht alleine. Das birgt doch Gefahren, entdeckt zu werden.«

»Es war mit Sicherheit weniger gefährlich, als wenn wir uns irgendwo außerhalb getroffen hätten und sie beschattet worden wäre. Dann hätten sie uns wohl am Arsch gehabt. Aber so? Die Frau ging zur Toilette, und ich richtete es so ein, dass ich von der Toilette kam. Vor dem Eingang zur Damentoilette ließ sie ein Taschentuch fallen. Ich bückte mich, hob es auf und gab es ihr zurück. Dabei blieb eine winzige Chipkarte bei mir zurück, die ich wenig später auslesen konnte. Anschließend ging ich zu meinem Tisch, aß meinen Nachtisch und zahlte.«

»Ihr Führungsoffizier würde jetzt sagen: ›Gute Arbeit, Kralikas.‹ Hat er das?«

»Aber sicher doch. Ich bekam eine Prämie und einige Tage später den Auftrag, mit dem Motorrad in die Schweiz zu fahren. Aber auf dieser Fahrt sind wir uns ja dann begegnet.«

»Richtig. Es war mir eine Freude.«

»So?« In Kralikas' Stimme lag eine große Frage.

»Weil meine Frau und ich das Treffen überlebt haben«, sagte Larsson. Dann schaute er Charlene Gruber an. »Mach du bitte weiter. Ich bin gleich zurück.«

Auf dem Weg zur Toilette begegnete ihm von Droste.

»Ich hörte gerade, es läuft ganz gut.« Der Kriminalrat strahlte. »Die Abholung Kralikas' erfolgt morgen früh.«

»Ich nehme an, die CIA hat schon eine Gulfstream der Air America auf den Weg gebracht.«

Von Drostes Lächeln verschwand augenblicklich. »Sie wissen doch, dass die Air America 1976 offiziell aufgelöst wurde.«

»Sie haben recht, Herr Kriminalrat. Ich hatte Air America nur als Synonym benutzt. Heute heißen sie Tepper Aviation, Pegasus Technologies und die größte Aero Contractors.«

Von Droste winkte ab, ließ Larsson stehen und setzte seinen Weg kopfschüttelnd fort.

Larsson ging weiter zur Toilette. Nachdem er sich vergewissert hatte, allein zu sein, schloss er sich ein. Er nahm die kleine SIM-Karte, die er von Lennart Fors in Berlin bekommen hatte, aus der Innentasche seiner Jacke. Dann wechselte er die Karte seines Handys gegen die eben zutage geförderte und schickte schnell eine Nachricht an Fors: *Leck einzige Frau im VorbereitungsStab MercuriusTreffen.*

Er tauschte die Karten wieder aus, riss vorsichtshalber geräuschvoll einige Stücke Toilettenpapier ab, warf sie ins Becken und drückte die Spülung. Dann verließ er die Toilette.

Leise war er wieder eingetreten und nickte dem Beamten an der Tür zu.

»Er hat ein wenig mit mir geflirtet«, wurde Larsson von Charlene Gruber begrüßt.

»Wer kann's ihm verübeln? Machen wir mal weiter, wo wir aufgehört haben. Was war der Grund des Treffens der beiden Schiffe in Karlshagen?«

Kralikas zuckte mit den Schultern.

»Ich sage es Ihnen, wenn Sie meinen Anwalt in New York verständigt haben.«

»Ich habe Ihnen zugesagt, dass wir mit der CIA Ihretwegen bereits verhandeln.«

»Davon weiß ich noch gar nichts, aber es liegt ja auf der Hand. Was ist jetzt mit dem Anwalt?«

»Reicht Ihnen nicht, dass wir schon im Gespräch für ein Asyl in den USA sind?«

»Nein. Ich möchte nicht, dass mir etwas zustößt.«

»Dafür sorgt der Anwalt?«, fragte Charlene Gruber. »Kann er das überhaupt?«

»Schreiben Sie die Telefonnummer auf. Ich werde sehen, was wir tun können«, sagte Larsson.

Irbe Kralikas nahm den ihm von Charlene Gruber zugeschobenen kleinen Block und den Kugelschreiber. Er schloss kurz die Augen, dann schrieb er etwas auf das Papier. Wieder dachte er ein wenig nach. Dann schrieb er zwei Namen und schob den Block in Richtung Larsson.

Dr. Shmuel Levin, las Larsson, und die Telefonnummer mit einer 001 als Vorwahl für die USA beginnend und 917, eine der fünf Vorwahlnummern New Yorks, in diesem Fall für Manhattan. Danach folgte noch eine siebenstellige Zahl.

»Levin, Katz und Kollegen«, sagte Kralikas. »Fähige Leute mit besten Beziehungen, auch zu den Diensten.«

»Dem Namen nach eine jüdische Kanzlei«, stellte Charlene Gruber fest.

»Wie sind Sie eigentlich zu der Kanzlei gekommen?«, fragte Larsson.

»Keine Ahnung. Ich weiß nur, was diese Leute anfassen, funktioniert.«

»Ich nehme an, Sie kennen die Verbindung von Farschid Mirza.«

Kralikas nickte.

»Glauben Sie, dass diese Kanzlei Sie vertreten wird, wenn sie erfährt, dass Sie die Seiten gewechselt haben?«

»Pekunia non olet«, sagte Kralikas. »Sie werden es machen.«

»Und wenn nicht?«, fragte Charlene Gruber.

»Dann werden sie einen fähigen Kollegen wissen und sich das Geld mit ihm teilen.«

»Das ist auch eine Logik«, sagte Larsson. »Am 24. Juni waren die *Skagerrak* und die *Mercurius* in Karlshagen. Zwölf Tage später sind Sie mit dem Motorrad in Greifswald aufgetaucht. Hatte das einen bestimmten Grund?«

»Sicher.«

»Welchen?«

»Farschid Mirza machte klar, dass wir ein begründetes Interesse daran hätten, zu erfahren, was mit der *Mercurius* los sei. Wir bekamen keinen Kontakt mehr zu ihr. Ich sollte also erst einmal versuchen, herauszufinden, was Sie darüber wissen.«

»Und?«

»Die Antwort kennen Sie doch.«

Ich muss mich mehr konzentrieren. Larsson ärgerte sich über sich selbst.

»Es beunruhigte uns, weil wir hofften, dass die Gespräche zwischen den Verhandlungsführern auf der *Skagerrak* positiv für uns ausgegangen waren. Doch wir waren nicht sicher.«

»Sie wussten es zu diesem Zeitpunkt nicht?« Zweifel lag in der Stimme Larssons.

»Nein.«

»Nein?«

»Bestimmt nicht. Doch wir hatten eine Absicherung, eine Aufzeichnung der Gespräche veranlasst.«

»Abramowitsch.«

»Ja.«

»Was machten Sie in der Schweiz?«

»Einen Geldtransfer.«

»Zu Abramowitsch?«

»Ja.«

»Was mich interessiert«, fuhr Larsson unbeirrt fort, »ist die Tatsache, dass Sie erst Geld an Abramowitsch überweisen ...«

»Auf ein Nummernkonto der Credit Suisse«, unterbrach Kralikas.

»Auf ein Nummernkonto der Credit Suisse. Haben Sie die Nummer noch im Kopf?«

Kralikas schüttelte den Kopf. »Ich fand die Nummer in einem Schließfach bei der Bank.«

»Die von Abramowitsch?«

»Ja.«

»Und die, von der Sie es überwiesen haben?«

»Die auch.«

»War es ein offizielles Konto des Iran?«

»Das Konto eines Privatmannes mit einem iranischen Namen. Afarid oder Navid oder so ähnlich. Darauf war jedenfalls eine notariell beglaubigte Vollmacht ausgestellt, so dass ich von diesem Konto überweisen konnte.«

»Konnten Sie sehen, wer die Vollmacht beglaubigt hat?«

»Ein Notariat am Zuger See. Aber fragen Sie mich nicht nach dem Namen. Und um es gleich zu sagen: Es gab auch den schriftlichen Befehl, das gesamte Material zu vernichten.«

»Dem sind Sie nachgekommen.«

»Natürlich. Noch in der Schweiz habe ich den Kram in der Toilettenschüssel eines Hotels verbrannt, die Asche heruntergespült.«

»Wieso sind Sie nach Greifswald gefahren?«

»Farschid Mirza hatte angeordnet, dass ich den Deal mit Abramowitsch abwickeln sollte. Er sollte mir den Stick von der Aufzeichnung übergeben. Mirza war wohl kurz in Frankfurt am Main und wollte sich mit mir in Neubrandenburg treffen, wo ich ihm den Stick übergeben sollte.«

Fast wäre Larsson ein Fluch herausgerutscht. Farschid Mirza festzunehmen wäre ein großer Erfolg für das BKA gewesen.

»Wann sollte das stattfinden?«

»Heute.«

»Wann heute?«

»Haben wir einen Deal?«

»Soviel ich weiß, ja. Sie kommen in die USA.«

»Und die Anwaltskanzlei? Werden Sie sie verständigen?«

»Ich werde mich dafür einsetzen. Aber ich bin nicht der Entscheidungsträger.«

»Also nicht.«

»Ich verspreche nie etwas, das ich nicht halten kann.«

»18 Uhr, in der Hafenkneipe am Tollensee«, sagte Kralikas.

Larsson schaute zur Uhr. Er wusste, dass die Kollegen im Raum hinter der Scheibe sofort rotieren würden.

»Eine Frage noch. Sie sollten den Deal mit Abramowitsch abwickeln. Warum haben Sie ihn umgebracht?«

»Ich hatte einen kurzen SMS-Kontakt, als ich in Greifswald war. Mirza ordnete an, Abramowitsch nach Übernahme des Sticks zu liquidieren.«

»Kennen Sie den Grund dafür?«

»Nicht wirklich.«

»Aber?«

»Ich kann eins und eins zusammenzählen und weiß, dass es nicht vier ergeben wird.«

»Soll heißen?«

»Er traute Abramowitsch nicht ganz über den Weg und ließ den VEVAK ermitteln, ob Abramowitsch tatsächlich vom Mossad entlassen worden sei und auf eigene Faust arbeitete. Als Erstes erfuhr Mirza über die Quelle in Stockholm, dass es auf der *Mercurius* eine Explosion gegeben haben musste, und dass sie vermisst sei. Er schrieb das dem Mossad zu. Der VEVAK hatte über eine Verbindung der Palästinenser erfahren, dass Abramowitsch keinesfalls privatisierte.«

»Verstehe.«

»Irgendeiner der Pensionäre hatte sich wohl wichtig gemacht und Abramowitschs Decknamen fallen lassen – Lensky. Der sei immer auf neuen Missionen direkt am Feind. Das Pech war, dass der VEVAK einen Überläufer mit dem Namen Lensky auf einer Liste hatte, die ihm zugespielt worden war. Man hatte schnell heraus, wer dieser Lensky in Wirklichkeit war.«

»Wissen Sie, was auf dem Stick gespeichert ist, den Sie in Greifswald übernommen haben?«

»Ja. Bevor ich die Zahlung mit einer geheimen Zugangsnummer freigab, habe ich mir das ein wenig vorspielen lassen. Es ging um irgendeine Beteiligung an einem Metall verarbeitenden Betrieb in Deutschland, den die Schweden gern gekauft hätten.«

»Sie wissen auch, warum?«

»Natürlich. Die Schweden brauchten ihn als Verhandlungsmasse bei Großaufträgen durch die Islamische Republik Iran für ihre Waffenindustrie.«

»Eigentlich könnten wir unser Gespräch beenden«, sagte Larsson.

Charlene Gruber schaute ihn vorwurfsvoll an.

»Höre ich da ein Aber heraus?«, fragte Kralikas.

»Mich interessiert, wo Sie den Stick gelassen haben.«

Irbe Kralikas grinste über das ganze Gesicht. »Auf diese Frage habe ich schon lange gewartet.«

»Und?«

»Was ist mit Levin?«

»Ich habe es Ihnen ehrlich gesagt. Alles andere wäre eine Lüge gewesen.«

»Schalten Sie das Gerät ab.«

Larsson stellte das Gerät ab. Charlene Gruber wollte Einspruch dagegen erheben, doch seine energische Handbewegung verhinderte ihren Protest.

»Ich sage es Ihnen ... wenn Sie sie rausschicken, Larsson.«

»Gehen Sie bitte raus, Kollegin«, sagte Larsson.

Charlene Gruber schäumte vor Wut. Eine solche Demütigung musste Folgen haben.

Kralikas winkte Larsson, er möge sich zu ihm beugen, dann flüsterte er: »Im Rahmen der Harley. Lenker ab, Fahrzeug auf den Kopf stellen.«

»Interessant«, sagte Larsson anerkennend. »Das ist wirklich gut.«

Kralikas grinste ihn an. »Und nun warten Sie noch auf eine Bestätigung, Larsson.«

»Würde die so schwerfallen?«

»Nein.«

»Warum dann so ein Brimborium?«

»Weil ich wissen möchte, ob Sie wirklich so klug im Recherchieren sind, wie ich denke. Und ob Sie wissen, was ich glaube, dass Sie es wissen.«

Larsson nahm den Block und schrieb etwas auf. Dann riss er drei Zettel ab, um zu verhindern, dass etwas durchgedrückt und deshalb zu entziffern war. Er schob seinem Gegenüber den Block zu, auf dem nun der Stift lag.

»Jetzt Sie.«

Irbe Kralikas schrieb etwas auf und riss seinerseits den Zettel ab. Ordentlich faltete er ihn zusammen.

Larsson machte das mit seinem Schriftstück und ließ Charlene Gruber wieder hereinrufen.

»Und nun?«, fragte Kralikas.

»Wird meine Kollegin die Zettel vorlesen.«

Kralikas lachte auf.

»Da hätte ich mir das Falten auch sparen können.« Er schob seinen Kassiber über den Tisch.

Charlene Gruber nahm die Schriftstücke und faltete sie wieder auseinander. Sie schaute auf den ersten Text und lächelte, bevor sie las: »Sie sind die rechte Hand Farschid Mirzas, verantwortlich für die *nassen Sachen* ... Sie sind der Killer der VEVAK in Europa.«

Kralikas schwieg.

Larsson musterte ihn. Der Text hatte den Letten nicht berührt. Nicht ein einziges Zucken verriet seine innerliche Verfassung. Mit einem Nicken forderte er Charlene Gruber auf, die zweite Botschaft zu lesen.

»Mahyar Angha, Schahbaz Mosahab, Darius Momeni gehen auf mein Konto«, las sie, »und noch ein Dutzend mehr.«

Larsson stieß die Luft hörbar aus, wie immer, wenn ihn etwas erregte.

»Seit wann wussten Sie es, Larsson?«, fragte der Lette.

»Dass Sie für den VEVAK die *nassen Sachen* in Europa erledigen? Das wusste ich schon, kurz nachdem Sie bei mir in Loddin waren.«

»Beachtlich.«

Larsson lachte. »Ein Lob aus Ihrem Munde ... na ja.«

»Schließlich sind wir Kollegen ... waren wir ...«

»Nicht einmal im Ansatz, Kralikas. Sie haben die Seiten gewechselt«, sagte Larsson. »Ich lasse Sie jetzt in die Zelle zurückbringen.«

Kralikas zuckte mit den Schultern.

»Sie sollten sich überlegen, ob ich noch eine Frage beantworten kann.«

»Warum?«

»Nehmen wir mal an, ich muss Sie am Wochenende verlassen, dann könnten Sie mir diese Frage nicht mehr stellen. Oder haben Sie keine mehr?«

»Doch.«

»Aber?«

»Erstens können Sie mir diese Frage nicht beantworten. Zweitens ... warum wollen Sie mir noch eine Frage beantworten, die ich nicht gestellt habe?«

»Ihre zweite Frage zuerst. Ihre Familie, genauer gesagt, die Familie Landsbergis, Sie wissen ja, dass Ihre Frau eine geborene Landsbergis ist, hat eine ganz Menge für mich gemacht. Monikas Vater arbeitete ein Vierteljahr in Riga, ich später in Kaunas. Erfahrungsaustausch für Kriminalbeamten. Da habe ich bei den Landsbergis' gewohnt. Ich schulde ihnen etwas.«

»Warum?«

»Ich kam aus einer ziemlich armen Familie, aus zerrüttenden Verhältnissen, wusste gar nicht, was liebevoller Umgang ist. Die Landsbergis' haben mir das gegeben. Und nun zu der Frage, die ich nicht beantworten können soll. Stellen Sie sie doch erst einmal, dann wird sich entscheiden, ob ich das kann. Wenn nicht, ist das halt so.«

Blitzschnell durchfuhr es Larsson: Fünf Punkte hatten wir zu klären. 1. Verschwinden des Motorseglers. Der Tipp für die Gegenseite kam vom Geschäftsführer der Charterfirma der *Mercurius*, Guido Heinloth, der ahnungslos in eine Falle des VEVAK getappt war. 2. die vermutlichen Schleuserschiffe der Kiliwhite Ltd.. Wir kennen inzwischen ihre Namen, die *Sun of Kenya* und ... Gott, wie hieß der zweite Schlurren? *Hope of Island*, ja richtig, *Hope of Island.* 3. das Überwachungsschiff ... *Cinereo Lupus* und die VEVAK im Hintergrund. Auch der 4. Punkt war abgehakt, Merz & Mogli standen auf der Liste der Firmen, die das Embargo gegen den Iran unterlaufen hatten. Bliebe Punkt 5 ...

»Was sagt Ihnen der Name Widai?«

Kralikas machte ein betretenes Gesicht.

»Sehen Sie, ich habe gleich gesagt, dass Sie meine Frage nicht beantworten können«, triumphierte Larsson.

»Daher weht der Wind.«

»Ja.«

»Dschiwid Widai, war das nicht der Vize-Atomunterhändler im Frühjahr vorigen Jahres in Wien?«

»Das ist nichts Neues, Kralikas«, sagte Larsson eine Spur zu barsch. Der Lette konnte seine Enttäuschung deutlich heraushören.

»Ihre Frage?«

»Keine Frage mehr.« Larsson drehte sich dem Beamten zu, der neben der Tür saß. »Bringen Sie den Mann in seine Zelle zurück.«

»Dann werde ich Ihre eigentliche Frage für Sie stellen, Hauptkommissar Larsson ... Was hat Dschiwid Widai mit dem Einsatz der *Cinereo Lupus* zu tun?«

»Sie meinen, dass das meine eigentliche Frage ist«, sagte Larsson irritiert.

Mit einer Handbewegung bedeutete er dem Beamten, der Kralikas in die Zelle zurückbringen sollte, sich wieder zu setzen.

»Weil das das Einzige in der Struktur meiner Kontakte beziehungsweise der Möglichkeiten meines Wissens darüber ist, nach dem Sie noch nicht gefragt haben.«

»Ich höre.«

»Waidi hatte einige Jahre zuvor damit begonnen, den Einsatz von *Cinereo Lupus* in der Ostsee vorzubereiten.«

»Woher wissen Sie das?«

»Farschid Mirza und ich sprachen darüber, als Waidi Mirza anwies, Valdis Brigmanis zu rekrutieren.«

»Also gut, Sie sprachen mit Farschid Mirza über den Top-Manager des iranischen Atomprogramms.«

»Exakt.«

»Wann hatte Waidi Valdis Brigmanis kannengelernt?«

»Ich denke, das liegt einige Jahre zurück. Waidi hatte wohl irgendwo in Europa Valdis Brigmanis getroffen. Ich glaube Berlin ... oder Hamburg.«

»Wie?«, unterbrach ihn Larsson.

»Keine Ahnung. So weit hat mich Mirza nicht in seine Karten schauen lassen. Ich wage nicht einmal zu spekulieren, ob Mirza das selbst weiß.«

»Also kam der Auftrag, Valdis Brigmanis zu rekrutieren, von Dschiwid Widai persönlich.«

»Davon gehe ich aus.«

»Gut.« Larsson diktierte den Schluss der Vernehmung in das Aufzeichnungsgerät und nickte dem Beamten zu.

»Dann bis morgen«, sagte Kralikas.

Larsson schüttelte den Kopf. »Wir werden uns wohl nicht mehr sehen.«

»Machen Sie es gut.« Kralikas drehte sich um und ging mit dem Beamten hinaus.

19. Kapitel

Sonnabend, 21. Juli 2007

Die Nacht war kurz. Larsson hatte sich um fünf in der Frühe wecken lassen. Zwanzig Minuten vor acht traf sein Taxi vor dem Flughafen in Berlin Tegel ein. Am Schalter der Air Berlin stand von Droste, neben ihm Raoul Stern. Als von Droste Larsson bemerkte, winkte er ihm zu.

»Nun wird es aber Zeit, Hauptkommissar, dachte schon, Sie hätten verschlafen.«

»Der Verkehr in der Stadt macht selbst für Taxen das Fortkommen schwer.«

Die Abfertigung am Schalter der Air Berlin verlief reibungslos. Als sie durch die Sicherheitsschleuse gegangen waren, ertönte eine Lautsprecherdurchsage: »Passagiere des Fluges nach Stockholm, Abflug 8:20 Uhr, begeben sich bitte zum Einchecken. Letzter Aufruf ... für die Passagiere des Fluges nach Stockholm-Arlanda, Abflug 8:20 Uhr, begeben Sie sich bitte unmittelbar zum Einchecken.«

»Wären Sie auch nur fünf Minuten später, Kollege, hätten wir bitten müssen, den Flug um ein paar Minuten zu verschieben«, stichelte Raoul Stern. Vielleicht sollte es witzig klingen. Larsson fühlte sich angegangen.

»Jeder, wie er kann, Kollege Stern«, entgegnete er bissig. »Für mich hätte das entzückende Mädchen sicher gern einige Minuten zugelegt.«

Von Droste passte die flapsige Art seiner Mitarbeiter nicht. Obwohl er schwieg, warnte sein Blick.

Ihre Plätze in der A320 waren in der dreizehnten Reihe rechts, Sitze D, E und F. Hätte ich gewusst, dass wir in dieser Reihe sitzen müssen, dachte Larsson, wäre ich heute gar nicht aufgestanden.

Mit einer Handbewegung wies der Kriminalrat Raoul Stern den Platz F am Fenster zu. »Nehmen Sie den Sitz zum Gang«, sagte er zu Larsson. Es war keine Frage. Von Droste wollte sich zwischen die beiden Beamten setzen, um jede Eskalation zu vermeiden.

»Gerne. Da kann ich wenigstens die Beine ausstrecken.«

Zwei Stewardessen erklärten in Zeichensprache die Sicherheitsanweisungen, die über die Bordlausprecher eingespielt wurden. Während sich die Türen schlossen, griff sich Larsson eine DIE ZEIT, die zusammen mit anderen Zeitungen an Bord angeboten wurde. Die Triebwerke fingen an, einen surrenden, anschwellenden Ton zu erzeugen. Als sich die Maschine erst einige Meter langsam, dann so schnell in Bewegung setzte, dass die Passagiere in die Sitze gedrückt wurden, faltete Larsson die Zeitung auseinander und begann sich in einen Artikel zu vergraben.

Die Maschine wechselte vom steilen zum flacheren Steigflug. Der Druck in seinen Ohren ließ nach, als Larsson sich die Nase zuhielt und einen Gegendruck erzeugte. Würden wir jetzt abstürzen, wäre das auch kein Gruppensuizid, dachte er. Lemming hin, Lemming her. Es war die Zahl dreizehn, die ihm Unbehagen bereitete. Für ihn war das alles andere als eine Glückszahl. Doch das Flugzeug ignorierte seine Befürchtungen. Fürs Erste jedenfalls.

Raoul Stern hatte bereits seinen Sitz zurückgestellt und schien sich auf Schlafen einzustellen.

Der Kriminalrat schaute Larsson an. »Ist das Ihr Trick, um den Start auszublenden?«

»Ich vergrabe mich so tief in den Text, dass jede Gefahr erst einmal aus dem Bewusstsein verdrängt wird.«

»Sollte ich auch probieren.«

»Woher hatten Sie eigentlich das Bild des verschwundenen Motorseglers *Mercurius*?«, fragte Larsson den Kriminalrat.

»Ich habe keine Ahnung. Die Anweisung kam von ganz oben.«

»Was mich wundert ... dass man Ihnen nicht das Bild der *Cinereo Lupus* geschickt hat.«

Von Droste ist Abteilungsleiter Internationale Koordinierung. Wieso ist ein Sesselpupser für einen solchen Einsatz ausgesucht worden?, fragte sich Larsson. Wenn die Anweisung von ganz oben kam, kann das nur heißen, entweder Präsident des BKA Ziercke ... Nein, das glaube ich nicht. Oder von einem der beiden Vizepräsidenten Stock oder ... Ihm fiel ein, dass er in dieser kurzen Zeit Ziercke nur einmal zu Gesicht bekommen hatte, als der im gepanzerten Dienstwagen an ihm vorbeichauffiert wurde. Der Jurist Stock hatte nur ein einziges Mal in seinem Umkreis Erwähnung gefunden. Vom zweiten Vize wusste er nicht einmal den Namen. Bei dem Gedanken musste er lächeln. Lasse, du eifriger Mitarbeiter.

»Möglicherweise sollte es ein Test sein«, sinnierte von Droste.

»Ein Test? Wofür? Ob wir in der Lage sind, etwas über die *Mercurius* herauszufinden, deren Foto Ihnen der CIA geschickt hat? Oder ob wir einfach etwas vermuten oder gar wissen, wie das Boot verschwunden ist? Höchstwahrscheinlich ist es ja den Burschen gar nicht recht, wenn wir das wüssten.«

Der Kriminalrat machte ein betretenes Gesicht. »Alles ist in diesem Geschäft möglich«, sagte er.

»Die hätten Ihnen doch sehr gut ein Bild der *Cinereo Lupus* zur Verfügung stellen können. Ich wette, sogar mit voller Adresse vom Liegeplatz des Kutters in Liepaja.«

»Davon bin ich auch überzeugt.«

»Aber?«, fragte Larsson.

»Wahrscheinlich wissen die ganz genau über das Verschwinden Bescheid und wollen nun wissen, ob ein Unbeteiligter überhaupt in der Lage ist, das herauszufinden. Und da ist ihnen das BKA vielleicht der sicherste Pol.«

»Wissen wir denn überhaupt etwas darüber?«

Raoul Stern war wieder munter geworden. Aus dem Fenster sah er die krisselige Oberfläche der Ostsee tief unter sich. Die

Sicht war gut. Er sah einige Frachtschiffe verschiedener Größe und ein weißes Schiff, offensichtlich eine Fähre, die aus Stockholm kommend in Richtung Ventspils in Lettland unterwegs war.

»Habe ich etwas verpasst?«, fragte er.

»Nein«, sagte von Droste, drehte sich dann wieder Larsson zu und wiederholte: »Nein.« Damit war das Gespräch zwischen Larsson und dem Kriminalrat beendet.

Kurz danach ging die A320 in einen leichten Sinkflug über. Wenig später kam die Stimme des Flugkapitäns aus dem Lautsprecher, der die Landung ankündigte und sich im Namen der Fluggesellschaft und der Crew verabschiedete.

Sie nahmen ein Taxi zum Treffpunkt in der Dienststelle der SÄPO, die in einem der Gebäudekomplexe der Rijkspolisen stattfinden würde. Die Route 273 vom Flughafen in die Stadt führte teilweise über Rosersberg hinaus durch ein Waldgebiet. Erst zwischen Holmen und Upplands Väsby wurde die Nähe der Hauptstadt Stockholm spürbar. An der vielbefahrenen Schnellstraße begrüßte die Autofahrer und Besucher ein großes blaues Schild: Welcome-Välkommen till Stockholm. Eine Viertelstunde später hielt das Taxi vor dem Ziel.

Die Polhemsgatan 30 war eine Ansammlung von mehreren großen Gebäuden auf rund 30.000 Quadratmetern Grund. Sie beherbergte eine Reihe von Dienststellen der Rijkspolisen, auch die der Säkerhetspolisen.

Kriminalrat von Droste schaute zur Uhr. Kurz vor elf betraten sie das Hauptgebäude. Der Kriminalrat meldete sie am Counter an. Kurz darauf wurden sie von einem Uniformierten abgeholt, der sie zu SÄPO brachte.

»Es ist fast wie in Berlin«, frotzelte Raoul Stern.

Sie passierten einen Flur im ersten Obergeschoss und wurden gleich darauf in ein großes Büro geführt.

Larsson erstarrte. Unter den fünf Männern war Lennart Fors.

Ein Mittvierziger begrüßte die Ankömmlinge. »Ich hoffe, Sie hatten eine gute Anreise. Mein Name ist Ryne Åberg«, sagte er. »Ich bin einer der stellvertretenden Direktoren der SÄPO. Mit mir sind Nils Jakobsson von der Abteilung Swedish Security Service, Kjäll Håkansson-Sandberg und Lennart Fors bei der Besprechung dabei. Alle sind Abteilungsleiter oder aus dem Stab. Leif Gustav Holmquist ist heute eigens für Sie vom FRA zu uns gekommen, um einen Teil der Ihnen angekündigten Fragen beantworten zu können. Wir freuen uns, dass Sie zu uns nach Stockholm gekommen sind.«

Kriminalrat von Droste stellte seine Männer und sich vor, betonte, dass sie und er nur ein Teil der Mitarbeiter seien, die in einer Ermittlungsgruppe Amphitryon an der Aufklärung eines verschwundenen Motorseglers auf der Ostsee beteiligt gewesen wären.

Jeder gab jedem die Hand. Als Fors an der Reihe war, Larsson die Hand zu geben, sagte er: »Ich freue mich, Sie kennenzulernen, Herr Larsson.«

»Das beruht ganz auf Gegenseitigkeit.«

Sie nahmen an einem runden Konferenztisch Platz. Vor jedem Platz standen ein Wasserglas und eine Kaffeetasse. Zwei Mitarbeiterinnen des Dienstes brachten Thermoskannen mit Kaffee und zogen sich dann zurück.

»Erst einmal möchte ich unsere Gäste aus Deutschland herzlich bei uns begrüßen. Es gibt zwei Anfragen von Ihrer Dienststelle. Eine betrifft ein Auskunftsersuchen bezüglich eines Schiffes mit dem Namen *Skagerrak*, das am ...« Åberg schaute einen der Männer seiner Crew an.

»25. Juni«, sagte Kjäll Håkansson-Sandberg.

»Das Schiff lag diesem Zeitpunkt ab Mittag in Karlshagen. Es hat am kommenden Morgen Deutschland wieder in Richtung Schweden verlassen. Dabei handelt es sich um eine Yacht, die von einem privaten Unternehmen verchartert wird, und die auch die schwedische Regierung, in diesem Falle die Rijkspolisen, genauer gesagt meine Dienststelle, hin und wieder benutzt, so ebenfalls zu der angefragten Zeit.«

»Wir wissen, dass Bord an Bord mit der *Skagerrak* der in Deutschland registrierte Motorsegler *Mercurius* gelegen hat. Dieses Schiff wurde von einer Kiliwhite Ltd., registriert in Nairobi, beziehungsweise von der britischen Niederlassung dieser Gesellschaft gechartert. Es befanden sich vier Männer an Bord, drei Kenianer, ein Brite. Wir sind auf der Suche nach diesem Schiff und den Männern«, sagte von Droste.

»Ich weiß«, sagte Åberg. »Es gab ein Treffen zwischen der Kiliwhite Ltd. und uns, um sicherheitsrelevante Fragen zu erörtern. Unsere Behörden wissen, dass mehrere Kriegsverbrecher aus Afrika in diesem Jahr nach Schweden gekommen sein könnten. Daraufhin wurde die Polizeikommission für Kriegsverbrechen verstärkt. Darüber hinaus haben wir Erkenntnisse, dass rückreisewillige junge Leute aus Kampfgebieten der Al-Qaida einsickern. Das gemahnt uns natürlich zu größter Besorgnis. Vor vier Wochen wurde berichtet, dass ein neunzehnjähriger Nasheed-Lob-Gottes-Sänger aus Burlöv, der sich im vergangenen Frühjahr der Terrorgruppe angeschlossen hatte, nach Schweden zurückgekehrt ist. Der junge Mann soll von der Nationalen Koordinatorin gegen gewalttätigen Extremismus Hilfe bekommen haben, die eng mit der Familie zusammengearbeitet hat. Als er in dem Ausbildungslager in Pakistan ankam, scheint er sich das Leben dort zu Eigen gemacht zu haben. In einem Video, das am 10. Mai auf Youtube gepostet wurde, sieht man ihn mit einer Kalaschnikow über seiner Schulter, wie er ein Nasheed singt, das er der Quaida gewidmet hatte. Und er drängte zudem andere dazu, seinem Beispiel zu folgen. ›Ich möchte sagen, dass ich wünschte, ihr würdet alle hier bei mir sein. Es ist genauso perfekt und wunderbar, wie ich es erwartet habe.‹ Wir müssen uns fragen, ob es wirklich die Aufgabe unserer Nationalen Koordinatorin ist, für die Heimholung der IS-Kämpfer nach Schweden zu sorgen. Wer kümmert sich um die Sicherheit? Jeder kann vorgeben, ein Überläufer zu sein. Ich stelle also fest, dass der Neuzehnjährige immer noch ein Fundamentalist ist, und dass sein Problem mit Al-Qaida vor allem darauf zu beruhen scheint, dass er zusammen mit anderen Salafisten Unfrieden in die muslimische Gemeinde in Malmö gebracht und Gewalt gegen andere Muslime ausgeübt hat. Ich hoffe, Ihre Politiker sind vorsichtiger als unsere. Schweden hat große Probleme, die Sicherheit des Landes zu gewährleisten.«

»Auch wir haben schon Probleme. Noch bekommen wir sie allerdings in den Griff«, sagte von Droste.

»Unsere Gründungsväter der Einwanderungspolitik hätten zuvor klugerweise den deutschen Schriftsteller Goethe lesen sollen. Nun haben wir den Salat, denn wir kriegen den Geist, den wir aus der Flasche gelassen haben, nie wieder hinein.« Ryne Åberg lehnte sich mit dieser Aussage weit aus dem politischen Fenster.

Larsson musste unwillkürlich bei dem Fingerzeig zu Goethes »Zauberlehrling« grinsen. Von Droste sah das. Er war sich klar darüber, dass das eine inoffizielle Meinung war, die Konsequenzen haben könnte. Er dachte daran, dass es kein Geheimnis war, dass es innerhalb der SÄPO differente Ansichten zu der offiziellen Regierungslinie gab.

»Nun aber zu Ihrer zweiten Anfrage, die Sie über einen Stahlkutter, grau mit einer aufgemalten Welle am Bug, an uns gestellt haben. Wir wissen exakt, um welches Schiff es sich handelt. Es ist ein in Lettland registrierter Stahlkutter.«

Åberg schaute zu Fors. »Lennart, bitte erläutere du unseren deutschen Kollegen, was uns über das Schiff bekannt ist.«

Lennart Fors holte aus einer Mappe einige Fotos des Kutters und reichte sie weiter.

»Der Kutter mit dem Namen *Cinereo Lupus* hat unsere Abwehr aus zwei Gründen auf den Plan gerufen. Er war mehrmals hintereinander an verschiedenen Positionen sehr neuralgischer Punkte innerhalb unserer Sicherheitszonen festgestellt worden. Dort haben sich Unterwassersicherungseinrichtungen für unsere Küste befunden. Diese Sicherheitseinrichtungen wurden nicht nur ausgespäht. Sie wurden teilweise auch beschädigt oder ganz entfernt.«

»Was für Sicherungsanlagen?«, unterbrach ihn Larsson. Als Fors nicht gleich antwortete, sondern fragend zu Ryne Åberg schaute, ergänzte der seinen Gedankengang: »SOSUS-Anlagen, nehme ich an.«

Åberg nickte Fors zu.

»Ja, SOSUS-Anlagen«, bestätigte Fors. »Wir haben immer wieder Einbrüche russischer U-Boote an unserer Küste feststellen können. Das betrifft das profunde Sicherheitsinteresse unseres Landes. Der Kutter war mehrfach dort, wo Hydrophone aus ihrer Verankerung gerissen wurden. Wie schon gesagt, einige dieser hochsensiblen Elektronikteile verschwanden ganz. Wir befürchten, dass sie zur Untersuchung an jene verkauft wurden, die diese Mission in Auftrag gaben.«

»Russland«, konstatierte Larsson.

»Ja«, sagte Lennart Fors. Und sein Nachbar Nils Jakobsson ergänzte: »Wir wissen dank der Försvarets Radioanstalt – FRA – zu jeder Zeit, wo sich die *Cinereo Lupus* aufhält. Und dann koordinieren wir unsere Schnellboote in das jeweilige Gebiet, in dem sie sich aufhält. Die Kollegen auf den Schiffen machen der Besatzung des Kutters unmissverständlich klar, dass sie sich in den Sperrgebieten um unsere U-Boot-Stützpunkte zwischen den Schären, wie etwa in Muskö, nicht aufzuhalten haben. Der zweite Grund, der uns besonders wachsam werden ließ«, führte Lennart Fors weiter aus, »war der umgebaute Schiffsaufbau und die besondere Antenne. Doch diese Antenne ist es auch, die der FRA den jeweiligen Standort des Schiffes mitteilt. Auch den am 26. Juni diesen Jahres.«

»Noch Fragen bis zu diesem Zeitpunkt?«, fragte Ryne Åberg.

»Ein lettischer Stahlkutter, der Arbeiten für die Russen erledigt, ist das Ihre Erkenntnis?«, fragte Larsson.

»Exakt.«

»Ich bin deshalb verwundert, weil bekannt ist, dass der MUST sich im Fall seiner intensiven Spionage gegen Russland auch der Mithilfe des lettischen Geheimdienstes STT bedient hat.«

Ryne Åberg war auf jede Frage vorbereitet, auch auf solche, die ihm zuwider waren. Und das war so eine Frage.

»Geheimdienste unterliegen nicht einer strengen Zuordnung. Sie verfolgen in der Regel nur ein Ziel, ihrem Land zu dienen. Und ... der Feind meines Feindes ist mein Freund.«

Åberg hatte das mit einem Augenzwinkern so souverän spritzig verpackt, dass eine gewisse Heiterkeit am Tisch ausbrach. »Und dass sie jetzt den VEVAK unterstützen, tun sie aller Wahrscheinlichkeit nach, was jeder Dienst tun würde. Sie fragen sich, warum die Russen das nicht selbst machen, und schöpfen zudem alle Informationen über *Cinereo Lupus* ab.«

»Sicher als Ausgleich, jetzt mit Hilfe der SÄPO«, konterte Larsson.

»Möglich.« Åberg legte sich nicht fest.

»Wie sind eigentlich SÄPO-Interna an die Gegenseite abgeflossen?«, fragte Larsson.

Åberg hob die Schulter.

»Wie alle Dienste, so haben natürlich auch wir hin und wieder ein Problem mit unserer eigenen Sicherheit. Maulwürfe sind nicht das, was ein Dienst sich wünscht. Aufgrund der Überwachung des SMS-Verkehrs über den gesamten Ostseeraum durch die FRA konnten wir eine Frau festnehmen, die in einem hochempfindlichen Sektor bei der SÄPO gearbeitet hat, und zwar kurz bevor eine brisante Nachricht an eine Adresse des VEVAK-Residenten in Lettland abgeschickt wurde.«

Larsson musste lächeln. Hier sagt einer nicht die Wahrheit. Ich kenne sie, und Lennart ebenfalls. Erst nachdem ich ihm die SMS geschickt habe, ist euch das gelungen. Gut, dass das nicht zur Sprache kommt.

»Leif Gustav Holmquist ist heute eigens für Sie von der FRA zu uns gekommen, um mit einer genauen Schilderung der für Sie relevanten Frage, wo der Motorsegler *Mercurius* geblieben ist, Antwort zu geben. Bitte, Leif.«

Holmquist stand auf und begab sich an ein kleines Tischchen, auf dem ein Laptop stand.

»Wie die Kollegen schon ausgeführt haben, steht die *Cinereo Lupus* unter der genauen Beobachtung unserer Sicherheitsdienste. Wir wissen, dass der umgebaute Kutter eigens für die Ausspähung militärischer Objekte für den Geheimdienst des Iran arbeitet.«

»Was uns besondere Sorgen macht«, unterbrach Åberg seinen Kollegen, »ist die Tatsache, dass wir herausgefunden haben, dass die Geräte bereits in den Händen der russischen Abwehr gelandet sind. Nun werden wir wohl über den kleinen Vorsprung unserer Hydrophone, die besonders sensibel und schnell reagiert haben, nicht mehr verfügen.« Er war ans Fenster getreten und betätigte einen Knopf. Die Lamellen vor dem Fenster schlossen sich und dunkelten den Raum ab.

»Schauen wir einen kleinen Film«, sagte Holmquist. Er startete über einen Bildwerfer den auf dem Laptop gespeicherten Film. Ins Bild kam der graue Kutter, allerdings noch ohne die aufgemalte Bugwelle, der sich langsam durch die Schären vor Stockholm quälte. Im Hintergrund waren einige andere Schiffe zu sehen, meist kleinere Privatboote. Über das Achterdeck der Kutters lief ein junger Mann. Eine Frau kam aus dem Ruderhaus, rief etwas. Der Mann drehte sich um und ging zurück. Beide verschwanden im Ruderhaus.

»Das war Inese Brigmane, eine in Lettland verheiratete Iranerin. Ihr Geburtsname ist Shirin Soheyla Soltany. Sie ist Agentin der VEVAK«, sagte Åberg. Der zweite Filmabschnitt zeigte die *Mercurius*, wie sie langsam aus der Hafeneinfahrt von Großenbrode glitt. Wenig später tauchte der graue Kutter auf, der erst parallel zur *Mercurius* lief, sich dann weiter zurückfallen ließ.

»Wir sehen hier die *Mercurius* und die *Cinereo Lupus* am 24. Juni in der westlichen Ostsee auf der Höhe der Insel Fehmarn«, sagte Åberg. »Beachten Sie, dass Letztere nunmehr mit der Bugwelle verziert ist. Bitte, Leif. «

Noch einmal waren beide Boote im Film zu sehen. Es musste dicht vor Rügen gewesen sein. Im Hintergrund kamen die Kreidefelsen ins Bild.

Dann brach das Bild ab. Stattdessen kam ein großes Radarbild auf die Leinwand. Einige Punkte geben die Positionen verschiedener Schiffe wieder. Zwei der Punkte waren mit einem Kreis umrandet. Daneben war eine Uhr sichtbar. Um 21:12 Uhr begannen die Kreise langsam an Fahrt zuzunehmen.

»Wir sehen die *Mercurius*, der Punkt im linken Kreis«, kam jetzt die Stimme Holmquists, »und rechts die *Cinereo Lupus*. Letztere liegt nahezu bewegungslos hinter der Insel Ruden. Als die *Mercurius* Ruden in rund sechshundert Meter Entfernung die Insel passiert, nimmt die *Cinereo Lupus* Fahrt auf. Ich lasse jetzt den Film schneller laufen ...«

Plötzlich war ein Standbild zu sehen.

»Als die *Mercurius* die Position 54°25' Nord und 14°05' Ost erreicht hat, sehen wir, dass die *Cinereo Lupus* in einem Abstand von nur 630 Metern hintern ihr ist. Zu diesem Zeitpunkt registrierten wir bei der FRA auf einem kurzen Telefonmitschnitt ein lautes Geräusch. Die *Mercurius*, achten Sie bitte darauf, verschwindet plötzlich ganz von unserem Radar. Die *Cinereo Lupus* hingegen entfernt sich in östlicher Richtung. Offensichtlich war sie auf dem Wege nach Liepaja, ihrem Heimathafen.«

Holmquist ließ den Film noch ein zweites Mal laufen, parallel zum Film eine zweite Tonspur. Nun überlagerten Stimmen in lettischer Sprache die bewegten Punkte auf dem Radarschirm, dann das Geräusch, das die Fachleute als eine Explosion registriert hatten.

»1:32 Uhr. Zu dem Zeitpunkt war es noch nicht hell und die Küste mit dem Badeort Binz rund siebzehn Kilometer entfernt«, sagte Holmquist. »Gerade deshalb haben wir auch andere Frequenzen abgesucht, um zu erfahren, was da passiert sein könnte. Dass es eine Explosion gegeben haben musste, dessen waren wir uns sicher. Doch zu dem Zeitpunkt ging ein Morgengewitter nieder.«

Ryne Åberg ließ das Licht wieder in den Raum. Während die Lamellen zurückfuhren, schaute er in die Runde. »Hat jemand eine Idee, wie die *Mercurius* verschwunden sein könnte? Die Herren der Ermittlungsgruppe Amphitryon vielleicht? Herr Larsson?«

»Der Kutter war zur Explosionszeit in unmittelbarer Nähe zur *Mercurius*.«

Åberg schüttelte den Kopf.

»Es kann auch eine Explosion im Maschinenraum gewesen sein, die einen so heftigen Wassereinbruch verursacht hat, dass der Motorsegler wie ein Stein sank«, sagte Larsson. Und der Kriminalrat bestärkte ihn: »Beide spekulativen Möglichkeiten muss man in Betracht ziehen.«

Doch Åberg schüttelte den Kopf. »Kalt. Ganz kalt. Kannst du noch einmal den Ton gesondert ausfahren, Leif?«, fragte er. »Achten Sie genau auf die Töne während der Unterhaltung an Bord der *Cinereo Lupus*.«

Die Männer konzentrierten sich auf die Geräusche, die nun eingespielt wurden. Über der Unterhaltung in lettischer Sprache war ein leiser, in hoher Frequenz ausgestrahlter Ton zu vernehmen.

»Sie meinen den Hochfrequenzton«, stellte Raoul Stern fest.

»Ja«, antwortete Åberg.

»Ein Flugzeug?«, fragte von Droste.

»Nicht ganz.«

»Vielleicht eine Drohne«, stelle Larsson fest. »Wer kann es wagen, über Deutschland mit einer Drohne zu fliegen? Bestenfalls die Amerikaner.«

»Zum ersten Teil Ihrer Frage, ja, eine Drohne.«

»Wir lassen die DFS feststellen, ob eine der Maschinen aus Rammstein gestartet und in welche Richtung sie geflogen ist«, sagte Larsson. »Dann haben wir die Antwort.«

Åberg schüttelte den Kopf und strahlte siegessicher Larsson an. »Sie werden keine Flugbewegungen diesbezüglich registrieren können.«

»Keine Drohne aus Rammstein. Das wissen Sie genau?«

»Die amerikanischen Drohnen verursachen andere Geräusche«, untermauerte Åberg seinen Gedankengang. »Es ist wie bei den U-Booten, die ja auch aufgrund ihres Geräuschpegels und der Frequenz, die sie abgeben, auseinandergehalten werden können.«

»Dann wird bei der SÄPO bekannt sein, was für eine Maschine das war«, stellte von Droste fest.

»Aus zwei Gründen«, sagte Åberg. »Wir wissen nicht genau, wo die Maschine herkam, aber wir wissen, wo sie hinflog. Denn die FRA hat sich sofort drangehängt, als sie das Signal aufnahm. Leif, kannst du unseren Kollegen sagen, was ihr rausgefunden habt?«

»Das Geräusch entfernte sich vom möglichen Untergangsort der *Mercurius* und flog in der Nähe von Misdroy und Wolin in einer Entfernung von rund fünfundzwanzig Kilometern an der deutschen Grenze entlang nach Süden. Irgendwo im Powiat Goleniowski, einer waldreichen Gegend, haben wir den Kontakt dann verloren. Dennoch glauben wir, dass Polen zumindest den Überflug der Drohne gestattet hat«, erklärte Leif Gustav Holmquist.

»Das Wendejahr 1989 machte einen Neubeginn zwischen Polen und Israel möglich, nachdem historisch gesehen die Beziehungen gar nicht hätten komplizierter sein können. Etwa dreieinhalb Millionen Juden lebten vor dem Zweiten Weltkrieg in Polen. Mit Zorn und Enttäuschung, aber auch Hassliebe und Zuneigung dachten viele Überlebende an ihre frühere Heimat«, sagte Åberg. »Nach dem Sechstagekrieg 1967 brach Polen in Abstimmung mit Moskau die diplomatischen Beziehungen zu Israel ab. Eine antisemitisch-antizionistische Hetzkampagne zwang über 30.000 Menschen jüdischer Herkunft, das Land zu verlassen. Und auch jetzt gibt es in Polen, wie in jedem europäischen Land, antisemitische Stimmen. Doch anders als in Westeuropa fehlt dort der moderne Antisemitismus, der auch antiglobalistisch und besonders amerikakritisch sein kann. Nicht unwichtig ist, dass es in den neuen EU-Ländern kaum nennenswerte arabische Minderheiten gibt. Vor allem aber findet Israel hier mehr Verständnis für sein Sicherheitsbedürfnis. Polen und Israelis sehen sich als enge Verbündete der Amerikaner – egal, ob die gen Bagdad ziehen oder nicht. Sicherheit gilt in Polen auch heute noch als ein sehr kostbares und gefährdetes Gut. Israel selbst betrachtet es als seine Existenzfrage.«

»Überflug? Wohin?«, fragte Raoul Stern.

»Militärflughafen Čáslav, Tschechische Republik«, sagte Åberg ruhig. »In Tschechien hat Israel einige Drohnen stationiert. Und genau besehen war die Heron, die in einer Höhe von rund neuntausend Metern fliegt, maximal sieben bis acht Stunden in der Luft. Problemlos.«

»Sie spekulieren also, dass es eine israelische Drohne war«, sagte Stern.

»Wir spekulieren nicht. Wir wissen«, sagte Nils Jakobsson von der Abteilung Swedish Security Service, einer Abteilung innerhalb der SÄPO, die für Gegenspionage zuständig ist. Es war das erste Mal, dass er das Wort ergriff. »Etwa drei Wochen, bevor mein Kollege Kjäll Håkansson-Sandberg die Planung im Stab für das Treffen der *Skagerrak* mit der *Mercurius* vorbereitete, bekamen wir einen Rückläufer über das Ziel der stattfindenden Verhandlung, der darauf schließen ließ, dass wir ein Leck innerhalb des Stabs hatten. Wir gaben also intern eine neue Richtlinie über das Treffen raus, die einen Placebo-Effekt auslöste. Wir konnten feststellen, von wo die Nachricht abgesetzt und wohin sie geschickt wurde. Daraufhin beobachteten wir eine weibliche Person innerhalb unseres Dienstes, auf die der Verdacht gefallen war ...«

20. Kapitel

Tel Aviv, 23. Juni 2007

Am diesem Sonnabend erhielt Dan Levine einen Anruf seiner Dienststelle. Eine Nachricht von einer Quelle mit dem Decknamen Milbe war eingegangen. Milbe lieferte erstklassiges Material eines befreundeten Dienstes, das dort offiziell unter Verschluss gehalten wurde. Nur wenige kannten ihren Klarnamen. Einer von ihnen war Haim Golan, mit dem Levine eng zusammenarbeitete.

Dan Levines Wagen preschte durch die Henrietta-Szold-Straße in Tel Aviv. Früher war hier, im vierzehnstöckigen Hadar-Dafna-Gebäude, ein Teil des Mossad Hauptquartiers untergebracht. Levine saß nun in einem Gebäude im Norden der Stadt.

Haim Golan erwartete ihn schon. Mira Zarug hatte die verschlüsselte Nachricht, die über einen Zerhacker verschickt wurde, zur Wiederlesbarkeit zurückgeholt. Der Inhalt war so akut, dass eine Entscheidung unmittelbar erfolgen musste.

»Eine Nachricht aus Stockholm ist eingetroffen«, wurde er von Golan empfangen. Haim Golan war ein schwerer, großer Mann von über einem Meter fünfundachtzig. Obwohl erst Ende dreißig, war er durch Kompetenz der verantwortliche Einsatzoffizier des Planungsstabs für Operationen im Ausland. Er reichte Levine das dechiffrierte Schreiben.

Verhandl. wg. Übern. der Zentr. Skagerrak Mercurius Karlshagen Germany verschoben auf 7/1 Milbe

Für einen Augenblick hielt er die Augen geschlossen. Hätte ein Fremder den Mann so gesehen, hätte er es als Blackout gedeutet. Golan aber wusste, dass es hinter der Stirn des Mitarbeiters arbeitete. Er galt als einer der scharfsinnigsten Köpfe der Mossad-Analysten, wenn es um Zusammenhänge und Beurteilungen einer Faktenlage ging. Von der Beurteilung der Machbarkeit einer Operation im Ausland hing nicht nur der Erfolg eines tatsächlichen Einsatzes ab. Es galt auch, mögliche Folgen abzuwägen, die sich mit der jeweils betroffenen Regierung ergeben würden. Und in diesem Fall handelte es sich um eine befreundete Regierung.

»Möglicherweise müssen wir völlig neu disponieren«, sagte Haim Golan in die Stille.

»Gib mir den Wortlaut der ersten Nachricht.«

Golan schob ihm das Blatt über den Tisch.

Verhandl. wg. Übern. der Zentr. Skagerrak Mercurius Karlshagen 25/6 Germany Kauf unter allen Umständen Milbe

»Ein Scherz? Hältst du das für einen Scherz?«

»Warte mal, das geht mir jetzt zu schnell«, antwortete Levine. »Wer ist an Milbe dran?«

»Leora Engström.«

»Wie zuverlässig ist sie?«

Haim Golan griff zum Telefon. »Elijah, die Übersicht über Leora Engström ... Ja, jetzt.«

Elijah Shalom, war ein relativ junger, schmächtiger Mann. Vor mehr als zwei Jahren kam er direkt nach Studiumsende von der Buchmann-Fakultät der Rechtswissenschaften der Tel Aviv-University zum Mossad. Für die Stelle suchte man einen studierten Mann, der noch nicht durch Auslandsaufenthalte von konkurrierenden Diensten angeworben werden konnte. Inzwischen war man sich im Klaren darüber, dass man die richtige Wahl getroffen hatte. Shalom händelte die Führung der Kaderakten besser als jeder Roboter, war verschwiegen, und alle Nachforschungen der Abwehr, Fakten zu finden, die ihn als Verräter hätten entlarven können, waren erfolglos geblieben.

Haim Golan deutete auf einen Stuhl. »Was weißt du über Leora Engström, Elijah?«

Shalom hatte einen kompletten Auszug vom Lebenslauf von Leora Engström ausgedruckt.

»Sie ist als Kind mit ihren Eltern aus Siebenbürgen in Israel eingewandert. Damals hieß sie noch Leora Lescou«, sagte er.

»Sie heiratete einen Schweden, nahm dessen Namen Engström an und zog mit ihm nach Stockholm. Damit war sie interessant für uns, denn dieser Engström hatte einen Freund, der mit einer Frau verheiratet war, die in leitender Stellung bei der SÄPO in Stockholm arbeitet. Die Frau heißt Lena Claesson.«

»Komm zur Sache«, unterbrach Golan den Redeschwall des jungen Mannes.

»Wir haben es einrichten können, eine komplette Abhöranlage in der Wohnung der Claessons zu installieren. Leora Engström zeichnet alles auf und leitet es an uns weiter.«

»Wann war der letzte Kontakt?«, drängte Golan.

»Die letzte Nachricht kam am frühen Morgen. Du hast sie doch erhalten.«

»Haben wir die Möglichkeit zu einem schnellen Kontakt zu dieser Engström?«, fragte Dan Levine.

»Elijah«, drängte Golan.

»Nur den offiziellen über die Botschaft.«

»Sie sollen feststellen, ob es irgendwelche Veränderungen bei Leora Engström gegeben hat. Mit allergrößter Vorsicht, doch sofort«, sagte Levine.

»Mach schon, Elijah. Zeig, dass du etwas für den Frieden deines Landes tun kannst«, sagte Golan, in Anspielung auf Shaloms Nachnamen.

Bevor Elijah Shalom aus der Tür war, fragte Haim Golan: »Lensky? Hast du etwas von ihm gehört?«

Shalom schüttelte den Kopf. Dann verließ er endgültig den Raum.

»Und nun? Blasen wir den Einsatz ab?«, fragte Golan.

»Lass es laufen, bis wir wissen, was passiert ist. Wir können den Einsatz auch in letzter Minute noch stoppen.«

Levine blieb den Tag über im Büro des Mossad. Da bis zum Abend keine Antwort aus Stockholm vorlag, war die Stimmung im Lagezentrum explosiv.

»Die Sesselfurzer in unserer Botschaft im Old Forest Institute, inmitten des Nobel-Parks am Strandvägen, sitzen sich die

Ärsche platt, während wir hier ein Himmelfahrtskommando planen«, schäumte Haim Golan. »Wenn die CIA spitzkriegt, dass wir unser Wissen nicht an sie weitergegeben haben, kostet uns das den Job.«

»Wer sagt dir, dass sie es nicht längst wissen?«, fragte Levine.

»Wir kennen die automatische Kennung, die der Motorsegler abgibt. Da wir nicht die Yacht unserer Freunde versenken und damit einen internationalen Konflikt beschwören wollen, kommt es auf jede noch so kleine Nuance an.«

»Wo habt ihr eigentlich diese Kennung her?«

»Das kann ich dir nicht sagen.«

Dan Levine grinste Golan herausfordernd an. »Keine Antwort ist auch eine Antwort. Was haben die Arschlöcher der CIA gesagt, als sie uns den Auftrag zuschusterten? Dass die Operation in unserem Interesse liegt?«

Haim Golan hob die Schultern. »Woher soll ich das wissen.«

Dan Levine wusste, dass er log.

Erst mitten in der Nacht, kurz nach zwei Uhr, kam die Nachricht von der israelischen Botschaft in Stockholm, dass ein Kontakt zu Leora Engström nicht hergestellt werden konnte. Stimmen aus der Einsatzzentrale drangen zu ihnen herüber. Elijah Shalom musste mit der miesen Laune, mit der Haim Golan darauf reagierte, fertigwerden.

»Schlaue Füchse werden auch gefangen«, sagte Golan, als Elijah wieder gegangen war. »Was machen wir?«

»Nehmen wir einmal an, die Schwedin von der SÄPO ...«, begann Levine.

»Lena Claesson«, sagte Golan.

»... ist aufgeflogen und unsere Quelle mit. Dann würde jemand die Zeit verschieben wollen, der nicht will, dass den Jungs auf der *Mercurius* etwas passiert. Also wäre die heutige Nachricht ein Ablenkungsmanöver«, sagte Levine. »Da will jemand zumindest die Amis nicht auf den Plan rufen.«

»Du würdest die Operation durchführen?«

»Ein Restrisiko bleibt immer. Aber bei der Sachlage würde ich es durchziehen.«

»Was macht dich so sicher, dass wir richtig liegen?«

»Die Nachricht bezüglich der Veränderung des Treffens der Engström«, sagte Dan Levine. »Warum sollte sie *Verhandl. wg. Übern. der Zentr. Skagerrak Mercurius Karlshagen Germany verschoben auf 7/1 Milbe* geschrieben haben. Ich denke, Engström hätte nicht so umständlich formuliert. *Treffen auf 7/1 verschoben Milbe* wäre absolut genug gewesen.«

Golan nickte. »Wir werden die Operation durchziehen.«

21. Kapitel

Nacht vom 24./25. Juni 2007

Valdis Brigmanis legte den Arm um seine Frau und zog sie zu sich heran. »Du bist das Beste, das mir je passieren konnte. Ich liebe dich, Inese«, sagte er zwischen zwei Küssen. »Shirin Soheyla Soltany, du mein wahrgewordenes Märchen aus Tausendundeiner Nacht.«

»Und ich liebe dich, mein wundervoller Mann. Den Namen aus dem Märchen vergisst du besser ganz schnell.«

Als es klopfte, ließen sie voneinander ab.

»Was ist los?«, fragte Valdis Brigmanis, missmutig ob der Störung.

»Der Motorsegler passiert jetzt die Südspitze er Insel Ruden und ist nun knapp drei Meilen von uns entfernt.« Es war die Stimme des Schiffsjungen Janis Tarassow.

»Gut. Ich komme gleich. Holt den Anker ein. Aivars soll die Maschine starten.«

Valdis Brigmanis schälte sich aus dem Bett und griff sich ein Handtuch, um den Schweiß abzuwischen. Auch Inese Brigmane war aus dem Bett geschlüpft. Leichtfüßig ging sie zu dem Hocker, auf dem ihre Sachen lagen, und zog sich an.

Wenig später startete Aivars Naujoks den Schiffsdiesel. Ein leichtes Zittern übertrug sich auf das ganze Schiff.

Als Valdis Brigmanis ins Kartenhaus kam, nahm die *Cinereo Lupus* etwas Fahrt auf. Er vergewisserte sich am Radarschirm, wie weit die *Mercurius* von ihnen entfernt war. »Lassen wir es langsam laufen«, sagte er. »Erst wenn der Motorsegler aus dem Schatten der Insel kommt, gehen wir etwas näher ran. Gib dem Jungen das Ruder, Aivars.«

Wenig später kam Inese Brigmane mit einem großen Pott Kaffee für ihren Mann. »Trink das, Valdis, es wird dich beleben. Die Nacht wird lang werden«, sagte sie. »Aivars, ich habe frischen Kaffee gemacht. Dir wird das auch guttun.«

Aivars Naujoks lächelte und ging zur Kombüse. Er hatte schon den verführerischen Geruch des Kaffees gerochen.

»Halte etwas mehr Abstand, Janis. Wir wissen nicht, wie weit man an die Insel heranfahren kann.«

Janis Tarassow ließ den Kutter einen kleinen Bogen nach Steuerbord beschreiben und korrigierte dann den Kurs wieder parallel zur Insel Ruden.

Valdis Brigmanis schlürfte geräuschvoll seinen heißen Kaffee und überwachte das Manöver, das der Schiffsjunge fuhr. Der Junge machte sich gut. Er war zufrieden. Aus dem Kerl würde ein guter Seemann werden.

Inese Brigmane stand etwas abseits. Sie beobachtete ihren Mann, wie sie es oft tat. Manchmal fiel ihr die Zeit in Teheran ein. Doch nun rückte ihr Geburtsland immer weiter weg. Ihre Mutter war vor einem Jahr gestorben. Sie war nicht zu ihrer Beerdigung gefahren. Farschid Mirza hatte es untersagt. Nachdem er sie über ihren Auftrag, den sie willig angenommen hatte, belehrt hatte, gab sie nach. Später hörte sie einmal von ihrem Vater, der an Demenz erkrankt war. Alles in ihrer Heimat hatte sich verschärft. Durch die Wahl des konservativen Mahmud Ahmadinedschad zum Präsidenten und seine konfrontative Außen- sowie repressive Innenpolitik nahm die internationale Isolation erneut zu. Wie würde es dem Vater wohl jetzt gehen?

Als sie um die Insel herumfuhren, kam der Wind von der Luvseite. Auch wenn sie zuvor absolut im Windschatten der Insel gelegen hatten, trug der schwache Westwind zu einer ruhigen Fahrt bei. Die *Mercurius*, die unter Motor lief und die Segel eingerollt hatte, machte mit ihrem 102 PS-Diesel eine gute Fahrt. Sechs bis acht Knoten schätzte Valdis Brigmanis.

»Also schließen wir etwas auf«, sagte er und erhöhte die Drehzahl der Antriebswelle. Die *Cinereo Lupus* nahm Fahrt auf. Die Welle, die der Bug vor sich herschob, ließ darauf schließen, dass sie mit mehr als sechs Knoten lief.

»Achte darauf, nicht näher als eine halbe Meile an die *Mercurius* heranzukommen«, sagte er zu dem Schiffsjungen.

Längst fuhren sie parallel zur Insel Rügen. In der Ferne sahen sie die Lichter eines der Badeorte.

Inese Brigmane telefonierte mit ihrer Freundin in Liepaja.

Valdis lächelte ihr zu, machte eine Bewegung, die ihr anzeigte, mit dem Telefonat aufzuhören.

»Боже мой – oh, mein Gott!«, schrie Janis Tarassow, als vor ihm ein greller Blitz aufstieg.

Valdis Brigmanis schaute in die Richtung, in der die *Mercurius* bisher fuhr. Sie war verschwunden. Er stieß den Jungen beiseite und ließ das Schiff mit voller Kraft laufen.

»Aivars, Janis raus, raus, raus!«, schrie er. »Schaut, ob ihr im Wasser etwas treiben seht. Möglicherweise können wir jemanden retten!«

22. Kapitel

Donnerstag, 26. Juli 2007
Abtei St. Gertrud, Benediktinerinnen-Kloster
Alexanderdorf, Brandenburg
Laudes

Obwohl er keine gute Nacht hatte, weil sein Unterbewusstsein ständig furchtbare Bilder produzierte, überhörte er den kurzen Weckruf des hellen Geläuts nicht, das die Benediktinerinnen zur Beendigung ihrer Nachtruhe gemahnte. Das war an jedem Morgen seit Bestehen des Klosters um Punkt fünf so. Und es würde bis zum Ende des Bestehens so bleiben. Die Generationen kamen und gingen. Doch die Prozedere blieb unverändert.

Wie am Tag zuvor duschte Larsson, zog sich an und betrat kurz vor Beginn des Morgengebets die kleine Kirche. Die meisten Schwestern waren schon vor ihm gekommen, nur eine kam kurz nach ihm. Sie hatte es nicht rechtzeitig geschafft und würde sicher ermahnt werden. Links saßen nun sieben Schwestern, wobei eine durch eine weiße Kopfbedeckung auffiel. Offensichtlich war das eine Novizin. Alle anderen trugen Schwarz.

Auf der gegenüberliegenden Seite des Ganges saßen zwölf Benediktinerinnen jeden Alters. Zwei von ihnen begannen das Morgenlob zu singen.

Herr, öffne meine Lippen.
Damit mein Mund dein Lob verkünde.
Ehre sei dem Vater und dem Sohn und dem heiligen Geist,
wie im Anfang, so auch jetzt du alle Zeit und in Ewigkeit.
Amen Halleluja.

Der Beginn ist der gleiche Text wie am Vortag, schoss es Larsson durch den Kopf. Gestern konnte ich den Worten des Gesangs nicht folgen. Heute werde ich aufpassen.

Als der Hymnus begann, standen alle Schwestern auf und sangen gemeinsam.

Sieh nicht an, was du selber bist
in deiner Schuld und Schwäche.
Sieh den an, der gekommen ist,
damit er für dich spreche.

Während des Gesangs tauchte in Larssons Gedanken die Gandhi-Familie auf. Um Mahatma Gandhi hatte man aus der Lehre seiner Altersweisheit einen Heiligenschein gezimmert, der nur den halben Ghandi zeigt, den Widerstandskämpfer, Revolutionär, den Publizist, Morallehrer, den Asketen und Pazifisten; eben das Leben des Anwalts, der durch seine Philosophie des gewaltlosen Protestes der berühmte Führer der indischen Aufstände gegen die britische Herrschaft wurde. Zu Beginn des 20. Jahrhunderts setzte sich Gandhi in Südafrika gegen die Rassentrennung und für die Gleichberechtigung der Inder ein.

Und da gibt es ein Leck, das man allzu gern verheimlichen würde, denn der Mythos Gandhi ist nur aus Halbwahrheiten zusammengeschustert. In den Jahren nach seiner Ermordung 1948 hat sich ein makelloses Bild von Gandhi herausgebildet, mit reingewaschener Weste. So lupenrein, dass man den Kern seiner frühen Lehre oft ignoriert: Er war gegen Schwarze, angewidert von weiblicher Sexualität und weigerte sich, die Befreiung der Dalits, der Unberührbaren, zu unterstützen. Gandhi lebte von 1893 bis 1914 in Südafrika, arbeitete dort als Anwalt und kämpfte für die Rechte der Inder – und nur für die der Inder. Für ihn waren, das sagte er einmal ganz nüchtern, schwarze Südafrikaner kaum als Menschen anzusehen. Er bezeichnete sie abfällig als Kaffer. Gandhi war der Ansicht, dass eine Frau kein Mensch mehr sei, sobald sie vergewaltigt wurde. Für ihn war Verhütung ein Zeichen für Unzucht. Die männliche Libido war seiner Meinung nach unkontrollierbar, auch seine eigene. So entschied er sich, als er zurück nach Indien kam, ohne seine Frau zu fragen, für das Zölibat. Das hatte Larsson im Vice-Magazin gelesen. Er benutzte Frauen – auch Minderjährige, unter anderem seine Großnichten –, um seine Abstinenz auf die Probe zu stellen. Er schlief nackt neben ihnen, ohne sie zu berühren, und versuchte, nicht erregt zu werden. Sie waren wie seine Püppchen, mit denen er seine Enthaltsamkeit testete.

Doch mit der Unabhängigkeitsbewegung führte er mit gewaltfreiem Widerstand, zivilem Ungehorsam und Hungerstreiks schließlich das Ende der britischen Kolonialherrschaft über Indien 1947 herbei. Indien zerfiel in zwei Staaten. Ein halbes Jahr danach fiel Gandhi einem Attentat zum Opfer. Mahatma Gandhi – was für eine kranke, gespaltene und dennoch legendäre Persönlichkeit.

Sieh den an, der gekommen ist, damit er für dich spreche. Ein Mann wie Gandhi würde nie für mich sprechen können, dachte Larsson.

Sieh nicht, wie arm du Sünder bist,
der du dich selbst beraubtest.
Sieh auf den Helfer Jesu Christ!
Und wenn du ihm nur glaubtest,
dass nichts als sein Erbarmen frommt
und dass er dich zu retten kommt,
darfst du der Schuld vergessen,
sei sie auch unermessen.

Lennart Fors fiel ihm ein und das Gespräch über Olof Palme, das sie miteinander geführt hatten. Und der Heiligenschein, den Palme dank der Verschwiegenheitsverordnung des schwedischen Staates umschwebte, war eine Lüge, die die Regierung aus dem Amt getrieben hätte, würde sie auch nur ansatzweise dem Volk bekannt werden.

Das Volk ist immer das Betrogene. Oder Barschel, dem man Suizid unterstellte, obwohl man genau wusste, dass er umgebracht wurde. Die, die den Mord begangen hatten, wussten es ganz genau. Der Rest der Menschheit blieb im Nebel der Halbwahrheiten und Lügen zurück. Warum? Wer wollte verhindern, dass bekannt wurde, dass der Politiker auf dem internationalen Waffenmarkt krumme Geschäfte betrieb? Aber all das ist vor Gott ja ohnehin kein Problem, wie er gerade gehört hatte.

Und wenn du ihm nur glaubtest,

dass nichts als sein Erbarmen frommt
und dass er dich zu retten kommt,
darfst du der Schuld vergessen,
sei sie auch unermessen.

Ryne Åberg, einer der stellvertretenden Direktoren der SÄPO, hatte sich wirklich weit aus dem Fenster gelehnt, als er sagte: »Unsere Gründungsväter der Einwanderungspolitik hätten zuvor klugerweise den deutschen Schriftsteller Goethe lesen sollen. Nun haben wir den Salat, denn wir kriegen den Geist, den wir aus der Flasche gelassen haben, nie wieder hinein.« – Oder war es eine Warnung an die deutschen Kollegen gewesen, dass ihnen Ähnliches widerfahren könnte?

Und Larsson stellte sich die Frage, wie es wohl in Deutschland werden würde, würde man den Geist aus der Flasche lassen. Für ihn war die vielgepriesene Globalisierung auch mit großen Risiken behaftet. Und er hatte nie ein Geheimnis um seine Einstellung dazu gemacht.

Er wurde aus seinen Gedanken gerissen, als die Schwestern sangen:

Sei mir gnädig, o Gott, nach deiner Gnade;
tilge meine Vergehen nach der Größe deiner Barmherzigkeit!
Wasche mich völlig von meiner Schuld,
und reinige mich von meiner Sünde!
Denn ich erkenne meine Vergehen,
und meine Sünde ist stets vor mir.
Gegen dich, gegen dich allein habe ich gesündigt
und getan, was böse ist in deinen Augen;
damit du im Recht bist mit deinem Reden,
rein erfunden in deinem Richten.
Siehe, in Schuld bin ich geboren,
und in Sünde hat mich meine Mutter empfangen.

Ich kann nicht glauben, dass man Kinder nur in Sünde empfangen kann. Wenn es einen Gott geben sollte, dachte Larsson, dann hat er diese Sünde als eine freudige Erbauung in die Evolution der Natur eingebaut und sicher gleichzeitig als einen Fluch. Aber damit ist es nicht zwangsläufig immer Sünde, sondern eine Notwendigkeit zur Erhaltung der Art.

Charlene Gruber war eine Sünde gewesen, und, wie er fand, war sie diese Sünde wert. Auch wenn es ein Betrug war. Nicht am Volk, aber an der kleinsten Einheit, der Familie.

Wenn dein Geist nicht zufrieden ist, dann wirst du dich nie glücklich fühlen. Du leidest, dachte Larsson. Buddha würde sagen, das Leiden kommt von den fünf Giften: Wut, Eifersucht, Stolz, Ignoranz und Anhänglichkeit. Dein Geist aber sollte wie klares Wasser sein. Wenn dieses Wasser zu heiß wird, ist es nicht gut, weil du dann wütend wirst. Also musst du deine Gedanken und deinen Geist rein und klar halten. Für einen Buddhisten gibt es demnach nur zwei Arten von Glück, das kurzzeitige Glücksgefühl, das das Treffen mit Freunden und Spaß haben beinhaltet. Und es gibt das lang anhaltende Glück. Danach streben die Buddhisten. Dein Geist aber ist dabei immer in dem gleichen, glücklichen Zustand. Egal, ob du alleine bist oder deine Familie da ist. Egal, ob du arm oder reich bist.

Und für die Christen? Er befand sich schließlich in einem Benediktinerinnenkloster. Mit Todsünde werden im Katechismus der Katholischen Kirche besonders schwerwiegende Arten der Sünde bezeichnet, erinnerte er sich an seine Jugendzeit. Das ist komplizierter. Hochmut mit Eitelkeit und Übermut, Geiz und Habgier; die Wollust mit Ausschweifung. Wollüstig war er gewesen, voller Genusssucht und Begehren; der Zorn mit Wut und Rachsucht; die Völlerei und Gefräßigkeit mit Maßlosigkeit und Selbstsucht mit Neid, Eifersucht und Missgunst; schließlich die Faulheit mit Feigheit, Ignoranz und Trägheit des Herzens. All das hatte er in seinem Leben schon kennengelernt. Und ja, gegen eines der Gesetze hatte er verstoßen, als er in Charlene Grubers Bett gelandet war.

Zwei Stunden später fuhr Larsson langsam aus der gepflegten Auffahrt des Klosters, um direkt über die L70 die A10 zu erreichen und auf schnellstem Wege nach Hause zu fahren.

Beidseitig säumte dieses Sträßlein das satte Grün der Bäume, Sträucher und Blumen. Hinter ihm lag das Haupthaus der Abtei St. Gertud, ein ehemaliges Gutshaus. Rechts und links vor diesem Haus gingen zweigeschossige Bauten ab. Links Unterkünfte der Schwestern und die Kirche, deren Turm frei stand. Rechts vor dem langgezogenen Gebäude, in das verschiedene Einrichtungen wie eine Bibliothek, diverse Unterrichtsräume aber auch Gästezimmer integriert waren, davor der Parkplatz, von dem er sich nun langsam entfernte. Als er die das Kloster umschließende Mauer mit dem schmiedeeisernen Tor am roten, stabil gemauerten Pfeiler passiert hatte, hielt er kurz an und schaute noch einmal zurück. Direkt neben dem roten Pfeiler, über dem schwarzen Briefkasten, auf dem ein goldenes Posthorn prangte, war ein großes, weißes Schild mit der Aufschrift »Benediktinerinnenkloster« angebracht. Es war ein Ort der inneren Einkehr, der ihm die Augen geöffnet hatte.

Er fühlte sich in dieser Welt wie in einem Meer von Betrug, in dem es einige Flöße zur Rettung gab. Eins dieser Flöße war für ihn seine Familie auf Usedom, und dorthin würde er sich jetzt retten.

Glossar

BKA Bundeskriminalamt

DFS Deutsche Flugsicherung

FRA Försvarets Radioanstalt ist eine große Funkstation mit angeschlossener Analyse- und Auswertungsabteilung, die sowohl militärische als auch zivile Nachrichten mittels funkelektronischer Überwachung sammelt. Sie ist auch zuständig für kryptographische Aufgaben, die unter anderem auch die Dechiffrierung geheimer Nachrichten betrifft, und die Radarüberwachung.

GPS Global Positioning System

IAEO (englisch International Atomic Energy Agency, IAEA) ist eine autonome wissenschaftlich-technische Organisation, die innerhalb des Systems der Vereinten Nationen einen besonderen Status innehat.

Laudes leitet sich ab von den »Lobpsalmen« (Ps 148 EU bis Ps 150 EU), die jahrhundertelang fester Bestandteil des liturgischen Morgenlobs waren. Die Laudes werden bei Tagesanbruch, etwa zwischen sechs und acht Uhr, gehalten. Ihr Ursprung ist in den frühchristlichen Gemeindeversammlungen am Morgen zu sehen, mit denen der Auferstehung Christi gedacht wurde.

KOKO Bereich Kommerzielle Koordinierung (auch unter der Kurzform KoKo bekannt) war eine 1966 im Ministerium für Außenhandel der DDR eingerichtete Abteilung, die vor allem der Beschaffung von Devisen diente. Sie unterstand zu hundert Prozent dem Ministerium für Staatssicherheit, Leitung Oberst Alexander Schalck-Golodkowski.

MUST Militära Underrättelse, auch Säkerhetsjänsten

SÄPO Säkerhetspolisen (kurz auch Säpo; wörtliche Übersetzung: die Sicherheitspolizei) ist der nationale Nachrichtendienst in Schweden. Er untersteht der nationalen Polizeibehörde Rikspolisstyrelsen, die wiederum dem Justizministerium unterstellt ist. Hauptaufgabengebiete sind die Gegenspionage, der Verfassungsschutz, die Bekämpfung des Terrorismus und der Personenschutz – zum Beispiel der Königsfamilie und von Politikern.

STT Lettischer Geheimdienst

Swedish Security Service ist eine Abteilung innerhalb der SÄPO, die für Gegenspionage zuständig ist.

VEVAK Wezārat-e Ettelā'at wa Amniat-e Keschwar/Ministerium für Nachrichtenwesen und Staatssicherheit/Vezarat-e Ettela'at va Amniat-e Keshvar, VEVAK, ist der Geheimdienst der Islamischen Republik Iran.

Obwohl die Handlung
von historischen Fakten geprägt ist,
sind, mit Ausnahme der nicht mehr lebenden Figuren,
die Namen aus Rechtsgründen
weitgehend geändert wiedergegeben.

Einen Roman so nahe an der Wirklichkeit zu schreiben ist ohne ausreichende Recherche, selbst bei noch so guter Sachkenntnis, geradezu unmöglich.

So danke ich Victor Ostrovsky, der mir mit seinem Sachbuch *Geheimakte Mossad* einen weiteren tiefen Einblick über die verschlungenen und verschlagenen Wege des deutschen Bundesnachrichtendienstes BND und des israelischen Auslandsgeheimdiensteses Mossad, unter anderem in der Affäre Barschel, gegeben hat. Barschel, glaubt man dem Agenten und Buchautor Ostrovsky, ist von einem Kidon-Team des Mossad, eine Abteilung, die für die Liquidierung von Personen zuständig ist, in der Nacht vom 10. zum 11. Oktober 1987 getötet worden.

Sicher aber ist nur eins – zur Todeszeit Barschels befanden sich auch mehrere Agenten des Ministeriums für Staatssicherheit der DDR in einem der Nachbarhotels sowie mindestens ein Agent des BND; auch der deutsche Privatermittler Werner Mauss residierte in einem der Hotels.

Die Institution M, wie Mauss beim BKA genannt wurde, kam immer dann ins Spiel, wenn staatliche Organe nicht mehr weiterkamen, sich nicht die Finger dreckig machen wollten oder eine Operation aus juristischen oder völkerrechtlichen Aspekten heraus nicht durchzuführen war.

All das wiederum brachte mich auf die Spur, die einen Vergleich zu einem anderthalb Jahre zuvor ermordeten Staatsmann zulässt – den schwedischen Ministerpräsidenten Olof Palme.

Da ich immer versuche, exakt zu recherchieren und in meinem früheren Leben einige Nächte im Hotel Beau Rivage in Genf übernachtete, sind mir die Zimmer in diesem Hotel einigermaßen bekannt.

Um meiner Neugier neue Nahrung zu geben, ließ ich mir das Buch des ehemaligen Leiters der Lübecker Staatsanwaltschaft Heinrich Wille kommen. *Ein Mord, der keiner sein durfte* liefert einen präzisen Abriss der Ermittlungsergebnisse zum Barschel-Mord. Ich wurde in meiner Vermutung bestätigt, dass zumindest die Motive der Morde an beiden Politikern – Palme und Barschel – gleiche Komponenten haben.

Um nicht im Dunkeln zu tappen, was die internationalen Verquickungen des BND zu Barschel und dem illegalen Waffenhandel schlechthin betrifft, habe ich mir das Sachbuch *Verschlusssache BND* des investigativen Journalisten Udo Ulfkotte kommen lassen.

Die Bomben-Geschäfte des BND, also illegale Waffenexporte, liefen nicht einmal immer über Tarnfirmen. Manchmal wurde auch direkt geliefert. Mit ausdrücklicher Genehmigung der Bundesregierung und mit der Unterstützung des BND soll im ersten Golfkrieg sowohl der Irak als auch die Islamische Republik Iran beliefert worden sei. Wer über diese Geschäfte mehr wissen möchte, um sich selbst einen Überblick über dieses unrühmliche Kapitel zu verschaffen, dem empfehle ich das Buch von Udo Ulfkotte.

Der Roman *Der Tod zwischen den Inseln* ist auf dem Wasser angesiedelt. Da ich in meiner Jugendzeit zwar Segler war, aber für die heutige Spionagelage weder über noch unter Wasser über ausreichend Erfahrung verfüge, danke ich dem schwedischen Kollegen Anders Jallai und seinem Buch *Under Water* wie auch dem amerikanischen Autor Tom Clancy, dessen Buch und Film *Jagd auf Roter Oktober* meine Recherchen unterstützte. Beide gaben mir Einblicke über das Projekt SOSUS und russische Spionage-U-Boote in der Ostsee, die auch in meinem Roman Eingang gefunden haben.

Ferner danke ich allen Kollegen, die über schwedische Verhältnisse zu brisanten Themen und Waffenlieferungen geschrieben haben, welche die Welt nicht sicherer machen und leider zu immer neuem Exodus von Millionen von Menschen führen und weiterhin führen werden. Sie haben meine Recherchen fachlich und sachlich unterlegt. Alle namentlich zu erwähnen, würde jeden Rahmen sprengen.

Doch die Institution *Wikipedia* in diesem Zusammenhang unerwähnt zu lassen, würde ich mir nie verzeihen.

Nicht vergessen möchte ich die Botschaft der Republik Lettland in Berlin, welche in ausgezeichneter Weise meine Recherchen über Lettland beflügelte und einige Übersetzungen für mich vornahm. Herzlichen Dank.

Ich wünschte, die Botschaften meines Heimatlandes wären nur annähernd so kooperativ.

George Tenner,
im Frühjahr 2016